묵향 6
외전-다크 레이디
다크, 나이아드의 힘을 얻다

묵향 6
외전-다크 레이디

초판 1쇄 발행일 · 2007년 06월 22일
초판 4쇄 발행일 · 2024년 04월 30일

지은이 · 전동조
펴낸이 · 유용열
기　획 · 김병준
편　집 · 김은희, 유지원, 최승현
펴낸곳 · 도서출판 스카이미디어

주소 · 서울시 동대문구 용두동 234-35번지 대명빌딩 201호
전화 · (02)922-7466
팩스 · (02)924-4633
E-mail · skymedia62@hanmail.net
출판등록 · 제6-711호

Copyright ⓒ 전동조 2024

값 9,000원

ISBN · 978-89-92133-11-1　04810
ISBN · 978-89-92133-00-5　(세트)

※ 온라인상의 불법 복제물의 유포나 공유는 저작자의 재산권을 침해하는
　중대한 범죄 행위로 관련법에 의거해 처벌 대상이 됩니다.
※ 작가와의 협의에 의하여 인지는 생략합니다.
※ 잘못된 책은 본사나 구입하신 서점에서 교환해 드립니다.

DARK STORY SERIES II

외전-다크 레이디

전동조 장편 판타지 소설

6 다크, 나이아드의 힘을 얻다

차례
다크, 나이아드의 힘을 얻다

*
*
*

마도사에 관한 정보 ·················7
달갑지 않은 방문객 ···············19
내키지 않는 길을 가다 ···········26
습격자 ·····························35
원수 만나다 ························48
전설의 골든 나이트 ···············61
회유 ································75
탈출을 위한 첫걸음 ···············92
탈출 ·······························107
아직은 뛰어 봤자 벼룩 ··········133
정복 전쟁 ·························145
크라이드 남작 ·····················156
순조로운 전쟁 ·····················166

차례
다크, 나이아드의 힘을 얻다

한가한 한때 …………………………………176
나리오네 평원 전투 ……………………………192
개선 행렬 …………………………………202
승전 무도회 ………………………………210
침입자 ……………………………………221
정령왕 나이아드 …………………………233
악몽 ………………………………………242
반격 ………………………………………254
무리한 승부수 ……………………………268
마인 탄생 …………………………………276
폭주 ………………………………………286
기억 상실 …………………………………296
드래곤 레어 ………………………………307

마도사에 관한 정보

한참 서류를 뒤적거리며 읽고 있던 토지에르는 문이 열리며 제자가 들어오는 걸 보고 말했다.

"어떻게 되었느냐?"

"죄송하지만 한 발 늦었습니다. 며칠 동안 몬스터 사냥을 한다고 통행증을 발급받아서는 고헨으로 떠났습니다. 그들이 한 말이 사실이라면 그레이시온 산맥에 있는 몬스터를 잡으러 갔겠지만… 거짓말일 수도 있습니다."

"좋아, 그렇다면 그레이시온 산맥을 넘으면 뭐가 있지?"

갑작스런 질문에 제자는 어리둥절한 표정으로 대답했다.

"예? 예, 산맥을 넘으면 크발룬 제국이 나오죠."

"흐음, 그놈들이 크발룬에는 왜 갔을까? 거기에는 딱히 이렇다 할 뭔가도 없는데……. 아니야, 그놈들이 크발룬에 갈 가능성은 없어. 어딘지 모르겠지만 중간에 딴 곳으로 샜을 가능성이 크지. 그래, 뒤처리는 어떻게 해 놨느냐?"

"일단은 미네온과 고헨에 첩자들을 남겨 뒀습니다. 추격을 할까 생각해 보기도 했지만…, 너무 적극적으로 나섰다가 오히려 놈들에게 역추적당할 수도 있기에 그냥 뒀습니다."

"잘했다."

"참, 미네온에 있던 녀석한테 연락이 왔습니다. 코린트 기사 네 명하고 마법사 한 명이 그쪽에 도착했답니다. 목적은 무투회 관람 및 관광이라는데요?"

코린트라는 말이 나오자 노마법사의 표정이 굳어졌다. 그는 불편한 심정인 듯 약간 딱딱한 어조로 물었다.

"그놈들의 신상은 파악했느냐?"

"예, 신상 파악은 의외로 쉬웠습니다. 마법사는 길레트 지오네. 기사들은 크로돈 안티네스, 토리오 지르네인, 리나 인트레인, 지단틴 카메오. 모두들 철십자 기사단의 그래듀에이트들입니다. 전쟁의 신전에 가서 그들이 맞는지 확인까지 끝냈습니다."

제자의 말에 토지에르는 머리를 지그시 누르며 신음을 터뜨렸다.

"으음, 드디어 올 것이 왔군."

"그런 것 같습니다. 아마도 드로아 대 신전에서 추격이 지지부진하니까 황궁에 보고를 올린 모양입니다."

"큰일이군. 어쨌든 모든 일을 알카사스에서 벌일 수밖에 없겠어. 사건을 만들어 코린트의 이목을 그쪽으로 집중시켜 놓고는 시간을 버는 수밖에 도리가 없겠지. 아직도 나머지 청기사들이 모두 깨어

나는 데 한 달 정도의 시간이 더 필요해. 우선, 첩자들에게 그놈들의 동행을 철저히 감시하라고 일러라. 대신 꼬리 안 잡히게 조심하라고 하고……."

"스승님, 철십자 기사단이라면 가장 좋아 봐야 카로사 또는 로메로급 타이탄을 쓰는데……. 그놈들을 몽땅 없애 버리면 어떻겠습니까?"

"없애 버린다고? 그렇다면 알카사스 내에서 타이탄 전쟁을 벌이자는 말이냐? 네놈은 정신이 있는 거냐, 없는 거냐? 마도 왕국에서 그딴 짓을 했다가 잘못하면 공간 이동을 역추적당해서 이쪽의 정체가 노출될 수도 있는데……."

그러자 제자가 음흉한 미소를 지었다.

"제3국을 통해서 기사들을 투입하면 됩니다. 그리고 이 기회에 뭔가 눈치 챘을지도 모르는 그 시드미안이라는 놈의 일행까지 몽땅 다 잡아들이는 겁니다. 아마 로메로 열 대 정도 동원하면 간단하게 해결될 겁니다. 승리하면 다섯 대의 타이탄이 저저 생기는 거구요. 어떻습니까?"

"하지만 안전하게 해치우는 데 로메로를 열 대나 동원해야 한다는 게 마음에 안 들어. 어쨌든 궁리는 한번 해 보자. 어이구! 그놈의 소드 마스터를 해치워서 한시름 놓나 했더니. 만약 그놈들이 시드미안과 접촉한다면……. 그러니까 그놈들도 드래곤 하트를 추격해 왔다면 그때는 어쩔 수 없이 손을 써야겠지만, 지금은 놔두는 게 좋겠다. 진짜 관광이나 하러 온 놈들인지도 모르니까……."

"알겠습니다."

시드미안 경 일행은 미네온으로 돌아왔다. 이번에는 시드미안의 지시로 '수정 지팡이 여관'이 아닌 '유리구슬 여관'에 자리를 잡았다. 아마도 지미와 라빈이 다크와 함께 있고 싶지 않을 거라는 생각에 따른 시드미안의 배려였다. 하지만 지미와 라빈의 생각은 이번에도 그의 생각과 달랐다.

조용하고 끈질긴, 그러면서 군소리 안 하고 어려운 일을 해 나가는 다크에게 그 둘은 슬슬 마음이 움직이고 있었던 것이다. 자아가 남자면 어때? 저렇게 예쁜데……. 암, 그렇고 말고. 자고로 미인에게는 모든 게 용서된다고 하지 않았던가?

"2인용 방 있어요?"

"예."

"오, 잘되었군. 그럼 4인용이나 5인용 방은요?"

"4인용 방은 있습니다."

"그럼 4인용 방 둘하고 2인용 하나 주세요."

"2인용이면 더블(double)? 트윈(twin)?"

"트윈!"

주문을 자세히 듣고 있던 지미가 화를 내며 끼어들었다.

"잠깐! 그럼 침대가 모자라잖아요? 한 명은 땅바닥에서 자란 말이에요?"

그러자 시드미안이 능청스레 말했다.

"방을 네 개나 빌려서 전력을 분산시킬 필요는 없잖아. 번갈아 가며 바닥에서 자기로 하지. 이번에는 다크 때문에 잔심부름 할 일도 없으니 오히려 잘되었잖아? 안 그래?"

짐을 푼 일행은 식사를 마치고 마법사 길드로 향했다. 또다시 문의할 사항이 생겼기 때문이다.

"무슨 일이십니까?"

마법사 길드 1층 접객실에 앉아 있던 여자가 물어 오자 팔시온이 재빨리 대답했다.

"흑마법에 대해 문의할 게 있어서 왔는데요. 잘 아시는 분이 계시면 좀 주선해 주십시오."

"흑마법이라……. 잠시만 기다리세요."

그 여자는 한참 두툼한 책을 뒤적거렸다.

"원래가 흑마법을 연구하시는 분은 거의 없습니다. 사실 본격적으로 흑마법에 뛰어드는 사람은 흑마법사뿐이죠. 그러니 도움이 되실지 모르겠군요. 6층에 있는 2호실에 들어가세요. 문에 '2'라고 쓰여 있을 겁니다."

"고맙소."

일행은 계단이 있는 곳으로, 아니 계단이 있을 법한 곳으로 걸어갔다. 하지만 이리저리 기웃거렸지만 계단이라고는 보이지 않았다. 그 여자는 일행이 돌아다니는 걸 처음에는 이상한 눈길로 쳐다봤지만 곧이어 그들이 찾는 게 '계단'이란 걸 눈치 채고 웃음을 터뜨렸다.

"호호호, 여기는 계단이 없어요. 6층으로 가시려면 저기 있는 마법진에 서서 '고매하고도 아름다우신 세레네 님이시여, 제발 우매한 저희들을 6층으로 보내 주십시오' 하고 말하면 되죠."

모두 자신들의 무식함에 얼굴이 벌게져서는 그 마법진 위에 섰다. 팔시온도 빨개지려는 얼굴색을 가까스로 억누르며 이따위 이동 마법진은 신기할 것도 없다는 듯 일부러 노련한 인상을 풍기며 재빨리 시동어를 외쳤다.
 "고매하고도 아름다우신 세레네 님이시여, 제발 우매한 저희들을 6층으로 보내 주십시오."
 주문을 외우고 5초 정도 지나자 갑자기 그들의 시야가 흐려졌다가 밝아졌고, 그 여자가 앉아 있던 테이블은 사라지고 없었다.
 "다 왔군. 아주 편한데?"
 "이런, 이것도 몰라서 계단을 찾는다고 돌아다니다니, 이런 개망신이······."
 "뭐 나중에라도 알았잖아? 자, 빨리 가자."
 "2자가 적힌 문이라······. 음, 저기 있네."
 똑똑.
 "들어오시오."
 문을 열자 거기에는 전에 그들과 대화를 나눴던 그 근엄한 마법사 할아버지가 앉아 있었다.
 "당신들은?"
 "어? 여기 계셨군요. 그때 도움을 주셔서 감사했습니다."
 노마법사는 일행의 뒤에 서 있는, 전에 봤을 때와는 비교도 할 수 없을 정도로 살아 있는 눈빛을 한 아름다운 소녀를 볼 수 있었다. 노마법사는 그쪽으로 다가가서는 그 소녀를 가볍게 들어 올려 뺨에 뽀뽀를 했다.
 "이야, 놀랍게 변했구나. 정말 예쁜 아이군. 쪽!"
 "아니, 이 변태 영감이 뭐 하는 짓이얏!"
 퍽!
 "으윽! 성질은 하나도 안 변했군. 여자 아이라면 다소곳한 맛이 있어…, 윽!"

또다시 노인의 정강이를 걷어차고는 씨근거리는 소녀를 뒤로하고, 노마법사는 아픈 곳을 문지르며 시드미안에게 물었다.

"아야야야……. 그래, 이번에는 무슨 일로 왔나?"

"아…, 예. 혹시 이렇게 생긴 마신이 있나요?"

시드미안 경은 신탁에서 받은 그림을 내밀었다.

"어디 보자……. 으음, 이렇게 생긴 건 없고 이거 비슷하게 생긴 건 있지."

"비슷하게라도 생긴 게 있으면 좀 말씀을……."

노마법사는 서가에 꽂힌 수많은 책들을 이리저리 둘러보다가 그중 한 권을 꺼내서는 뒤적거리기 시작했다. 그러다가 그 책을 내밀었다.

"바로 이 녀석이지. 크로네티오."

노마법사가 펼쳐 놓은 페이지에는 신탁에서 받은 그림과 조금 다르긴 했지만, 세 개의 뿔을 가진 대가리를 어깨 위에 얹은 무시무시한 악마의 형상이 그려져 있었다.

"그 외에 둘이 더 있지. 어쨌건 뿔 셋을 가진 악마들은 많지만, 뿔 세 개가 이런 식으로 교차하는 건 이 셋뿐이야. 크로네티오, 지르누, 크로돈……."

"저희들은 흑마법에 대해서는 그리 잘 아는 편이 아니라서 그러는데요, 만약 어떤 사악한 마법사가 흑마법을 쓰려고 한다면 이 셋 중 누구를 택할까요?"

"흐음, 물론 될 수 있다면 강한 마신을 택하는 게 좋지. 저 셋의 순위는 크로네티오, 지르누, 크로돈 순이야. 흑마법은 신성 마법과

마도사에 관한 정보 13

는 약간 다르지. 신들의 순위는 명확히 규정되어 있지 않아. 그러니까 어떤 신을 믿든 개개인의 능력이 뛰어나다면 더 강한 신성 마법을 쓸 수 있고, 또 상대도 거기에 타격을 받게 된다네. 하지만 흑마법은 다르지. 흑마술사끼리 싸우는 경우가 거의 없거든. 자네들은 잘 모르겠지만 이 세상에는 거의 1백여 종류의 마신들이 있지. 또 고대에 발견된 마신들은 몇백이나 되는지 알 수도 없어. 아마 내 예상으로는 한 5백은 넘을 거라고 생각되네만……. 그 마신들은 순위가 매우 정확하게 정해져 있지. 아무리 강력한 흑마법을 쓰더라도 하급 마신의 힘으로 상위 마신과 계약을 맺은 사람에게 타격을 주기는 어렵다네. 심지어 그 어떤 영향도 주지 못하는 경우도 있을 정도니까. 그래서 흑마법을 배우려면 최대한 강한 마신과 계약을 맺는 게 유리하다고 봐야 해. 그래야 더 강한 흑마법을 쓸 수 있고 또 마법의 가짓수도 많으니까……."

"그렇다면 마왕 크로네티오라는 말입니까?"

"그렇네. 흑마법은 딴 건 몰라도 처음에 마신과 계약을 맺기가 힘들지. 강한 마신을 불러내야지만 계약을 맺을 게 아닌가? 마법사 자신의 실력이 딸리면 강한 마신을 불러낼 수 없어. 아마 크로네티오를 불러내려면 6사이클이나 그 이상의 실력이 있어야 가능할 걸세."

"오호, 그렇다면 여기는 마법사 길드니까 각 국가에 소속된 마법사의 명단이나 이미지를 얻을 수 있을까요? 6사이클 이상만……."

그 말에 노마법사는 빙긋이 미소 지었다.

"전쟁의 신전과 달리 마법사 길드는 각 국가 체계로 돌아가네. 내가 알아볼 수 있는 건 알카사스의 마법사들뿐이야. 다른 나라의 마법사가 몇 명인지는 알 수가 없지. 또 각 국가의 5사이클 이상 마법사의 명단과 수는 국가 기밀이라네. 알겠나?"

"하지만 저희들은 저희를 공격했던 그 마도사 녀석의 얼굴을 알고 있습니다. 아마도 그의 힘으로 봤을 때 6사이클 이상이라고 생각되는데……. 안 될까요? 이미지만 보면 그놈을 잡을 수 있습니다."

"그건 어느 누구에게 부탁해도 안 될 거야. 타이탄의 수와 그것을 조종하는 그래듀에이트의 수가 외부에 드러나는 국가의 힘이라면, 마법사의 수는 그 국가의 감춰진 힘이라네. 마법사 개개인의 힘도 어마어마하고, 또 그들이 뭉친다면 웬만한 국가 하나 박살 내는 건 손쉬운 일이지. 공격력은 대단하지만 방어력은 별 볼일 없는 마법사의 명단이 유출된다면 적국은 당장에 그들을 암살할 테고, 그러면 그 나라는 몇 년 지나지 않아 끝장이지. 알겠나?"

이때, 한참 듣고 있던 다크가 그들의 말에 끼어들었다.

"이봐요. 아까 하위 마신의 흑마법으로는 상위 마신과 계약 맺은 자에게 타격을 줄 수 없다고 했죠?"

"으응?"

한참 대화를 하던 중이었기에 잠시 다크의 말을 못 알아들었던 노마법사가 잠시 시간을 지체하더니 고개를 끄덕였다.

"그랬지."

"그렇다면 만약 상위의 마신과 계약을 맺으면 하위의 마신에게 걸린 저주는 무효가 되는 건가요?"

"아마 그럴 거야."

"그렇다면 크로네티오보다 더 강한 마왕에는 뭐가 있죠?"

"크로네티오는 대단히 강한 마왕이야. 그보다 더 강한 마왕은 거의 없어. 비슈누, 시라에뉴, 바크로니아, 도니티에……. 이 넷뿐이지."

"그럼 그놈들 중 하나를 좀 불러 줘요. 불러 줄 수 있죠?"

"뭐? 너 지금 제정신이냐?"

상대에게 정신 상태를 의심받는 듯한 눈길을 받으면서도 그 소녀는 꿋꿋했다.

"예, 제정신이에요."

"하지만 그놈과 계약을 맺기에는 너는 터무니없이 약해. 계약을 맺기도 전에 몸이 붕괴된다구. 계약을 맺으려면 엄청난 마나가 필요한데……."

"그 녀석에게 부탁하면 되지요. 계약을 맺고 그 후에 마나를 가져가면 안 되겠느냐고……. 내 몸이 정상으로 돌아오기만 하면 그따위 마나 정도는 얼마든지 줄 수 있어요."

"완전히 돌았군. 꼭 너는 그 마왕 놈에게 영혼을 팔아서라도 원상태로 돌아가고 싶냐? 흑마법사가 되면 점점 마성이 자라나서 계약을 맺은 후 30년, 길게는 50년도 안 되어 너의 혼이 마왕 놈에게 완전히 먹혀 버리는데도?"

"먹힌…다구요?"

"그럼, 먹히지. 그렇게 되면 피에 굶주린 광기를 부리든지 아니면 죽든지 둘 중 하나가 되지. 어때? 그래도 악마와 계약하고 싶냐?"

"흐음, 그건 좀 생각해 봐야겠는데……?"

"생각하고 자시고 할 것도 없어. 미래가 창창한 소녀가 할 소리가 아니라구. 수련이나 해. 시간이 지나면 어느 정도 힘을 되찾을 거 아냐?"

"그게 좋겠군요."

둘의 의견이 일치되는 듯하자 시드미안이 노마법사를 향해 말했다.

"그건 그렇고 이렇게 만난 것도 인연인데, 같이 식사나 하러 가시죠. 전에 조언해 주신 데 대한 고마움도 표시할 겸……."

"뭐, 그러지. 하여튼 자네들처럼 특이한 파티는 보다 보다 처음이니까……. 그런데 왜 그 그림의 대상을 찾는 건가?"

"이번에 드로아 대 신전에서 드래곤 하트가 없어졌습니다. 그것의 행방에 대해 신탁을 받으니까 그게 나오더군요."

"드래곤 하트라고?"

"예."

"정말 무서운 물건이 없어졌군. 드래곤 하트라면 엄청난 힘을 낼 수 있지. 어쨌든 내려가세. 나도 출출하군."

"예."

모두 조르르 마법진 안으로 들어가자 노마법사가 외쳤다.

"1층으로!"

그와 동시에 일행은 1층으로 이동되었다. 마법진에서 밖으로 나오면서 필시온이 궁금한 듯 노마법사에게 물었다.

"어? 주문이 다른데요? 저 여자는 '고매하고도 아름다우신 세레네 님이시여, 제발 우매한 저희들을 6층으로 보내 주십시오'라고 말하라고……."

그 말을 듣자마자 노마법사의 얼굴이 붉어지더니 테이블에 앉아

마도사에 관한 정보

있는 여자에게 쫓아가서 윽박질렀다.

"세레네, 너 또 손님들한테 장난쳤구나. 그러지 말라고 얼마나 얘기했냐?"

그러자 그 여자는 고개를 푹 숙이고 어깨를 움츠렸는데, 간혹 어깨가 떨리는 것이 우는 것인지 소리 죽여 웃고 있는 건지 분간하기 힘들었다. 어쨌든 노마법사의 행동을 보고 자신들이 완전히 농락당했다는 걸 알아챈 팔시온의 얼굴이 시뻘게졌지만, 노마법사가 대신 화를 내고 있으니 참을 수밖에 도리가 없었다. 아마도 속으로는 욕지거리를 하고 있겠지만…….

노마법사는 일행들과 함께 밖으로 나오며 사과했다.

"미안하군. 애는 참 좋은데, 장난기가 좀 지나쳐서 말이야. 애교로 봐주길 부탁하네."

"괜찮습니다."

팔시온은 그렇게 말했지만 뒤에서 누군가가 킥킥거리는 소리를 듣지 않을 수 없었다. 자신이 생각해도 그 말에 속아서 그렇게 기나긴 '주문'을 외웠다는 게 분했지만 이미 엎질러진 물이 아닌가?

'새끼들…, 지들도 속았으면서 대표로 주문을 외운 나만 비웃다니. 나쁜 놈들…….'

달갑지 않은 방문객

"제기랄……."

생각만 해도 분하다는 듯 팔시오이 욕설을 입에 올리자 시드미안이 미소 띤 얼굴로 위로했다.

"참게나. 장난이라고 했잖아."

"아니, 성질 안 나게 생겼어요? 생각만 해도 열불이……. 어?"

똑똑.

갑자기 노크 소리가 들리더니 여관 주인이 들어왔다.

"저, 손님이 찾아오셨는데요. 이리로 모실까요? 아니면 밑에서 만나시겠습니까?"

자신을 찾아올 사람이 없는데 누구일까 생각하면서 시드미안이 일어섰다.

"밑에서 만나죠."

시드미안과 팔시온, 미카엘, 안토니가 1층으로 내려가자 테이블에 앉아서 담소를 나누던 인물들 중의 한 명이 손을 흔들었다. 하지만 그들은 시드미안 일행에게는 초면이었다. 장대한 체구의 사내 세 명과 꽤나 단련을 했는지 근육질인 여자 한 명 또 마법사 같은 분위기를 풍기는 인물 한 명.

"무슨 일이신가요?"

"당신이 그라드 시드미안인가?"

방금 손을 흔들었던, 마법사 분위기를 풍기는 60세 정도의 인물이 다짜고짜 반말지거리로 나왔지만 일단 상대의 신분을 모르는 이상 같이 맞받아 칠 수는 없었기에 시드미안은 공손히 대했다.

"그렇습니다만……?"

그러자 상대는 거만한 표정으로 말했다.

"나는 코린트 제국 궁정 마법사 길레트 지오네다. 그리고 이쪽은 내 일을 도와주기 위해 파견된 철십자 기사단의 크로돈 안티네스, 토리오 지르네인, 리나 인트레인, 지단틴 카메오라고 하지. 황제 폐하께서는 이번에 사라진 그 물건에 대해 매우 심려하고 계신다. 그게 도난당한 지 꽤 많은 시간이 지난 걸로 아는데, 조사는 어떻게 되었나?"

코린트 제국이라면 세계 최강의 대국이었고, 시드미안의 트루비아는 코린트의 변방에 위치한 작은 속국에 불과했다. 물론 근위 기사단장인 시드미안의 실력은 뛰어났다. 여기 모여 있는 코린트의 기사들보다 월등하게 말이다. 하지만 그는 감히 상대방에게 뻣뻣하게 나갈 수 없었다. 왜냐하면 이들이 거짓보고를 올려서 트루비아를 중상모략이라도 하는 날에는, 트루비아는 그날로 바로 지도

상에서 사라지게 되는 운명에 처하게 되는 것이다. 이래서 약소국은 서러운 것이고…….

"조사는 많이 했습니다. 처음에는 일반적인 도둑 떼 정도로 생각했지만 의외로 놈들의 배후 세력이 두터운 것 같은……."

그러자 지오네는 짜증스런 표정으로 말했다.

"말을 돌리지 말고 바로 해라."

"이번 추격 때 로메로 네 대가 갑자기 기습을 가해 오는 통에 엄청난 고생을 했습니다. 그리고 6사이클과 5사이클급의 마법사도 만났구요. 또 그 외에 저희들이 신상을 파악한 그래듀에이트만 두 명입니다. 국가급의 후원이 없다면 그 정도 규모를 갖출 수가 없지 않겠습니까?"

"그래서?"

"그들의 흔적은 토리아 왕국에서 끝났고, 저희들이 이리저리 돌아다니며 흔적을 찾고 있지만……, 더 이상의 추격은 어렵게 되었습니다."

"알겠다. 그대가 여태껏 트루비아 국왕에게 보고한 서류를 읽어 봤다. 놈들의 규모나 그 배후 세력을 캐는 데는 더 큰 힘이 필요함을 알고, 그대의 국왕이 황제 폐하께 그것이 없어진 것에 대한 사죄를 하고 도움을 청했다. 그래서 우리들이 온 것이지. 나중에 찾더라도 드래곤 하트를 도난당한 것에 대한 책임은 트루비아에서 져야 할 것이다. 알겠는가?"

"예."

"이제부터 지휘는 내가 한다. 그대는 우리들이 보고받지 못한 최근의 내용이 있다면 보고해라."

"어디까지 보고를 받으셨는지?"

"신탁을 받고난 후 조사를 하겠다는 것까지."

"그럼 보고드릴 것도 없군요. 신탁은 여기 있습니다. 저희들도 백방으로 알아봤지만 단서가 없습니다."

상대의 고압적인 태도에 배알이 뒤틀린 시드미안이 드래곤 하트를 찾아 별짓을 다 했다는 보고는 생략한 채, 품속에서 두 장의 그림을 꺼내 그들에게 넘겨줬다. 지휘를 하겠다는데, 말리고 싶은 생각은 전혀 없었다. 안 그래도 골치 아파 죽겠는데…….

역시 상대도 그 그림을 보고는 심각한 표정을 지었다. 한참 동안 테이블 위에 펴 놓은 두 장의 그림을 쏘아보던 지오네가 드디어 입을 열었다.

"자네는 이게 뭐라고 생각하나?"

"알 수가 없으니 수소문을 한 게 아닙니까? 여기저기 알아봤지만 도저히 알 수…….”

"흐음, 이렇게 특이하게 생긴 짐승은 없어. 거기에 푸른색이라니……. 그리고 또 이 기대힌 신진 같은 깃은 또 뭐야? 알 수기 없군. 참, 그런데 보고받기로는 그대가 새로이 고용한 인물들이 있다면서? 그들은 믿을 만한가?"

"현재까지는 믿을 만했습니다."

"보고에 의하면 모험가 두 명에 용병 한 명, 겨우 3사이클급 수련 마법사 한 명, 무예 수련자 세 명이라고? 거기에 무예 수련자 둘은 아직 아카데미를 졸업한 지 2년도 안 되는 햇병아리들……. 자네 정신이 있는 건가? 이런 중차대한 일에 그따위 무리들을 이끌고 다녔다가는 목숨이 열 개라도 모자라."

그 말을 들은 미카엘과 팔시온이 성질이 나서 한소리하려는 걸 시드미안과 안토니가 말렸다. 시드미안은 팔시온의 팔을 살짝 뒤로 밀고, 미카엘의 앞을 가로막으며 말했다.

"아직까지는 꽤 믿음직한 동료였습니다. 일도 꽤 열심히 해 주었구요. 여기 당사자들도 두 명이나 있는데 조금 심하신……."

하지만 지오네는 시드미안의 말이 끝나기도 전에 언성을 높이며 시드미안을 질책했다.

"닥쳐라. 네 녀석이 나한테 말대답을 할 정도로 대단하다고 생각하느냐?"

그러자 곧장 팔시온이 미카엘의 눈치를 보며 말했다.

"저희들이 믿음직스럽지 못하다면 이만 헤어지는 게 좋겠군요. 안 그래도 요즘 추격에 도움이 못 되어 송구스럽던 참입니다. 곧 여기서 무투회도 열리고 해서 저희들도 이쯤에서 헤어질까하고 생각하고 있던 중이었습니다."

그 말을 끝으로 팔시온은 분노에 부들부들 떨고 있는 미카엘을 붙잡고 2층으로 올라가 버렸다. 그런 그들의 모습을 가소롭다는 듯 지켜보고 있던 지오네는 콧방귀를 뀌며 이죽거렸다.

"흥! 꼴에 자존심은 있는 놈들이군. 자네들은 여기 앉게. 그리고 보고받은 신관은?"

"보니에 사제님은 밖에 나갔습니다. 구입할 것이 있다구요."

"음, 곧 있으면 본국에서 두 명의 마법사와 한 명의 신관, 또 추가로 네 명의 기사가 타이탄을 가지고 올 거야. 폐하께서는 이 기회에 세계의 평화를 위협하는 못된 놈들을 강력히 응징하고 세계 질서를 다시금 세워야 한다고 말씀하셨다. 무슨 말인지 알겠나?"

"예."

"여기가 알카사스라는 것은 중요한 게 아니야. 세계의 평화와 균형을 해치고자 하는 무리가 있다면, 이곳 알카사스를 전쟁터로 만들어서라도 응징을 해야 한다고 황제 폐하께서 말씀하셨다. 그리고 나에게 전권을 위임한다고 칙명을 내리셨지. 트루비아에서도 한 명의 기사를 더 보내오겠다고 했다. 물론 타이탄을 가지고 말이야. 이렇게 되면 이미 정규급 타이탄만 열 대니까 도적 떼의 세력이 웬만한 국가급이라도 박살 낼 수 있겠지. 흐흐흐흐……."

"제기랄, 개새끼들!"
성질을 터뜨리는 미카엘을 팔시온이 위로했다.
"이봐, 참아. 저 새끼들 나름대로 찾아보라고 하면 되잖아. 사실 나는 다크가 그 모양이 된 다음부터 이번 일이 좀 찝찝했다네. 여기서 빠질 수 있는 기회가 생겼는데 뭐……."
"어쨌거나 열 받잖아. 그 자식 말투하며 느글거리는 표정하며……. 제길! 다크가 예전 같기만 했으면 반쯤 죽여 달라고 부탁하는 건데……."
"짐이나 꾸리자구. 나도 저 자식들 얼굴 보기는 싫으니까 여관을 옮기는 게 좋겠지. 참, 그러고 보니 이렇게 되면 이번 여행은 끝나는 건데……. 자네는 어디로 갈 건가?"
별로 대답을 기대하는 것 같지도 않은 팔시온의 물음에 미카엘이 자신 있게 대답했다.
"어디로 가기는? 자네는 모르겠지만 나는 할 일이 이미 정해져 있다구."

거기에 약간 궁금함을 표시하는 팔시온.

"뭔데? 좋은 일이면 나도 같이 하자."

"별로 좋은 일은 아니야. 계집애 꽁무니 따라다니는 일이니까."

"정말? 나도 그런데……. 나는 다크하고 같이 갈 거야. 한동안은 보호가 필요하니까……."

"이 자식이, 내가 먼저 생각한 일을?"

"하하하! 너도 그 생각을 하고 있었나?"

"아무렴. 이번 모험 때문에 신세 망친 유일한 인물이잖아. 그리고 누가 알아? 아부 잘하면 괜찮은 무술이라도 가르쳐 줄지……. 10년이면 마스터의 대열에 다시 돌아갈 수 있다고 호언하는 인물인데 말이야. 또 아쿠아… 읍……!"

팔시온이 미카엘의 입을 황급히 틀어막았다.

"쉿! 그런 소리 하지 마. 잘못하면 목숨이 날아간다고……. 빨리 여기서 떠나자. 저런 녀석들하고 한지붕 아래에서 도저히 못 있겠어. 자네가 로니에 사제님한테 말해 주겠나? 지미하고 라빈에게도……."

"그래, 그럼 자네가 여자들을 맡으라구."

내키지 않는 길을 가다

"어서 오게나, 프로이엔 단장."
"안녕하셨습니까? 토지에르 경."
"여기 앉게. 몇 가지 의논할 일도 있고 해서 자네를 불렀네."
"예."
"자, 한잔 받게나."
 토지에르는 병을 들어 상대의 잔에 포도주를 가득히 따랐다. 이곳 크라레스에서는 포도주만이 생산된다. 나머지 술은 황제의 칙명에 의해 거의 대부분 생산이 중지되었고, 외국에 수출하기 위한 토속주 몇 가지만이 생산되었다. 안 그래도 경지 면적이 좁은 탓에 조금밖에 생산되지 않는 곡물을 쓸데없이 술 만드는 데 사용하지 못하도록 하기 위한 조치였다.
 "조금 있으면 루빈스키 폰 크로아 공작 전하께서 돌아오실 거야."

 그 말에 프로이엔은 기절할 듯이 놀라 하마터면 입속에 들어 있던 포도주를 토지에르를 향해 뿜을 뻔했다. 간신히 실수를 면한 프로이엔은 재빨리 목구멍 속에 포도주를 밀어 넣었다.

 "옛? 정말이신가요?"

 "정말이네. 자네도 스승과 만나는 게 정말 오랜만이지?"

 "예, 30년쯤 전인가요? 그때 선황 폐하의 죽음을 막지 못한 가책에 시달리시며 본국을 떠나셨으니까요. 저는 그분과 그때 만나 검술 수업을 받다가 10년 전에 헤어졌죠."

 "정확히 28년이지. 폐하께서 여덟 살 때였으니까……. 제국 최고의 무사가 겨우 로메로 한 대만 가지고 나가서 고생도 참 많이 하셨겠지만, 그분이 계셨기에 우리가 그나마 복수를 꿈꿀 수 있는 것이지."

 "예, 스승님께서 던전들을 발굴하시지 않으셨다면 청기사나 청기사에 들어갈 그 많은 돈을 조달하는 것은 불가능했을 겁니다. 저도 그때 따라다니며 정말 많은 걸 배울 수 있었죠. 그때가 그립군요. 참! 그런데 언제 돌아오시나요?"

 "정확히는 잘 모르겠지만, 2주일 정도 후일 거야."

 "그렇게 빨리 말입니까?"

 "빠른 건 아닐세. 2주일 후에는 청기사의 실전 테스트를 할 거야. 그것 때문에 폐하께서 공작 전하를 불러들이신 거니까."

 프로이엔이 감격 어린 표정을 지었다.

 "드디어… 청기사를?"

 "그렇다네. 정보로는 시드미안과 코린트에서 보낸 사냥개들이 합류했어. 그래 봐야 로메로나 카로사겠지만……. 참, 시드미안의 안토로스가 있었지.

　어쨌든 그 다섯 대를 완전히 박살 내기 위해서 필요한 전력은 로메로 열 대. 한 대라도 도망치면 끝장이니까 이쪽에서 좀 과하게 투입하는 수밖에. 하지만 청기사라면 다르지. 두 대만 동원해도 그놈들 쯤이야 몽땅 다 시체로 만들 수 있어. 그리고 로메로 한 대 정도는 함께 보내서 남은 잔당들 처리를 맡기면 간단히 끝나겠지."

　"하지만 꼭 청기사를 투입해야만 할까요? 잘못하면 기밀이……."

　"어쩌면 기밀이 누출될 수도 있겠지. 하지만 그건 어쩔 수 없다네. 그놈들이 청기사의 존재를 안다 해도 변하는 건 없어. 청기사가 우리나라에서 개발한 타이탄이란 걸 아는 사람이 없으니까."

　"어디로 가시는 겁니까?"

　"동료들이 오는 데 당연히 마중을 가야지. 오늘 아침에 연락을 해 보니, 모두 출발 준비를 갖췄다고 하더군."

　시드미안과 스미온, 그리고 안토니는 코린트에서 파견된 무리들을 따라 이유도 제대로 듣지 못하고 시 외곽으로 나왔다. 로니에 사제는 시드미안이야 마음에 들었지만, 이들과 합류하는 인물들이 코린트 제국의 사람들이라는 걸 알고 팔시온 일행에 합류해 버렸다. 괜히 그쪽에 따라갔다가 자신의 종파가 들키기라도 하면—신성 마법을 쓰기만 하면 들킬 게 뻔하니—곧바로 자신의 목숨을 장담할 수 없는 사태가 벌어지게 되기 때문이다.

약속 위치에 도착한 코린트 궁정 마법사 지오네는 해를 잠시 쳐다본 후 말했다.

"이제 시간이 다 되었군."

그리고는 땅바닥에다 대강대강 마법진을 그렸다.

"이미 미네온 마법사 길드에다가는 여기서 10만 기간트라급의 공간 이동 마법이 있을 테니 그리 알라고 통보해 놨네. 그놈들은 좌우간 국내에서 벌어지는 일에는 너무 민감한 게 탈이라니까……. 딴 나라에서는 아무리 강력한 마법을 써 대도 알지 못하는데, 여기서 하는 일은 귀신같이 포착해 내거든."

지오네가 그린 마법진에서 빛이 약하게 뿜어져 나오더니 여덟 명의 인물들이 말에 탄 채로 나타났다. 그들 중 한 명이 시드미안에게 아는 체하며 인사를 건네 왔다.

"시드미안 경, 오랜만입니다."

"오, 도미니크 아닌가? 자네가 파견되어 왔나?"

"예, 시드미안 경을 도와 드리라는 분부를 받고 왔습니다."

도미니크의 말을 들은 시드미안의 안색이 약간 어두워졌다. 그 분부는 분명 국왕 전하로부터 내려졌겠지만, 국왕 전하도 그 망할 코린트의 황제에게 압력을 받았을 것이다. 이로써 트루비아에 남은 안토로스급 타이탄은 겨우 두 대. 근위 기사단 인원의 반이 국외에 나와 있다는 것은 결코 좋은 현상이 아니었다.

코린트 패거리들도 서로 인사를 주고받더니 곧장 지오네가 말했다.

"이제 모두 다 모였으니 이동하기로 하지. 상대방에 흑마법사가 있는 것으로 미루어, 이 해괴한 그림의 주인이 마신일 가능성에 대해서는 본국의 마법사 길드에서 조사 중이다. 하지만 이게 드래곤과 상관이 있을지도 모른다는 의견도 나왔어. 청색하면 블루 드래곤! 원래 블루 드래곤의 뿔은 하나지. 하지만 그 블루 드래곤 중에 변종이 나왔을지도 모르는 노릇이고, 또 드래곤 중의 한 마리가 해괴한 모양의 키메라(Chimera : 접목 등에 의해 만든 마법 생물로 여러 종의 특성을 함께 가진다)를 만들었을 가능성 또한 배제하기는 힘들다. 또 그 흑마법사 녀석이 키메라를 만들었을 수도 있지. 어쨌거나 여러 가지로 추측이 가능하다."
"그럼 어떻게?"
"우선 미테오, 자네는 코네리와 함께 알카사스 내에 있는 키메라에 관한 권위자를 찾아라. 그런 다음 그에게 그 그림에 대해 물어보고, 키메라를 연구하는 인물들의 명단을 입수하라. 그자가 협조하지 않는다면 수단과 방법을 가리지 않아도 상관없다."
그러자 40대 마법사는 약간 난처한 표정을 지었다.
"저항한다면요? 저희들만으로는 좀……."
"좋아, 갈로네 자네가 도와주게."
그 말에 기사 한 명이 공손하게 대답했다.
"예."
"그럼 우리는 멀리 가서 딴 블루 드래곤을 찾을 필요 없이 그레이시온 산맥에 산다는 놈을 만나러 가기로 하지. 그놈에게 물어보면 알 수 있을 거야."
그러자 시드미안이 정색을 하며 외쳤다.
"너무 위험합니다. 블루 드래곤은……."
"조용히 하게. 내가 물어보기 전에는 닥치고 있으라구. 알겠나?"

도대체 4천 살이나 먹은 드래곤을 만나러 가다니……. 자신도 그 때는 무슨 정신에 그곳을 헤매고 다녔는지 알 수 없을 정도로 미친 짓처럼 느껴졌다. 게다가 그걸 말할 수도 없으니 더욱 미칠 지경이었다. 하지만 시드미안은 상대에게 공손하게 대답하는 것으로 대화를 끝냈다.

"예."

"드래곤 따위야 큰 도마뱀하고 다를 게 뭐가 있나? 존경하는 척 사탕발림을 해서 물어보면 멍청한 것들이니까 대답을 해 줄 거야. 그 녀석은 과거에는 광룡(狂龍)이란 칭호를 받았던 놈이지만, 한 2백 년 조용했으니까 요즘은 성질이 많이 죽었겠지. 빨리 가세나."

지오네는 품속에서 두터운 책을 꺼내 들었다. 그 책에는 각국에서 워프하기에 가장 좋은 위치들…, 오랜 세월이 지나도 워프에 방해가 되는 나무나 풀 따위가 자라지 않고 넓은, 뭔가와 부딪칠 가능성이 없는 그런 지점들의 좌표가 적혀 있었다.

그는 좌표를 보면서 거대한 마법진을 그렸다. 그가 그린 마법진은 보통 이동 주문에 사용하는 마법진에 비해 엄청나게 복잡했다. 지오네는 6사이클급의 강력한 마법사였고 또, 그 목적지의 지도를 보고 지표 높이를 대강 참고해서 낙하지점을 정해야 하기 때문에 매우 세심한 주의를 기울이고 있었던 것이다. 그리고 반대편에 마법진이 있다면 이쪽의 마력이 약해질 때 반대편 마법진의 도움을 받을 수 있지만, 지금은 그나마도 어렵기에 안전한 이동을 위해서는 매우 세심한 주의가 필요했다.

지오네는 마법진이 다 그려지자 말에 올라타고는 품속에서 작은 수정 지팡이를 꺼내 주문을 외웠다. 마법진이 거의 발동되기 시작했을 때, 지오네는 말을 몰아 마법진 안으로 들어갔다. 말이 마법진을 밟았지만 일단 발동되기 시작한 마법진의 글자는 지워지지 않았다.

"마법진 안으로 들어와라"

모두 말에 탄 채로 마법진 안으로 들어서자, 지오네는 시동어를 외치기 전에 일행에게 주의를 줬다.

"강물 위로 워프할 것이다. 워프가 완료된 후에 갑자기 물속에 빠진다고 당황하지 마라. 알겠나? 워프!"

그와 동시에 그들의 몸은 뿌연 빛과 함께 사라져 버렸다. 지오네 일행이 워프한 후 남은 세 명은 그 마법진을 지워 버리고, 자신들의 임무를 수행하기 위해 이동했다.

그들이 사라지고 30분쯤 지나자 그들을 멀찍감치 숨어서 감시하던 인물이 마법진이 그려졌던 위치로 다가왔다. 그는 대지의 기억에 물었고, 그 얼굴들을 자세히 기억해 두었다. 그런 후 마법진을 그리고 그 위에 수정 구슬 하나를 놓고는 또 다른 주문을 외우기 시작했다. 곧이어 그 작은 수정 구슬에는 사람의 얼굴이 나타났다.

"무슨 일이냐?"

"추격자 일행이 오늘 아침에 이리로 이동해 왔습니다. 그리고 여기서 워프해 온 여덟 명의 인물들과 합류했습니다. 이제부터 대지의 기억에 나타난 영상을 전송하겠습니다."

그는 수정 구슬 위에 손을 올려놓고는 중얼중얼 주문을 외우기 시작했고, 수정 구슬은 아련한 빛을 내뿜었다. 아마도 수신받는 인물의 수정 구슬에는 방금 자신이 대지의 기억에 물어서 알아낸 인물들의 정확한 영상이 나타나고 있을 것이다. 또 그는 멀리서 관찰

한 모든 광경까지 전송했다.
"어떻게 할까요?"
"놈들은 추격을 피하기 위해 공간 이동 문을 사용하지 않고 곧바로 워프한 것 같다. 그러니 괜히 큰 주문을 써서 위치를 발각당하지 말고 그 세 놈의 감시나 잘해라."
"옛!"
"그런데 전송된 영상에는 시드미안과 함께 다니던 인물들이 많이 빠진 것 같은데?"
"예, 그들은 다른 여관으로 옮겼습니다. 리엔이 감시하고 있지만 그쪽은 별다른 움직임이 없는 것으로 알고 있습니다."
"알겠다. 세 놈에 대한 감시를 철저히 해라."
수정구 안의 인물은 곧 사라져 버렸다.

여기는 화장실……. 변기에 한 수녀가 앉아서 투덜거리고 있었다.
"제길! 이제는 아주 화장실에 들어오면 자동적으로 치마를 올리면서 주저앉게 되는군. 으윽! 빌·어·먹·을!"
갑자기 화장실 안에서 "빌어먹을"하는 소리가 크게 들려오자 밖에서 얘기를 나누던 인물들은 고개를 갸웃거렸다. 화장실에서 저런 소리를 지를 이유가 없는데 말이다.
"소변보러 들어가더니, 저 녀석 왜 저래?"
미카엘의 말에 지미가 뭔가 생각났다는 듯 말했다.
"바퀴벌레라도 본 거 아닐까요?"
"설마! 좀 징그럽게 생기기는 했지만, 저 녀석 자아는 남자라구.

바퀴벌레 보고 욕설 퍼붓는 남자는 없어. 뭐, 그건 그렇고 얼마나 받았냐?"

미카엘의 물음에 팔시온이 말했다.

"응, 시드미안이 미안하다고 하면서 한 사람당 월급 25골드로 계산해서 450골드를 줬어. 나머지 돈은 술이나 한잔하면서 기분 풀라고 하더군."

"로니에 사제님은 어떻게 한대?"

"한동안은 우리들과 함께 여행하고 싶다고 하시더군. 그런데 앞으로 뭘 하지?"

"뭘 하기는……. 일단 여기 왔으니 무투회에 참가한 후 다음 계획을 의논해 보자. 참, 전에 미디아가 어딘가에서 용병을 모집한다고 하지 않았어? 거기서 싸우면서 돈 버는 것도 좋지. 단련도 되고……."

"아직도 용병을 모집할까?"

그러자 미디아가 대답했다.

"내가 시간 내어 용병 길드에 가서 알아보지."

습격자

"이야! 저거 예쁘다. 그지?"

"……."

"저것 봐! 저렇게 멋있게 세공된 검은 처음이야……."

"……."

"잠깐 저것 좀 보고 가자. 와이번 비늘을 녹여 만든 방패야. 알카사스에 와야만 진품을, 그것도 최고로 멋있게 세공된 진품을 볼 수 있거든. 저 선(線) 좀 봐. 얼마나 아름답니?"

"……."

사람들이 이 기묘한 두 여자를 힐끗거리면서 지나갔다. 한 여자는 30세 정도에 키가 거의 175센티미터는 되어 보이는 데다가, 누가 봐도 검시라는 걸 알 수 있게 우람한 근육질의 몸매를 가지고 있었다. 또 동행인 소녀는 잘봐 줘야 이제 15세 정도? 그 어린 소녀의 키는 기껏해야 160센티미터 정도에 불과했지만, 근육이라고는 거의 없는 날씬한 몸매에 대단한 미모를 지니고 있었다.

그런데 사람들의 이목을 끄는 이유는 그 둘의 신체적 대조 때문이 아니었다. 이색적인 물건들을 보며 야단법석을 떠는 여자는 우람한 근육질의 나이든 여자요, 한창 호기심이 왕성할 듯한 어린 소녀는 오히려 그따위 것에는 흥미 없다는 듯 시큰둥한 표정으로 따라다닌다는 데 있었다.

"제기랄, 용병 길드에 같이 가자고 왔잖아. 그런데 왜 시장통에는 들어와서 법석이야?"

"흐음, 여자의 즐거움을 모르는 한심한 녀석 같으니라구……."

그러자 발끈한 다크가 말했다.

"명심해 둬. 나는 여자가 아니라구."

"지나가는 사람 아무나 붙잡고 물어봐라. 뭐라고 대답하는지. 그건 그렇고 하나 사 줄 게 있어서 데리고 온 거야."

"사 줄 거?"

"응, 우리 모두가 의논했지. 조금 더 가면 있어."

미디아가 다크를 끌고 간 곳은 그렇게 크지 않은 작은 상점이었다. 그들이 들어서자 주인인 듯한 나이든 남자가 인사를 했다.

"어서 오십시오. 뭘 찾으십니까?"

사근사근한 주인의 말에 미디아가 상점을 둘러보았다.

"근력 증가의 마법이 걸린 물건을 찾아요. 어떤 게 있죠?"

주인은 여자라고 보기 믿어지지 않는 미디아의 근육을 쳐다보며 물었다. 이 정도 근육을 가지고도 근력 증가를 찾다니…….

"손님께서 쓰실 겁니까?"

"이 아이가."

그러자 주인은 상대의 신분에 대해 대강 감을 잡았다. 예쁜 여자 아이, 또 그 아이를 따라 다니는 제법 실력 있어 보이는 여자 검객. 그렇다면 오늘 손님은 여행 중인 어느 부잣집 딸내미라는 말이 되는데, 그럼 흐흐흐…….

"요즘은 파괴력이 아주 강한 명품, 즉 화염의 반지라든지 뭐 그런 게 아주 인기를 끌고 있는데, 손님들은 조금 다르군요. 나약한 여자들이 이용하기에는 화염의 반지나 뇌전의 반지 같은 게 좋을 텐데요. 그편이 상대에게 피해를 더 줄 수 있고 말입니다. 치한 방지용으로 아주 좋은 뇌전의 반지가 있습니다. 한 방에 그냥 나가떨어지죠. 제가 특별히 아주 싸게 드리겠습니다. 헤헤헤."

"딴소리하지 말고, 있어요? 없어요?"

"아, 예. 물론, 물건은 있습니다. 이쪽으로……."

주인은 반지 세 개와 장갑 두 개를 보여 주며 말했다.

"바로 이 녀석들이죠. 이것들은 모두 다 파워 업 마법이 처리된 것들이죠. 모두 다 뛰어난 마법 처리가 된 마력 도구들입니다. 아마 써 보시면 마음에 드실 겁니다. 헤헤헤……. 장갑은 조금 작아 보여도 신축성이 아주 좋은 오크 가죽으로 만들었기에 매우 부드럽고 착용감이 좋죠. 웬만한 손 크기라면 누구라도 낄 수 있습니다."

"이중에 어떤 게 마나가 제일 적게 들어가죠?"

"뭐 그렇게 차이가 크진 않지만, 장갑 쪽이 마나가 적게 들죠. 하지만 반지 쪽이 좀 더 성능이 뛰어나죠. 아무래도 고명하신 마법사 분들은 대부분 품위 있는 반지를 만드는 걸 선호하시거든요."

"이거 가격은 얼마예요?"

"예, 그 장갑은 5백 골드죠. 매우 저렴한 가격입니다. 헤헤."

"그럼, 이 반지는요?"

"6백 골드입니다. 거기 박힌 사파이어는 진짜거든요. 보석 가격도 생각해 주셔야죠. 헤헤."

"그럼, 이 장갑은요?"

"예, 그쪽은 손가락 부분이 없는 만큼 가격이 약간 쌉니다. 450골드죠. 하지만 겨울철에 쓰기에는 좀 추우실 겁니다."

주인의 말에 미디아가 고개를 절레절레 흔들었다.

"너무 비싸요. 좀 더 싸게 해 줘요. 내 다크네도 3백 골드에 샀는데……."

"에이, 손님. 다크네 같은 것과 이걸 비교하지 마십시오. 저희 알카사스 최신 모델들은 더욱 작은 마나를 흡수해 더 강한 힘을 냅니다. 그러지 마시고……."

"그럼, 시험을 해 보면 알 수 있겠지."

미디아는 다크네를 벗고, 그 450골드짜리 장갑을 끼고는 주문을 외웠다.

"파워 업."

그 상태에서 자신의 검을 뽑아 들고는 검 손잡이의 끝 부분만 잡고 버티며 다크네와 힘의 차이를 가늠해 보면서, 마나의 소모에 따른 피로도를 정밀하게 재기 시작했다. 설마 이 정도까지 본격적인 실험을 하는 손님이 있을 거라고는 생각해 보지 못한 주인은 약간 창백해진 안색으로 목소리를 낮추며 말했다.

"헤헤, 그렇게 실험을 꼭 해 보실 것까지야……. 제가 크게 인심

쓰고 330골드까지 해 드리죠."

"흐음, 꼭 장사치들은 다 이렇다니까. 내 다크네와 별 차이도 없는 것 같은데, 150골드나 더 받아 처먹겠다고? 미네온 마법사 길드에서 이 가게가 그런대로 양심적이라고 해서 찾아왔는데, 타지 사람이라고 바가지를 씌우려 들어? 내 소개한 그놈의 마법사 영감탱이 수염을 몽땅 뽑아 줄 테닷!"

신경질이 머리끝까지 오른 듯 열 받은 표정으로 씨근거리며 미디아가 달려 나가려고 하자, 주인은 울상을 지으며 다급하게 미디아를 붙잡고 사정했다.

"그렇게 하시면 저는 여기서 장사를 할 수 없습니다. 제발 좀 봐주세요. 제가 잘못했습니다. 250골드에 드릴 테니 제발……."

"2백 골드!"

"손님, 원가가 250골드입니다. 아무리 깎으셔도 그건 좀……."

"그래? 그럼 팔 필요 없어. 나는 그 마법사 영감탱이 수염만 뽑아 주는 걸로 만족하겠어. 이 나쁜 놈 같으니라구!"

"제에발……! 좋아요, 좋아! 2백 골드에 가져가십시오. 2백 골드에 드리겠습니다. 손님, 거기 가서 난리치시면 저는 오늘 중으로 통구이가 된단 말입니다. 제발……."

계산을 끝내고 상점을 나서며, 소녀는 자신에게 새로이 생긴 손가락 부분이 없는 장갑을 끼면서 물었다.

"그런데 누구한테 저 가게를 소개받은 거야?"

미디아는 쑥스러운 웃음을 지으며 낮은 목소리로 실토했다.

"히히히, 소개받기는 누가 소개받아. 그냥 윽박지른 거지. 여기서 파는 모든 마법 물건들은 거의 마법사 길드에서 흘러 들어오게 되어 있고, 또 이곳 알카사스에서 마법사의 위치는 대단히 높아. 그러니 주인이 지레 겁먹고 다 실토한 거지. 어때? 덕분에 250골드나 깎았잖아."

"그건 그렇군."

"마법 장갑은 무조건 쓰기 전에 파워 업, 다 쓴 후에는 파워 다운이라고 주문을 외워 줘야 해. 마력에 의해 유지되기 때문에 장갑이 빗물에 젖어도 손질해 주지 않아도 되고, 또 장갑의 수명도 아주 길지. 너는 지금 힘이 너무 없으니까 꼭 그걸 끼고 있는 게 좋아. 값도 싸지만 손가락 부분이 없으니까 평상시에 끼고 다닌다고 해도 아무도 신경 쓰지 않아서 좋을 거야."

"꽤 좋은 장갑이군. 가죽도 부드럽고……. 이거 오크 가죽이라고 했던가?"

"그럼, 가죽 중에서 최고로 신축성이 좋고 부드러운 게 오크 가죽이지. 다만 가공하기가 힘들어서 흔하지 않지만……."

풍덩!

갑자기 공간이 열리며 사람들이 말에 탄 채로 강물 속으로 떨어졌다. 갑자기 물에 떨어져 놀란 말들이 잠시 아우성을 쳤지만, 미리 주의를 받았던 사람들은 말들을 재빨리 진정시켜 강가로 몰아갔다.

"경치 좋군."

지오네의 말에 옆에서 말을 타고 가던 기사가 재빨리 맞장구를 쳤다.

"그렇습니다. 그런데 어디쯤에 그 드래곤이 사는지……?"

"카마가스 지대를 자신의 영토로 삼고 있다고 하니, 그쪽으로 가 보면 알 수 있겠지. 그건 그렇고, 자네들은 타이탄의 추가 무장을 준비했나?"

지오네의 말에 뒤쪽에 있던 기사가 재빨리 대답했다.

"예, 모두 창 세 자루와 철퇴나 전투 도끼를 준비했습니다."

"흠, 좋아, 좋아. 어쩌면 조만간에 적들과 전면전을 벌일지도 모른다. 그러니 최대한 준비를 든든하게 해 두는 것이 좋겠지."

"지오네 경"

"왜 그러나?"

"꼭 드래곤에게 물어보러 가야 할까요? 사실 드래곤은 사람들의 일에 간섭을 안 해 왔는데……."

그러자 지오네는 빙긋이 미소 지었다.

"아마 드래곤과 관계없을 가능성이 대단히 크지. 하지만 관련이 없다는 보장도 없기에 한 번은 만나러 가야 해. 그리고 만약 적의 배후에 어떤 국가가 있다면, 우리들이 이리 온 것을 이미 알아채고 감시한다며 북적거릴 것이다."

"그렇다면 미테오 경 일행이 위험하지 않을까요? 아무리 갈로네가 호위를 해 준다지만, 여태까지 보여 준 놈들의 전력으로 미루어 볼 때 갈로네 혼자만으로는……."

그러자 지오네는 음흉한 미소를 지으며 말했다.

"내가 떠나기 전에 이미 미네온에는 열 명의 첩자들이 깔려 있었다. 그리고 지오르네 백작님께서 마법사 다섯 명과 은십자 기사단원 20명을 거느리고 일찌감치 잠입해서 활동 중이시지. 우리는 그냥 이리저리 들쑤시면서 놈들이 나타나게 만드는 미끼야. 그놈들이 나타나서 백작님에게 포착되면 그다음은 끝장이지. 또 우리들이 이동한 후에 놈들이 방심하고 미테오 일행을 추격한다면 그것도 또 우리들에게 걸리게 되어 있어. 놈들은 폐하께서 이번 사태를 얼마나 심각하게 생각하고 있는지 모르고 있지. 감히 본국의 드래곤 하트를 훔쳐 가다니……. 그놈들에게 남은 건 멸망이라는 단어뿐이야. 흐하하하!"

"하하하, 놈들은 그럼 자기 꾀에 속아서 저절로 모습을 드러내겠군요."

"그럼, 그럼. 겨우 그따위 신탁 쪼가리 하나 가지고 어떻게 찾겠나? 머리를 써야지, 머리를!"

"어때?"
"이 근처에는 별로 좋은 일자리가 없어. 있어 봐야 몬스터 사냥? 참내 월급 8골드라니. 실력 좋으면 12골드……. 하기야 여기는 꽤나 군사력이 좋아서 대형 몬스터들은 타이탄으로 사냥해 버리니 일거리가 없을 수밖에……."

"그럼 마도 왕국을 떠나서 딴 곳으로 가면 되지."

"아무래도 그래야 될 것 같아. 그건 그렇고 눈요기나 좀 더 하고 가자, 응? 저런 진품을 볼 기회는 좀처럼 없다구. 나는 언제 돈 모아서 저런 거 하나 장만하지?"

그다음부터 미디아는 다크를 무작정 끌고 다니기 시작했다. 40킬로그램도 안 나가는 다크니, 슬쩍 끌기만 해도 질질질 끌려가게 되어 있는 것이고, 다크는 취미 없는 시장 바닥 구경을 또다시 해야만 했다.

"이야, 저 롱 소드 좀 봐. 저 호화로운 장식……. 검의 날 부분에는 미스릴을 입혀 놨어. 그리고 검신(劒身)에는 은으로 상감(象嵌 : 금속 등의 표면에 무늬를 파고 그 속에 금, 은을 채워 넣어 멋을 내는 기법)을 했어. 멋도 멋이지만 위어울프 같이 부정한 놈들과 싸우는 데 필요한 실용성까지 같이 추구했다구. 얼마나 멋있어?"

"헛소리하지 말고 빨리 돌아가자."

질질질…….

"이야! 저 방패……. 정말 예술품이야. 표면에 대마법 주문까지 새겨 놨잖아. 아마 4내지 5사이클 공격 마법까지도 막아 줄 거야. 대마법 주문을 저렇게 새겨 놓으니까 뭔가 꽤 멋있게 보이지 않냐? 정말 정말 마음에 들어. 저 가격표 말고는……."

"미디아, 그런데 저건 뭐냐? 이상하게 생겼네."

미디아는 다크가 가리키는 쪽을 봤다.

"아, 저거 묘인족(猫人族)이야. 사람처럼 생기기는 했지만 머리 위에 뾰족한 귀, 길고 부드러운 털이 박힌 꼬리…, 꼭 고양이 같이 생겼잖아. 알카사스에서는 사람을 노예로 쓰지 않는 대신 저런 수인족(獸人族)이나 엘프 같은 걸 노예로 부리지."

철창에는 세 마리의 묘인족이 갇혀 있었는데, 그 앞에는 각자의 가격이 붙어 있었다. 135골드, 148골드, 164골드……. 가장 가격이 비싼 녀석은 부드러운 은빛 머리카락과 기다란 눈동자를 가진 꽤 미인인 소녀였다. 다크는 그녀의 길고 부드러운 머리카락 위로 솟아오른 뾰족한 귀를 흥미롭게 바라보았다.

"꽤 재미있게 생겼네. 저것들은 수명이 어느 정도야?"

"사람하고 조금 다르지. 묘인족의 경우 80년 정도는 살아. 하지만 인간과 다른 점이 있다면 좀 더 빨리 자라지. 저 아이는 아홉 살 정도? 묘인족은 열 살이면 다 크니까. 하지만 사람과 달리 훨씬 늦게 늙지. 40세는 지나야 노화가 나타나기 시작한다고 들었거든. 하여튼 오랫동안 젊음을 누리는 종족이야. 저것들은 목걸이를 걸어 놨으니까 상관없지만, 야생에서는 꽤나 흉폭한 것들이지."

"흐음, 그렇게 위험하게 안 보이는데?"

"지금은 당연히 그렇지. 혹시 위어울프 본 적 있어?"

"사람이었다가 보름달만 뜨면 늑대로 변하면서 발작한다는 놈들?"

"응, 저것들도 변신하면 그런 식이라고 생각하면 돼. 키도 커지고 기다란 손톱, 발톱이 솟아 나오지. 또 엄청난 근육도……. 하지만 위어울프처럼 아예 이성을 상실하지는 않지. 대신 피에 대한 야성의 광기는 살아난다구. 그래서 변신을 막기 위해서 저기 보이는 목걸이를 채워 놓은 거야. 변신 방지를 위한 매우 강력한 마법이 걸려 있거든."

다크가 흥미롭다는 듯 큰 눈망울을 굴렸다.

"흐음, 꽤나 재미있는 족속들이군. 수인족은 묘인족뿐이야?"

"아니, 종류가 꽤 많아. 묘인족(猫人族), 호인족(虎人族), 견인족(犬人族), 조인족(鳥人族) 등 꽤 다양하지. 그중에서도 조인족이나 견인족은 꽤 인기가 좋아서 아주 비싸. 조인족은 아주 아름답거든. 날개를 펴면 천사처럼 보이는 데다가 얼굴도 미남, 미녀고 말이야. 변태들의 사랑을 꽤나 받기 때문에 가격이 아주 비싸. 잘 잡히지도 않고 말이야……. 하지만 견인족은 그와는 다른 이유에서 가격이 비싸지. 견인족은 잘 기르면 매우 충성심이 깊어서 목숨을 걸고 주인을 지키지. 그래서 견인족을 호위병으로 쓰는 사람이 많아. 하지만 저런 고양이과 놈들은 충성심이라고는 개털만큼도 없는 것들이라서 그냥 즐기는 데나 쓸까, 쓸 데가 없다니까. 이제, 딴 데로 가자. 아직도 볼 거 많아."

질질질…….

어쨌거나 미디아에게 이리저리 끌려 다니다 보니 여관에 도착한 것은 거의 저녁 식사 때가 다 되어서였다. 식사를 맛있게 끝낸 후 다크와 로니에 사제는 각자 자신의 방으로 돌아갔고, 나머지 일행들은 무투회 참가를 위한 훈련을 한답시고 뒤뜰에서 격투 연습을 하기 시작했다.

챙— 퍽! 퍽—— 챙——!

한동안 검과 검, 검과 방패, 방패와 방패가 부딪치는 격투 소리가 들리더니 갑자기 중단되었고, 곧이어 팔시온이 쫓아 올라왔다.

"시드미안 경이 우리에게 시킬 일이 있다고 사람을 보내왔어. 지금 그 싸가지 없는 자식들하고 같이 있는데, 그 때문에 조용히 만나서 얘기하자고 말이야. 빨리 준비해. 아마 거기서 부탁받고 곧장 떠나게 될지도 몰라."

"알았어."

팔시온 일행은 여행 준비를 단단히 갖추고 미네온시 외곽으로 나갔다. 미네온시 외곽에 있는 한적한 곳에서 만나야 하는 이유는 두말할 것도 없이 그 꼴 보기 싫은 녀석들의 눈길을 피하기 위해서였다. 그것은 꽤나 타당성 있는 제안이었으니, 모두 그런가 보다 하고 있었다. 분명히 그 코린트 녀석들은 시드미안보다 윗줄의 인물이었고, 팔시온 일행이 이번 일에 개입하는 걸 별로 좋아하지 않앉으니까.

"저기군."

시드미안은 이미 약속 장소에 나와 있었다. 어두운 밤이라서 잘 보이지는 않았지만, 어두컴컴한 나무 밑에 말을 타고 있는 세 사람의 시커먼 그림자가 보였다. 아마도 시드미안, 안토니, 스미온이리라…….

모두 시드미안에게 다가가서 반갑게 인사를 하려고 하는데, 갑자기 시드미안이…, 아니 시드미안이라고 생각했던 인물이 검을 빼 들었고, 그 옆의 인물들도 마찬가지였다. 그리고 나무 위에서 뛰어내린 다섯 명까지 합세하며 공격을 퍼부었다.

시드미안으로 착각했던 인물의 발검(拔劍) 실력은 정말이지 놀라웠다. 단숨에 팔시온의 목에 검을 들이댐과 동시에 가스톤의 복부에다가는 거의 손목이 들어갈 정도로 왼팔을 깊숙이 박아 넣었다.

"윽!"

쿠당!

그 외 두 명의 인물들도 곧장 미카엘과 로니에 사제의 목에 칼을 겨누었고, 나머지 나무 위에서 뛰어내린 다섯 명은 널찍이 포위한 채 일행의 퇴로를 차단했다. 순식간에 완전히 제압당한 것이다. 그걸로 보면 이 인물들은 대단히 많은 훈련을 받은 자들이 분명했다.

"무기를 버려라. 안 그러면 이놈들의 목숨은 없어!"

"제길……."

복부를 한 대 맞은 충격으로 낙마해서 기절한 가스톤을 제외하고 나머지 인물들은 각자의 손에 쥐고 있던 검을 땅바닥에 던졌다.

챙그렁, 챙!

"좋아, 이제 한 명씩 말에서 내려라. 천천히……."

모두들 그 말에 순순히 따를 수밖에 없었다. 모두 말에서 내리자 시드미안으로 착각했던 자가 외쳤다.

"가스팔!"

그러자 가스팔이라고 불린 인물이 나무 뒤쪽에서 나오며 외쳤다.

"슬립(Sleep)!"

그와 동시에 팔시온 일행은 그대로 땅바닥에 줄줄이 쓰러졌다. 두 명만 빼고……. 한 명은 로니에 사제였고, 또 한 명은 어린 소녀였다.

"응? 이것들은 잠들지 않는데 어떻게 할까요?"

칼을 빼들고 주위에 서 있던 놈들 중 한 명이 공손하게 묻자 말 탄 인물 중의 하나가 심드렁하게 대답했다.

"기절시켜."

퍽!

원수 만나다

"아이고, 머리야. 여기는 어디야?"
"쉿! 조용히 해."
빛이라고는 한 줄기도 안 들어오는 어두컴컴한 곳에서 미디아의 목소리가 들려왔고, 다크가 입을 다물자 곧이어 벽의 저 멀리에서 아련히 들려오는 팔시온의 비명 소리.
"으아아악! 모른다고 했잖아. 이 빌어먹을 놈들아."
악을 쓰는 팔시온의 목소리에 이어 둔탁한 소리가 들려왔다.
퍽! 팍!
"으윽"
"순순히 말로 할 때 들어. 시드미안은 어디로 갔지?"
"이게 말로 하는 거야? 그 코린트 놈들이 와서는 우리들을 해고했다구. 그다음에 일어난 일을 우리가 어떻게 알아?"

그러자 여태까지와는 또 다른 목소리가 들려왔다.
"좀 더 족쳐 봐. 진짜인지."
아련히 들려오는 소리들을 들으며 다크가 속삭였다.
"여기가 어디야?"
"몰라. 그 자식들한테 잡혀 온 것 같아. 지금 네 명이 끌려가서 고문당하고 있어. 아마 쟤들 다음에는 우리를 족칠 거야. 하지만 알지도 못하는 걸 불라고 야단이니 참……."
이때 갑자기 문이 덜컹 열리면서 빛이 쏟아져 들어왔고, 그와 함께 두 사람이 들어섰다.
"모두 나와."
"예?"
"빨리 나왓!"
다크와 미디아, 지미, 라빈이 자신들도 고문을 당할 것으로 생각하면서 나왔을 때, 그들은 옆에 줄줄이 늘어서 있는 고문실이 아닌 또 다른 방으로 데려갔다.
"어디로 가는 거예요?"
"닥쳐."
퍽!
"윽"
지미의 물음에 돌아온 건 발길질이었고, 손이 꽁꽁 묶인 상태였기에 반항도 불가능했다. 무의미하게 맞기는 싫었으므로 모두 묵묵히 끌려갔다. 줄줄이 끌려간 곳에는 커다란 마법진이 그려져 있는 커다란 방이었다.
"마법진 안으로 들어가. 빨리!"

퍽!

 네 명이 그 안에 쭈그리고 앉아 있자 곧이어 문이 다시 열리며 팔시온, 미카엘, 가스톤, 로니에 사제가 얼마나 두들겨 맞았는지 엉망진창이 되어 끌려왔다. 그들도 곧이어 마법진 중간에 앉혀졌다.

 일행이 모두 마법진 안에 들어가자 한 명이 이들에게서 압수한 각종 물품들을 마법진 안에다가 수북이 놔뒀다. 팔시온의 검, 미디아와 다크의 장갑, 또 말안장에 들어 있던 각종 물건 등등 그런대로 가치가 있을 만한 건 다 모았다. 이윽고 마법진 밖에 서 있던 40대 정도의 남자가 주문을 중얼중얼 외우더니 외쳤다.

 "워프!"

 주위가 뿌예지더니 그들은 곧 새로운 장소에 도착했고, 그곳에도 역시 다섯 명 정도의 인물이 기다리고 있었다. 그중 한 명이 말했다.

 "저 정도 고문을 당했는데도 실토하지 않아서 본국 소환이라니, 참 내……."

 "어쩔 수 없잖아. 빨리 실토를 받아 내야 다음 행동을 할 수 있으니까. 자, 한시가 급하니까 빨리 보내자구."

 그 말을 끝으로 일행은 또다시 워프되었다. 이런 식으로 다섯 번의 워프를 거친 후에야 일행은 꽤 낯이 익은 인물을 볼 수 있었다. 그 인물은 10년 전 헤어진 친구를 다시 만났을 때처럼 만면에 미소를 띠며 반갑게 그들을 맞이했다.

 "호오, 이거 반가운 얼굴들이군. 꽤나 애를 먹이더니 이번에는 아주 간단히 잡혀 오는군 그래. 모두 끌고 가. 참, 저애는 남겨 놓고…….”
"예."
 모두 줄줄이 끌려간 후 손이 뒤로 묶인 소녀 혼자만 남게 되자, 그 녀석은 그녀의 턱을 들어 올려 얼굴을 바라보았다.
 "처음 해 보는 모험 여행은 재미있었냐? 이제부터 너에게는 새로운 세계가 펼쳐질 거야."
 그는 중얼중얼 주문을 외우더니 큰 소리로 외쳤다.
 "리멤버런스 실!"
 하지만 아직도 또록또록한 눈빛의, 이 녀석이 지금 뭐 하는 건지 탐색하는 듯한 소녀의 눈길을 받자 그 녀석은 당황하기 시작했다.
 "이럴 리가 없는데……. 왜 마법이 걸리지 않는 거지? 좋아. 다시 한 번 더!"
 그는 또다시 주문을 외웠고 시동어를 외쳤다.
 "리멤버런스 실!"
 하지만 아무런 변화가 없자 소녀의 몸을 천천히 살펴보기 시작했다. 어딘가에 자신의 마법을 방해하는 마법 도구가 있을 것이 확실했기 때문이다. 그는 여기저기 훑어봤는데도 불구하고 아무것도 눈에 띄지 않았다. 소녀의 손이 뒤로 묶여 있었기에 반지를 볼 수 없었다. 그는 혹시나 소녀의 목에 목걸이 같은 게 걸려 있는지 보려고 옷을 들췄다. 그와 동시에 묶여 있지 않아 자유로웠던 소녀의 발이 놈의 정강이를 강타했다.
 퍽!
 "뭐 하는 거야? 이 변태 자식!"
 "아구구구……. 방금 전에 스승님께 차였던 곳을 또 차다니, 으윽! 용서할 수 없다."
 짝!
 그는 한껏 손을 들어 있는 힘껏 소녀의 뺨을 때렸다. 소녀는 그대로 날아가더니 저쪽 구석의 벽에 머리를 처박고는 기절해 버렸고, 그는 잔인한 미소를 떠올리면서 기절해서 나자빠진 소녀를 들어 올려 어깨에 짊어졌다.
 "뭐, 어쨌건 상관없어. 너는 스승님께 보내는 내 선물이니까 말이야……. 흐흐흐."

 똑똑.
 "무슨 일이냐?"
 문이 열리면서 제자가 사람을 하나 어깨에 메고 들어왔다. 금빛 머리카락이 출렁거리고 있었기에 여자인 듯 보였지만, 남자들 중에서도 장발인 사람이 꽤나 흔했기에 누구를 어깨고 메고 온 것인지는 알 수 없었다.
 "저, 스승님."
 "왜 그러느냐?"
 "이 아이가 스승님께 드리는 선물입니다."
 "선물이라고?"
 "예, 전에 말씀하셨잖아요. 심부름할 똑똑한 아이가 하나 필요하시다고……."
 스승은 잠시 생각하더니 기억을 떠올렸다.
 "아, 전에 말했던 그 드로아 대 신전의 수련생이군."
 "예."

그러면서 스승 앞에 놓인 의자에 기절해 버린 소녀를 앉혔다.
"그런데 이상하게도 마법이 안 걸립니다. 기억 봉인을 하려고 했는데, 두 번이나 걸었는데도 효과가 없더군요."
"흐음, 기억 봉인은 5사이클급의 고급 마법이니까 웬만한 방법으로는 막기 힘든데. 어디 보자……."
노마법사는 소녀의 블라우스 단추를 풀어 혹시 마법을 막아 주는 목걸이 따위가 있는지 확인했다. 그런 다음 손을…….
"으응? 이 반지는……."
노마법사는 양손을 묶고 있던 줄을 풀고 좀 더 자세히 반지를 바라봤다. 어디서나 볼 수 있는 단순한 모양의 매끈한 금반지였다. 위에 청색의 자그마한 보석이 박힌 걸 제외하면 아무것도 눈에 거슬리는 게 없는 평범한 반지였다.
"이건 마법 반지 같지는 않은데? 다른 걸 찾아봐라."
소녀의 몸을 한참 뒤지다가 아무것도 나오지 않자, 나중에는 완전히 다 벗겨봤다. 하지만 그 어떤 것도 눈에 띄지 않았다.
"반지 외에는 없는데요? 그건 그렇고 어떻습니까? 이 정도면 괜찮죠?"
스승은 소녀의 나신을 바라보면서 고개를 끄떡끄떡했다.
"흐음, 스타일은 괜찮군. 너무 어린 게 탈이지만……."
이러고 있는데 소녀가 서서히 정신이 드는지 꿈틀거리기 시작하더니, 뒤통수를 어루만지며 투덜거렸다.
"아이고, 뒤통수야. 제기랄, 그 자식 어디 있어? 어?"
소녀는 바로 앞에 '그 자식'이 눈에 띄자마자 그대로 발을 들어올려 상대의 낭심에 회심의 일격을 가했다.

퍽!

"으갸!"

소녀는 낭심을 거머쥐고 주저앉아 신음을 토하고 있는 '그 자식'의 턱에 매우 깨끗한 자세로 발뒤꿈치를 직격했다. 멋진 돌려차기였다.

퍽!

"윽!"

그다음 '그 자식'은 완전히 쭉 뻗어서 일어서지 못했다.

"못된 녀석!"

퍽!

기절한 제자의 뒤통수를 한 번 더 차고 싸늘한 표정으로 돌아서는 소녀를 보면서 노마법사는 매우 놀랐다. 저런 깨끗한 몸놀림은 도저히 신을 받드는 무녀(巫女)라고 생각되지 않았다. 있다면 격투술을 정식으로 배운 그래플(Grapple)뿐……

"너는 누구냐?"

"그러는 너는 누구냐?"

둘은 한동안 서로의 눈을 째려보며 상대의 정체를 파악하려고 애썼다. 잠시 후 노마법사가 피식 웃더니 말했다.

"그런 모습으로 인상 써 봤자 별로 무섭지도 않군. 어쨌든 매우 특이한 아이구나. 우선 옷부터 입거라."

그제야 소녀는 자신이 완전히 벌거벗고 있다는 것을 알았다. 하지만 소녀의 반응은 그 노마법사를 더 놀라게 했다. 옷을 벗고 있다는 걸 알았음에도 소녀는 놀라거나 부끄러워하지 않았다. 얼굴색 하나 안 변했던 것이다.

소녀는 경계 태세를 풀지 않고, 상대를 노려보며 옷가지를 쥐고는 천천히 뒤로 후퇴해서 일정한 거리를 둔 상태에서 대강 옷을 입기 시작했다. 그것도 한 동작 한 동작 시간을 충분히 두고 상대를 관찰하며 입는 것이었다.

재빨리 팬티를 걸치고 슬쩍 눈치를 보고, 가죽 바지를 입고 슬쩍 눈치를 보고, 브래지어를 걸치면서는 아예 째려보면서 걸치고……. 그런 모습은 이게 천진난만한 소녀인지 닳고 닳은 창녀인지, 전사인지 노마법사로서는 알 수가 없었다.

"공격하지 않을 테니 긴장을 풀고 입거라."

하지만 그 말에 속지 않는다는 듯 그 행동은 계속되었고, 소녀는 일단 옷을 다 입고 나자 3미터 정도 떨어진 곳까지 다가서면서 물었다.

"너는 누구냐?"

"나? 나는 토지에르라고 하지. 너는?"

"다크. 그냥 다크라고 부르면 돼. 왜 나를 이리 잡아 왔지? 그리고 저놈은 또 뭐야?"

노마법사는 아직도 기절한 채 깨어나지 못하는 제자를 바라보았다.

"내 제자 녀석이지. 아직도 배워야 할 게 너무나도 많은 놈이야. 과연 약속된 시간이 될 때까지 내가 서 녀석을 얼마나 가르칠 수 있을지 걱정되는 놈이지. 그건 그렇고, 너는 아데나를 섬기는 무녀면서 어디서 격투술을 배운 거지?"

"나는 라나가 아니야. 제기랄! 그러고 보니 기억나는군. 치음 봤을 때 어쩐지 얼굴이 익다고 생각했어. 네놈이 나한테 이상한 저주를 건 놈이구나. 그렇지?"

노마법사는 자신이 기절하지 않은 게 이상할 정도로 경악하고 말았다. 저런 소리를 하는 걸 보니 바로 이 소녀가…….

"너, 네가……. 그 소, 소드 마스터?"

경악한 노마법사의 떨리는 목소리에 소녀가 차갑게 응대했다.

"그래! 내가 바로 그 소드 마스터다. 이 빌어먹을 놈아. 빨리 이 저주를 풀어. 안 그러면 가장 비참하게 네놈을 죽여 줄 테다."

"하, 하지만……."

그와 동시에 성질이 폭발한 다크가 노마법사에게 달려들었고, 노마법사는 간단한 주문을 외울 시간도 없이 상대의 손발이 날아오는 걸 지켜봐야 했다. 소녀가 3미터 정도로 접근해 있었던 이유를 토지에르는 그제야 알 수 있었다. 방어와 공격을 충분히 생각한 거리였던 것이다.

퍽! 팍!

소녀의 가냘픈 손에 맞는 건 별로 안 아팠지만 발차기는 장난이 아니었다. 마법사라는 존재는 원래가 마법을 쓰는 사람이지 격투술의 전문가는 아니다. 체력도 약한 노인이 노련한 격투 기술을 알고 있는 소녀를 만났으니, 이건 애당초 상대가 안 되는 싸움이었다.

소녀는 그대로 노마법사의 정강이를 찬 다음 자세가 휘청하는 순간을 노려 복부에 발차기를 날렸고, 곧이어 연속 발차기를 한 번 더 날린 후 뛰어오르며 노마법사의 턱을 강타했다. 노마법사는 정신없이 맞으면서도 소녀의 뒤쪽으로 자신의 애제자가 비틀거리며 일어서는 모습을 얼핏 볼 수 있었다.

퍽!

"정말 성질 한번 대단한 계집애군요."

뒤통수를 얻어맞고 또다시 기절해 버린 소녀를 보면서 제자가 말하자, 아픈 턱을 주무르며 토지에르가 한숨을 내쉬었다.

"그렇구나. 그건 그렇고 이 아이는 이번에 잡아온 그 애들과 같이 있었냐?"

"예."

"정말 놀랍구나. 그런데 어떻게 그 소드 마스터가 이런 소녀가 되었지? 설마하니 네가 나한테 준다고 했던 그 아이를 그렇게 싫어했단 말이냐?"

제자는 겸연쩍은 미소를 지었다.

"아마도 그런 것 같습니다."

"하기야 완전히 소녀의 몸으로 바뀌었으니, 기억만 봉인한다면 심부름꾼으로 써도 되겠지. 하지만 기억 봉인 마법이 왜 안 걸리지? 아무리 생각해도 저 반지 때문인 것 같은데……. 이상하구나. 보통 마법 반지라면 주문이 새겨져 있을 텐데……."

"아마 이 아이를 처음 잡았던 녀석들도 그 때문에 반지를 그냥 놔뒀을 겁니다."

노마법사는 기절한 소녀의 손을 잡고는 반지를 뽑으려고 했다. 하지만 아무리 해도 반지는 뽑히지 않았다.

"이상하군. 왜 반지가 안 뽑히지? 너무 꼭 끼였나? 저기 있는 올리브유 가져와라."

"예."

하지만 올리브유를 발라도 마찬가지였다. 요지부동. 살과 완전히 합체가 되어 버린 듯 뽑히지 않았다.

"손가락을 잘라 버릴까요?"

제자의 말에 토지에르는 뭔가 생각에 잠긴 듯한 얼굴로 말했다.

"아니다. 이런 현상에 대해 언젠가 책에서 언뜻 본 것도 같은데……? 일단 저 아이가 깨어나기 전에 손발을 묶어 놔. 도저히 몸싸움으로는 우리가 상대할 수 없으니 말이다."

"예."

제자가 소녀를 꽁꽁 묶고 있을 때 토지에르는 마법 도구에 관해 기록된 책을 뒤적거렸다. 제자가 소녀를 꽁꽁 묶은 후 다시 의자에 얌전히 앉혀 놨을 때쯤 되어서야 토지에르는 자신이 찾던 해답을 찾을 수 있었다.

"이럴… 수가!"

"왜 그러십니까, 스승님?"

"설마?"

토지에르는 자신의 책에 그려진 그림과 소녀가 끼고 있는 푸른색의 반지를 비교해 보기 시작했다. 놀랍게도 그 그림과 소녀가 끼고 있는 푸른색의 반지는 정확하게 일치하고 있었다. 토지에르는 책을 옆에 놔두고 소녀의 손을 들어 반지를 자세히 들여다보며 중얼거렸다.

"아쿠아… 룰러?"

그 말을 들은 제자가 놀라서 반문했다.

"아쿠아 룰러라고 하셨습니까? 물의 지배자, 정령왕 나이아드의 힘을 봉인한 최강의 마법 도구."

"믿어지지 않지만 사실이야. 아니 사실인 것 같다. 어쩌면 아닌

지도 모르지. 도저히 반지의 생김새 가지고는 파악이 불가능하니까. 하지만 5사이클급 마법을 무위로 돌리는 힘은 막강한 힘을 지닌 마법 도구가 아니고서는 불가능해. 그런데 한 가지, 주인의 손가락에서 떨어지지 않는 것. 이것은 곧 주인을 선택한다는 말이 아니겠느냐. 내가 알기로는 주인을 선택하는, 이성을 지닌 마법 도구는 이 세상에 다섯 개밖에 없다."

스승의 말에 제자는 믿어지지 않는 멍청한 얼굴로, 그 어디서든지 볼 수 있는 평범한 모양의 푸른색 보석 반지를 바라봤다. 그 어디에도 그렇게 강대한 힘이 감춰진 것이 느껴지지 않았다.

"손가락을 잘라 버리면 우리 것이 되지 않을까요? 저게 손에 들어온다면 엄청난 힘이 되어 줄 겁니다."

제자의 말에 토지에르는 씁쓸한 미소를 지으며 고개를 좌우로 흔들었다.

"만약, 그렇게 할 수 있다면 나는 저게 아쿠아 룰러라는 걸 알았을 때 벌써 손가락을 잘랐을 거다. 또 주인을 죽여야만 한다면 벌써 죽여 버렸겠지. 하지만 그건 안 돼. 저 반지는 벌써 저 아이를 선택했어. 저 아이를 죽인다면 나와 우리나라는 물의 정령왕 나이아드의 분노를 받게 된다."

"나이아드의 분노라구요?"

제자가 어리둥절한 표정으로 빈문하자 스승이 심각한 표정으로 대답했다.

"저 책에 쓰여 있더구나. 나이아드의 분노를 받는다구. 아마 홍수가 나든지 뭐 그렇게 되겠지. 또 저런 물건은 주인을 선택하는 것! 주인을 죽이고 뺏는다고 나이아드가 힘을 주지는 않아. 자의로

양도받는다면 몰라도……. 보통 정령과는 달리 이성(理性)을 지닌 정령왕이니까.”

"그럼 이 일을 어쩌면 좋죠?"

"저 아이를 설득해서 나이아드의 힘을 우리 것으로 만들어야지. 하지만 저주를 걸어서 벌써 원한이 골수에까지 쌓인 상태인데, 쯧쯧…….”

전설의 골든 나이트

"이상하군, 저건 뭐지?"
마법사가 가리키는 방향을 보던 기사들 중의 한 명이 대답했다.
"그냥 돌무더기 같습니다. 지오네 경."
"멍청하기는……. 내가 그걸 몰라서 자네한테 묻나? 왜 저런 돌무더기가 저렇게 많은지를 물은 거야."
"글쎄요."
"할 수 없군."
지오네는 중얼중얼 주문을 외우더니 시동어를 외쳤다.
"뷰 매직 포스!"
시동어를 외친 지오네는 약간 인상을 찌푸리고 뭔가를 궁리하더니 말했다.
"만일을 대비해서 타이탄을 두 대만 꺼내라. 저기서 희미하지만 마법의 기운이 느껴진다."
"예."
 그와 동시에 공간이 열리면서 거대한 타이탄 두 대가 나타났다. 타이탄들은 허리에 있는 철 구조물에 검을 끼고—대부분의 타이탄은 검집을 쓰지 않고 그냥 검을 꽂아 놓을 수 있는 갈고리 비슷한 철 구조물만 가진다—방패가 부착된 왼손에는 창 세 자루를 들고, 또 오른손에는 철퇴를 들고 있었다. 그들이 나타나자 주인들은 각자의 타이탄에 탑승했다.
"자, 이제 내려가기로 하지."
 이때 뒤에서 잠자코 있던 시드미안이 말했다.
"저, 지오네 경. 여기는 전에 와 본 곳입니다. 이곳에는 카렐이라는 엘프가 살고 있습니다. 저 구릉 지대 중앙에 있는 돌집에서 살고 있지요."
 그 말에 지오네가 시드미안을 잠시 노려봤다.
"그런 보고는 하지 않았잖나?"
"예, 사실 그에게서 알아낸 건 아무런 보탬이 안 되는 정보였기에 생략했습니다."
"무엇을 알아냈나?"
"블루 드래곤의 뿔이 하나라는 사실과 신탁의 그림은 본 적도 없다는 것입니다."
"흐음."
 한참 인상을 찌푸리며 생각하던 지오네가 의심스럽다는 듯 물었다.
"혹시 그 녀석이 키아드리아스가 아닐까?"

"그렇지는 않을 겁니다. 매우 친절했고, 또 대단한 검술 실력을 가진 인물이었기 때문입니다."

"검술? 검술이라……. 그렇다면 드래곤이 아닐지도 모르겠군. 일단 가 보자."

타이탄 두 대의 경호를 받으며 구릉 지대 안으로 들어서자 과연 시드미안의 말대로 그 중앙쯤에 낡은 석조 건물 한 채가 서 있었다.

"너희 둘은 이 근처에 수상한 점이 없는지 살펴라. 또 너희 둘은 땔감이나 모아 와. 타이탄에 탄 녀석들은 주위 경계를 게을리 하지 마라. 나머지는 같이 들어가 보자."

건물 안에 들어간 지오네는 엄청나게 놀랐다. 전에 시드미안 일행이 이 집의 묘한 불일치에 놀랐던 것과 같이, 허름한 겉모습과는 달리 매우 호화로운 내부 구조에 놀랐던 것이다. 집 안을 장식하는 방대한 양의 금은 세공품들과 매우 뛰어난 솜씨로 그린 그림들…….

"대단하군."

함께 들어간 기사 녀석들은 이리저리 주인도 없는 집 안을 뒤지며 값나가는 물건들을 챙기기에 바빴다. 지오네는 뭔가에 빠져 부하들의 그런 움직임을 눈치 채지 못하고 있었다. 뷰 매직 포스 주문을 이용해서 알아본 결과 여기 있는 금붙이들 중 몇 개가 뛰어난 마법 도구라는 것을 포착했던 것이다. 지오네가 그 마법 도구들의 가치를 가늠해 본다고 정신이 빠져 있을 때, 사건이 벌어졌다.

"지오네 경!"

"무슨 일이냐?"

"스톤 골렘입니다."

"뭐?"

그가 붙잡고 감상하던 마력검을 거의 던지다시피 하고 밖으로 뛰어나갔을 때, 여섯 대의 타이탄이 각자 무기를 휘두르며 수백에 달하는 스톤 골렘들과 격전을 벌이고 있었다.

스톤 골렘은 돌을 각종 형상으로 깎고 다듬은 후 거기에 마법을 걸어 움직이게 만든 마법 생명체였다. 짐승이나 사람 모양 등 수많은 형태들이 존재했는데, 여기에 나타난 것은 사람과 같이 두 발로 걸어 다니는 스톤 골렘뿐이었다. 이 스톤 골렘들은 3미터나 되는 육중한 덩치를 지니고 있었지만, 상대가 5미터가 넘는 타이탄들이다 보니 어른 몇 명을 공격하는 아이들처럼 보였다.

"이럴 수가! 여기 있는 물건을 건드리는 것이 저것들을 움직이게 하는 열쇠였단 말인가?"

지오네는 건물 안으로 재빨리 뛰어 들어가, 탐욕에 사로잡혀 보물을 담고 있는 기사들을 불러 모았다.

"스톤 골렘이다. 건물 수색은 미루고 빨리 나와랏!"

그와 동시에 안에서 튀어나오는 기사들······. 주머니 여기저기에는 이미 이 집에서 약탈한 비싼 금은 세공품들이 들어 있었지만 지오네는 그것을 자세히 살펴볼 정신이 없었다. 자신이 만지다가 떨어뜨렸던 마법검을 제자리에 놓고 있었기 때문이다. 그사이에 수하들은 밖으로 뛰어나갔고, 각자 타이탄을 불러내서 싸움을 벌였다.

타이탄 아홉 대. 정말이지 어마어마한 전력이다. 하지만 그 엄청난 위력의 타이탄들로도 거의 1천 개에 달하는 스톤 골렘과의 싸움은 벅찰 수밖에 없었다. 골렘이 박살 나 없어진다면 그들의 싸움도 별 어려움이 없었겠지만 돌덩어리가 되어 뭉개졌다가도 또다시 스톤 골렘으로 뭉치니 환장할 노릇이었다.

타이탄의 철퇴나 전투 도끼가 한 번씩 휘둘러질 때마다 3미터 정도 크기의 스톤 골렘은 두세 개씩 박살 났지만, 곧이어 새로이 재생되었기에 이 싸움은 멈추지 않고 계속되었다. 지오네나 그가 데리고 온 신관도 정신없이 마법을 날려 댔지만 힘만 빠질 뿐, 박살 났던 스톤 골렘들은 다시금 재생되었기에 나중에는 그것마저 포기할 수밖에 없었다. 그들이 이곳을 탈출할 방법을 궁리하고 있을 때 어디선가 청아한 목소리가 들려왔다.

"멈춰라."

그러자 스톤 골렘들은 공격을 멈추고 뒤로 물러서기 시작했다. 그리고 목소리의 주인공이 스톤 골렘들 사이로 멋지게 등장했다. 바로 카렐이었다.

카렐이 다가오는 것을 보고 시드미안은 쿠마에서 내렸고, 시드미안이 내리는 것을 보고 시드미안의 부하인 도미니크도 함께 뛰어내렸다. 곧 쿠마는 공간 사이로 사라졌고, 시드미안은 카렐의 앞에 나가서 공손하게 사죄했다.

"죄송합니다, 카렐. 전과는 달리 갑자기 여기서 싸움을 벌이게 되었습니다."

카렐은 시드미안을 냉정하게 노려보았다.

"그대도 탐욕에 눈이 먼 인간이었나?"

"예? 저는 이 부근의 땔감을 주운 죄밖에는……."

시드미안이 멍청한 표정으로 반문하자 카렐은 그 눈길을 딴 곳으로 돌렸다.

"여기는 내 집이다. 너희 같은 도둑놈들이 올 장소가 아니야. 좋게 말로 할 때 주머니 속에 넣었던 것들을 놔두고 꺼져라."

엘프답지 않은 쌍스러운 말이었지만, 일반적인 엘프와는 달리 전사의 기운을 풍기는 그였기에 별로 이상하게 느껴지지 않았다. 이때 지오네가 물었다.

"당신이 이 집의 주인인가요?"

"그렇다."

"당신이 키아드리아스이십니까?"

카렐은 고개를 좌우로 저었다.

"나는 엘프 카렐이다."

그러자 지오네가 음흉한 미소를 지었다.

"당신이 키아드리아스가 아니라면 별로 겁날 것도 없지요. 아마도 7사이클급 정도의 마법을 익혔다고 까부는 모양인데……. 우리들도 그렇게 만만한 사람들은 아니오. 이봐, 저 자식을 죽엿!"

그와 동시에 한 대의 타이탄이 엄청난 속도로 달려 나갔다. 그 타이탄은 커다란 철퇴를 들어 카렐을 떡을 만들 심산으로 내리 찍었지만, 이미 카렐은 몸을 날린 후였다. 그리고 엄청난 일이 벌어졌다. 카렐이 재빨리 몸을 위로 날린 후에 그의 고색창연한 검이 뽑혔고, 곧이어 그 검에서는 엄청난 열기를 동반한 강기 세례가 뻗어 나와 바로 코앞에 있는 타이탄의 머리에 퍼부어졌다.

쿠쾅!

대 폭발이 일어나면서 이미 주인을 잃은 타이탄이 동작을 멈춰 버렸고, 순간적으로 일어난 이 경악할 일에 모두들 입이 쩍 벌어져 멍청하게 서 있었다.

이때 멍해진 그들의 시야에 아름다운 황금빛 타이탄이 모습을 드러냈다. 보통의 타이탄들보다는 조금 더 우아한 맛이 있었지만 그래도 타이탄 본래의 그 투박함과 강인함을 간직하고 있었다.

공간을 열고 모습을 드러내는 그 황금빛 찬란한 타이탄은 어깨까지의 높이가 5미터는 훨씬 넘어 보였고, 오른손에는 3미터 정도의 거대한 검을 들고 있었다. 하지만 다른 타이탄들과 달리 방패는 가지고 있지 않았다.

황금빛 타이탄이 갑자기 튀어나오는 것을 보고 지오네는 경악해서 외쳤다.

"골든 나이트(Golden Knight : 금빛의 기사)? 저건 이 세상에 단 한 대밖에 만들어진 적이 없는데, 어떻게 저자가? 저 녀석을 공격해! 놈이 타이탄에 못 타게 막앗!"

절규에 가까운 지오네의 외침에 기사들은 정신을 차렸고, 여섯 대의 타이탄은 골든 나이트를 향해 돌격해 들어갔다. 도미니크도 지오네의 명령에 따라 자신의 타이탄으로 돌아가려 했다. 하지만 시드미안은 도미니크를 잡아끌었다.

"빨리 타이탄을 숨겨. 전설의 골든 나이트다. 전설대로라면 우리 모두가 덤벼도 승산이 없어!"

도미니크의 타이탄은 공간의 저편으로 슬며시 사라지기 시작했다. 이때 카렐은 이미 골든 나이트에 들어간 후였고, 그는 머리가 닫히는 걸 기다리지도 않고 골든 나이트를 조종하여 앞에서 달려오는 타이탄들을 향해 검을 휘둘렀다. 무시무시한 기운이 검에서 뿜어져 나왔다.

"검강……!"

각 타이탄에서 비명성이 터져 나왔지만 그 어마어마한 푸른색의 강기는 순간적으로 지상 4미터 지점을 흐르며 아직 공간 저편으로 완전히 도피하지 못한 도미니크의 타이탄까지 합쳐서 여덟 대의 타이탄을 덮쳤다.

타이탄들은 곧 가슴 부분이 완전히 잘려 나가 엑스시온이 파괴된 채 고철이 되어 쓰러지기 시작했다. 하지만 거의 절반 이상 공간 저편으로 이동해 있던 도미니크의 타이탄만은 요행히 생명은 건져서 저쪽 공간으로의 이동에 성공했다.

쿵! 쿵!

각 타이탄들의 손이 방패째로 잘려 떨어졌고, 곧 가슴 부분이 절단 난 채 하체 부분과 분리되어 땅에 처박혔다. 이때 골든 나이트가 쿵쿵거리며 다가오더니 주저하지 않고 잘려진 채 뒹굴고 있는 상대 타이탄들의 목을 잘랐다. 타이탄의 목이 떨어지면서 그 안에 타고 있던 사람도 두 토막이 난 채 밖으로 떨어졌다.

이 잔인한 광경을 보면서 타이탄에 타고 있던 기사들은 자신이 지금 갇혀 있는 타이탄의 머리를 들어 올리려고 용을 써 댔지만 운 좋게 열기 쉽게 자빠진 타이탄에 탑승한 두 명을 제외하고, 나머지는 엄청나게 무거운 쇳덩이를 들어 올리지 못한 채 시체가 되어야 했다.

천천히 돌아다니며 타이탄들의 머리를 떼어 내고 있는 골든 나이트를 향해 길레트 지오네와 사제는 미친 듯이 마법을 날렸지만 상대에게는 그 어떤 타격도 줄 수 없었다. 골든 나이트는 타이탄에 탄 셋을 완전히 죽인 후 탈출한 두 명에게 뛰어갔고, 공포감에 우왕좌왕하는 둘 중 하나는 발로 밟고 또 하나는 검으로 찍어 버렸다. 순간적으로 몸이 두 토막이 나서 좌우로 갈라지는 기사……. 그제야 골든 나이트는 지오네를 향해 천천히 몸을 옮기기 시작했다.

골든 나이트의 다리가 들리자 그 밑에는 사람이 있었던 흔적, 뼛가루와 피와 살이 흙에 범벅이 되어 납작해져 있었다.

쿵, 쿵!

"으아아악!"

골든 나이트가 다가오는 것을 보며 이제 그 둘은 광란 상태에 접어들어 주문이고 뭐고 외울 생각도 못했다. 두 사람은 골든 나이트가 한 번 검을 휘두르자 허리 위쪽으로 두 토막이 난 채 쓰러져 버렸다.

시드미안과 도미니크를 제외한 모든 인물들을 다 죽여 버린 골든 나이트의 머리가 뒤로 들려지고, 싸늘한 표정을 짓고 있는 카렐이 나타났다. 카렐은 곧장 밑으로 뛰어내렸고, 곧이어 그 무시무시한 위용을 자랑했던 골든 나이트는 이제 볼일이 다 끝났다는 듯 공간 저편으로 사라졌다.

스톤 골렘들이 고철 조각들을 치우면서 정리 작업을 하고 있는 것을 잠시 바라보던 카렐은 시드미안에게 싸늘한 시선을 옮겼다.

"내가 자네들을 살려 주는 이유는 단 하나……. 내가 유일하게 인정한 인간의 동료라는 사실이다. 알겠나?"

살기를 띠고 있는 카렐의 또 다른 모습을 보면서 시드미안은 식은땀을 흘렸다. 타이탄 일곱 대가 거의 저항도 못 해 보고 박살이 났다. 예전의 그 인자했던 모습에서 도저히 고수의 면모를 찾아볼 수 없었기에 다크의 말을 믿을 수 없었지만, 오늘의 카렐에게서는 그게 너무나도 짙게 느껴졌다. 무시무시하게 강한 자……. 시드미안은 정중하게 고개를 숙여 보였다.

"목숨을 살려 주셔서 감사드립니다."

"뭐, 그대가 잘못한 것은 없는 것 같으니까……. 이제 돌아가게나. 될 수 있다면 이번 같은 탐욕에 찬 무리는 데려오지 않기를 바라네. 알겠나?"

"예. 도미니크, 가자."

말을 타고 재빨리 구릉지대를 벗어나는 그들의 뒷모습을 카렐이 무표정하게 보고 있을 때, 그의 뒤에서 부드러우면서도 고운, 하지만 약간의 슬픔이 묻어 나오는 여자의 목소리가 들렸다.

"오랜만에 골든 나이트를 보니까 2백 년 전, 당신이 나를 죽이겠다고 찾아왔던 때의 일이 생각나는군요."

여자의 목소리가 들렸음에도 카렐은 뒤를 돌아보지 않고 점점 작아지는 시드미안 일행을 주시하고 있었다. 하지만 여인이 뒤에서 그의 강인한 몸을 살며시 끌어안자, 그는 더 이상 무표정하지 않았다. 천천히 그의 표정이 밝아지기 시작했다.

"당신은 너무나 강해요. 내가 이 세상에서 가장 존경하는 분……. 하지만 저는 언젠가 당신이 제 곁을 떠날 것 같아 늘 불안하답니다."

그러자 카렐은 빙그레 미소 지으면서 그녀의 손을 잡아 살짝 입을 맞췄다.

"2백 년 전, 당신을 만난 후부터 당신은 나의 전부요. 내 생명이 다할 때까지 당신과 함께 기나긴 생을 함께하고 싶다오. 쓸데없이 불안해하지 마시오, 키아드리아스. 나는 언제까지나 당신과 함께 할 테니까."

"도대체 골든 나이트가 뭡니까? 저는 저런 타이탄이 있다는 말은 들어 본 적도 없습니다."
 죽자고 도망치다가 어둑해져서야 숨을 돌릴 여유를 찾고 말을 쉬게 했다. 카렐이 있는 곳에서 엄청나게 멀리 떨어진 지금에야 정신을 차린 듯, 고기포를 우물거리면서 도미니크가 시드미안에게 물어 왔다. 시드미안은 오래전에 들었던 전설을 떠올렸다.
 "나도 자세한 건 잘 몰라. 오래전 인간들이 타이탄을 실전에 도입해서 전쟁을 벌이던 그때, 사람들은 말했지. 타이탄을 만들 수 있는 기술을 가진 것은 유일하게 인간뿐이라고……. 그도 그럴 것이 엘프는 마법은 좋아했지만 금속에 대한 제련술(製鍊術)은 떨어졌고, 드워프는 금속 제련술은 최고였지만 마법을 부릴 줄 몰랐지. 나머지 딴 종족들은 기술이 떨어져서 사람들이 잡아다가 노예로 부리는 판이니 더 이상 거론할 것도 없고 말이야. 하지만 그 말에 엘프와 드워프는 발끈했지. 그래서 그 두 종족이 연합해서 타이탄을 제작하기로 합의를 봤어. 드워프는 타이탄의 제작을, 엘프는 엑스시온에 생명을 불어 넣는 것을 맡았지. 그래서 단 한 대의 타이탄이 완성되있지. 금을 좋아하는 드워프의 취향대로 금빛으로 빛나는 아름다운 타이탄이 말이야. 물론 그 한 대를 만든 후에는 "인간들만 만들 수 있는 게 아냐!"하고는 헤어져 버렸지만……. 어쨌든 그 당시 최강의 타이탄은 바로 그 골든 나이트뿐이었지."
 '그 당시' 라는 말에 힌트를 찾아낸 듯 도미니크가 말했다.

"그렇다면 지금은 헬 프로네가 최고인 모양이군요."

"글쎄, 그건 아무도 모르지. 그 둘이 격돌한 적은 단 한 번도 없었으니 말이야. 하지만 현재로서는 헬 프로네가 골든 나이트를 대적할 수 있는 유일한 타이탄임은 부정할 수가 없겠지."

한동안 말이 없던 도미니크는 이윽고 조심스레 입을 열었다.

"제가 예전부터 궁금하게 여기고 있었던 건데 말입니다. 그토록 강한 헬 프로네를 만들었으면서, 왜 크루마에서는 겉에다 미스릴을 입히지 않았을까요? 그들에게도 뭔가 깊은 생각이 있기는 했겠지만, 저로서는 왜 그랬는지 도무지 알 수가 없더라구요. 표면에 미스릴 처리만 했어도 그때 제작했던 세 대 모두 남아 있었을 텐데 말입니다."

시드미안은 부드럽게 미소 지으며 대답했다.

"자네는 타이탄의 표면에 왜 미스릴 처리를 하는지 아는가?"

"타이탄이 필요 이상으로 정보를 입수하지 못하게 막는 장치라고 들었습니다. 그렇게 해 놓지 않으면 시야가 개방된 타이탄이 주인을 잃은 후 곧바로 도망쳐서 다른 주인을 찾아 헤맨다고 말입니다."

"물론 그 말이 옳아. 타이탄 한 대를 만드는 가격을 생각한다면, 단 한 대가 도망친다고 해도 국가적으로는 커다란 손실을 입게 되는 셈이지. 더군다나 최강급의 타이탄이라면 상상도 못 할 만큼 엄청난 돈이 필요할 거야. 하지만 미스릴을 입힌다는 것이 꼭 좋은 일만은 아니네?"

"그건 무슨 말씀이십니까?"

"개와 늑대의 차이겠지."

도미니크가 무슨 말인지 알아듣지 못하고 자신을 멍청하게 바라보자, 시드미안은 좀 더 자세하게 설명했다.

"개와 늑대의 차이가 뭐겠나? 야성을 지니고 있는 엄청난 가능성. 개가 떼로 덤벼서 늑대를 이길 수는 있겠지만, 아무리 사나운 개라도 결코 일대일로는 늑대를 당할 수 없다네."

"하지만 개는 열심히 훈련시킬 수 있지 않습니까? 군견처럼 특별히 훈련된 개의 경우 늑대와도 승부가 가능하다고 들었는데요."

"물론 그렇지. 개와 사람은 하나의 팀을 이룰 수 있어. 그리고 그 주인은 사람이지. 개에게는 선택권이 없어. 하지만 자유로운 늑대에게는 선택권이 주어지지. 늑대가 자기 마음에 드는 훌륭한 인물을 찾아낸다면 사람과 팀을 이룰 수도 있겠지? 그렇게 되었을 때, 그 팀을 당해 낼 수 있겠나?"

"그러니까 그 미스릴이라는 게 늑대를 개로 만들어 주는 열쇠라는 겁니까?"

"바로 그걸세. 미스릴이 입혀지지 않은 타이탄은 끊임없이 자신의 눈높이에 맞는 가장 뛰어난 기사를 찾아 헤매게 되지. 그렇게 해서 만들어진 팀이 방금 자네가 봤던 카렐과 골든 나이트야."

"그렇다면 골든 나이트의 그 번쩍거리는 금빛이 미스릴이 아니라 진짜 금이라는 말씀이십니까?"

"미스릴도 금빛이기는 하지만 진짜 금빛과는 조금 다르지. 어떤 타이탄들은 멋을 더하려고 일부 미스릴 위에 페인트를 칠하지 않고 남겨 놓아 멋을 내기도 하지만, 저건 미스릴을 하나도 사용하지 않은 그냥 금도금이야."

시드미안은 상대에게 생각할 시간 여유를 주려는 듯 잠시 말을 멈췄다가 다시 이었다.

"늑대와 사람의 그 야성미 넘치는 조합을 이기려면, 당연히 이쪽도 그와 같은 팀을 이루는 수밖에는 도리가 없지. 물론 품종 개량을 통해 압도적으로 강한 타이탄을 개발해 낸다면 모르지만, 내가 알기로는 골든 나이트와 헬 프로네는 거의 비슷한 능력을 지닌 타이탄들이야. 그렇기에 크루마에서는 헬 프로네에 미스릴을 입히지 않은, 아주 모험적인 선택을 한 것이지. 하지만 그 모험은 어느 정도 성공했다고 할 수 있겠지. 어쨌건 세 대 중 한 대는 남았으니까 말이야."

"제 생각에 그건 최악의 결과라고 봅니다. 세 대 중 한 대가 크루마 최대의 숙적이라고 할 수 있는 코린트의 총사령관과 죽이 맞아 버렸으니까요."

시드미안은 씁쓸한 미소를 지었다.

"그건 자네 말이 맞겠군. 발렌시아드 대공(大公)이 헬 프로네를 가지게 된 것은 크루마로서는 생각하기도 싫었던 최악의 결과일 테니 말일세."

회유

"아이구, 머리야. 비겁하게 뒤통수를 치다니. 도대체 이 자식 어디 있어?"

소녀가 벌떡 일어서며 외쳤다. 생긴 것과는 달리 소녀가 거친 말을 내뱉자, 옆에서 시중을 들고 있던 한 소녀가 멍하니 바라봤다. 그 소녀의 옆에는 물이 든 세숫대야가 하나 있었고, 벌떡 일어난 덕분에 저쯤으로 떨어진 물수건으로 보아 그 시녀는 아무래도 입이 험한 소녀를 간호하고 있었던 모양이다.

"넌 뭐야?"

퉁명스런 소녀의 말에 시녀는 다소곳이 말했다.

"저는 주인님께 주어진 하녀입니다. 세린이라고 불러 주세요."

"하녀…라고?"

소녀가 주위를 둘러보자 그렇게 크지는 않았지만 잘 꾸며진 방

안의 정경이 눈에 들어왔다. 그걸로 봤을 때 여기가 감옥이 아닌 것은 확실한데……. 어쨌든 사로잡힌 사람에게 주어진 방치고는 대우가 좋았다.

"이 자식들이 이번에는 또 무슨 흉계를 꾸미고 있는 거야?"

나름대로 잔머리를 굴리면서 다크가 침대 아래로 내려오자 세린이 손을 내저었다.

"저…, 주인님, 잠시만 기다리세요. 옷을 가져오겠습니다."

"옷?"

그제야 다크는 자신이 부드러운 잠옷 차림이라는 걸 알았다.

"네가 이걸 입혔냐?"

"예, 주인님."

"나는 여태껏 살아오면서 잠옷 따위를 입어 본 적이 없으니까 다시는 입히지 마."

"하지만 잠옷을 입고 주무시면 편안하잖아요, 주인님."

"편안 같은 소리 하고 있네. 그러다가 집에 불이라도 나면 잠옷 바람으로 뛰어나가라는 말이냐? 그건 그렇고……. 너는 묘인족이냐?"

세린의 아름다운 금빛 머리털 위로 귀엽게 솟아 있는, 금빛의 뽀송한 털이 난 작고 뾰족한 귀를 보면서 소녀가 묻자 그녀는 고개를 살짝 까딱였다.

"예, 주인님."

"그러면 너는 노예냐? 하기야 말끝마다 주인님, 주인님 해 대는 거 보니까."

"예, 보통 궁중에서는 수인족을 하녀로 쓰거든요. 여기는 별로 부유하지 않아서 수인족 노예가 많지 않습니다만……."

"그러면 너는 몇 살이냐?"

소녀가 이제 열여덟 살 정도로 보이는 아름다운 세린을 보면서 궁금한 듯 물었다.

"이제 스물다섯 살입니다, 주인님."

"스물다섯 살……. 별로 많은 나이는 아니군. '주인님(master)'이라. 호호호, 듣기에 나쁜 단어는 아니군. 그건 그렇고 빨리 옷이나 내놔."

세린이 재빨리 옷을 가져왔다. 길고 넓은 치마가 꽤 아름답게 보이기는 했지만 소녀가 봤을 때는 매우 거추장스러워 보이는 옷이었다.

"그거 말고 내가 이리 끌려 왔을 때 입었던 옷 내놔."

"옷은 이런 것들 말고는 없습니다, 주인님."

"뭐야?"

소녀가 세린을 밀치고는 옷을 꺼내던 작은 옷장을 뒤져 보니, 과연 그런 스타일의 옷 다섯 벌이 가지런히 걸려 있었다. 그리고 밑에는 작은 보석이 달린 목걸이까지…….

"어쭈? 이건 또 뭐야? 나를 정부(情婦)로 착각하는 거야? 미친 자식들! 이거 말고 딴 옷 가져와. 그래, 그 여행복으로. 나한테 맞는 남자 옷이면 더욱 좋고."

"주인님, 그런 옷은 없어요. 또 그런 걸 가져다 드리면 저를 가만두지 않겠다고 했습니다. 제발 절 구해 주세요, 예? 주인님."

정작 죄도 없는 하녀가 눈물이 그렁그렁한 눈으로 두 손 모아서 통사정을 하는 데야 이길 재간이 없었다.

"제기랄, 두고 보자."
성질 난 김에 그냥 입으려고 했지만, 생각과는 달리 그 옷은 도저히 입기 힘들었다. 옷 하나 제대로 못 입고 비틀거리는 소녀를 보고, 세린이 한숨을 살짝 쉬며 옆에서 도와줬다. 소녀가 옷을 다 입자 세린이 부드럽게 말했다.
"식사를 하시겠습니까?"
"좋아. 일단 먹어야 힘을 쓸 테니까."
"……?"

"자네들은 용병이라고 들었네. 전에 일하던 사람한테서 해고당했다고?"
"그런데요?"
"우리 밑에서 일할 생각은 없나?"
상대의 말에 팔시온이 같잖은 말 하지 마라는 표정을 지었다.
"나쁜 일을 꾸미는 사람 밑에서 일할 생각은 없습니다."
그 말에 화를 낼 줄 알았지만 상대는 화글 내지 않았다. 악당들 보고 악당이라고 하면 화를 내는 게 정석인데, 오히려 상대는 느긋한 표정이었다.
"단순한 시각의 차이일세. 자네들이 보기에 우리가 나쁜 놈들일 수도 있겠지. 하지만 우리들의 입장에서는 그렇지도 않다네. 어쩌면 자네들이 우리 입장이었다면, 더 나쁜 놈이라는 소리를 들을 만한 일을 했을지도 모르지."
팔시온이 거친 숨을 내쉬며 이죽거렸다. 상대의 변명이 꽤 그럴듯했는지 모르지만 그에게는 전혀 통하지 않았던 것이다. 사실 도둑질도 도둑놈들 입장에서는 어쩔 수 없는 일일 테고, 산적들도 그 일을 하는 이유가 있지 않겠는가.

"그거 지금 농담으로 하는 소리요?"

"농담이 아닐세. 자네들은 여기가 어딘 줄 아는가?"

"모릅니다. 잡혀 와서 몇 번이나 공간 이동했다는 건 알고 있지만……"

"여기는 크라레스 제국이지."

"크라레스……? 코린트를 침공했다가 오히려 역습당해서 멸망 직전까지 갔다는 그 크라레스 왕국 말입니까?"

팔시온의 말에 상대는 콧방귀를 뀌었다.

"흥! 그건 다 코린트가 지어낸 말이야. 그 당시 코린트와 크라레스는 동맹 중이었지. 힘을 합쳐서 그 당시 최강의 대국이었던 아르곤 제국을 막자는 의미에서 말이야. 하지만 아르곤이 내전에 휩싸였을 때, 그 틈을 이용해 코린트가 기습을 했지. 그 당시 코린트와 우리나라의 군사력은 6대 4 정도로 우리가 조금 뒤지기는 했지만, 만약 우리 쪽이 기습을 가했다면 그렇게 허무하게 당하지는 않았을 거야. 또 비등한 것도 아니고 뒤지는 군사력을 가지고 싸움을 거는 미친놈들도 있던가? 어쨌든 그놈들은 자국 타이탄 3백여 대 외에도 동맹국 타이탄 50여 대의 도움까지 받으며 우리의 국토를 유린했다네. 기습을 당한 놈들이 어떻게 그렇게 빨리 동맹국들로부터 군사력을 원조 받는단 말인가? 이런데도 자네들은 그놈들이 퍼뜨린 헛소문을 믿는 건가?"

"하지만 모두 크라레스 제국이 코린트에 기습을 했다고 알고 있는데, 어쩔 수 없지 않습니까?"

"자네들이 믿건 믿지 않건, 내가 하는 말은 사실이야. 그놈들은 기습을 가해서 수많은 양민들을 학살했고, 국토를 빼앗아 갔지. 그런 후 우리가 자신들에게 복수라고는 생각할 수 없도록 힘을 제한 했고……. 심지어는 국내에서 생산되는 타이탄 수까지 제한하고 있단 말일세. 그 덕분에 우리는 대외적으로 봤을 때, 코린트와의 전쟁 이후로 단 한 대의 타이탄도 생산하지 못했지. 그리고 해마다 엄청난 양의 조공을 바쳐야 했고, 또 2백 명씩 공녀까지 바쳐야 해. 국민들을 노예로 바쳐야만 하는 우리들의 심정을 자네들은 알 수 있나? 말로는 세계 평화를 부르짖으면서 그놈들이 하는 짓은 짐승만도 못 하다 이 말일세. 참, 자네들은 어느 나라 사람들인가?"

그 말에 팔시온이 대답했다.

"저는 콜로니아 왕국, 가스톤은 트루비아 왕국, 지미와 라빈은 엠페론 왕국, 미카엘은 크루마 제국, 로니에 사제는 아르곤 제국 태생이죠."

사실 미카엘은 코린트 제국 출신이었지만, 팔시온은 상대방이 코린트에 대해서 별로 감정이 좋지 않다고 생각하고 크루마로 바꾼 것이다. 그렇게 말하면서 팔시온은 미카엘 쪽으로 슬쩍 시선을 돌렸지만, 미카엘은 의외로 담담한 안색을 하고 있었다.

"매우 다국적이군. 좋아, 트루비아가 예를 들기 좋겠군. 이번에 우리가 훔쳐 온 드래곤 하트 때문에 아마 트루비아는 혹독한 대가를 치러야 하겠지. 그놈의 코린트 황제인 아그립파 4세가 결정을 내리는 그날 기분이 좋다면 사과 몇 마디 받는 걸로 넘어가 주겠지만, 그날 별로 기분이 안 좋다면 트루비아는 멸망당할 수도 있겠지. 어쨌든 모든 건 그놈 마음이니까 말이야."

"설마 멸망까지……."

"자네들도 조금 지나 보면 알거야. 자네들도 트루비아에서 왔으니까 그곳이 작은 속국으로 꽤나 평화를 사랑하는 조용한 나라라는 걸 알고 있겠지. 하지만 그들을 멸망시키려고 아그립파 4세가 말하겠지. '트루비아는 악에 물들어 마신을 부활시켜 세계를 정복할 욕심으로 본국의 드래곤 하트를 훔쳤다. 용맹하고도 정의로운 우리의 우방들이여, 저 악에 물든 왕국을 응징하라!' 그러고 나면 어떻게 되는지 아나?"

"글쎄요."

"아마 각국에서 보낸 타이탄 3백 대 정도가 트루비아를 휩쓸면서 완전히 박살 내 버릴 거야. 그게 여태까지 코린트가 해 오던 짓거리니까."

"설마 그 정도까지……."

"설마가 아니라네. 아마 그 해답은 한 달도 안 돼 나타날 거야. 아마 트루비아는 멸망하리라는 게 내 생각이라네."

그러자 분노한 가스톤이 외쳤다.

"그렇다면 당신은 우리나라가 멸망할 걸 뻔히 알면서도 드래곤 하트를 훔쳤단 말이오?"

"그건 어쩔 수 없었다네. 코린트의 독주를 막기 위해서는 누군가가 나서야 했어. 사실 지금 우리의 힘으로는 코린트의 적이 될 수 없지. 앞으로도 더 많은 희생을 치러야만 가능한 일이라네. 하지만 나는 그 대가가 아무리 크다고 해도 해낼 생각이야. 왜냐하면 이 세계는 코린트의 것이 아니기 때문이지. 이 세계는 우리 모두의 것이야. 왜 일부 인간들이 전 세계를 주물러야만 하나?"

"하지만 그건 어쩔 수 없는 거 아닐까요? 강대국의 횡포는 언제나 있어 왔고, 또 크라레스 왕국이 더 커진다면 다른 민족들을 억압하는 건 똑같을 텐데……. 그런 식으로 얼버무릴 필요가 있을까요?"

"우리는 절대 그렇지 않아. 당해 본 자만이 억압받는 서러움을 아는 법. 그렇기에 코린트도 한번 당해 봐야만 해. 그러기 위해서는 우리와 뜻을 함께하는 나라들이 많아야 하지. 사실 우리만으로 코린트를 이긴다는 건 불가능에 가깝지. 또 설혹 그걸 우리가 해낸다면 그건 또 다른 코린트의 탄생일지도 몰라. 가장 좋은 건 여러 나라가 대등한 입장에서 세계를 이끌어 나가는 거라네. 그러기 위해서 비밀리에 접촉 중인 몇 나라들이 있지. 그건 그렇고, 우리가 지금 하는 일은 세계의 중심인 코린트로 봤을 때 기존의 질서를 무너뜨리는 매우 악한 행위일 수 있고, 또 우리가 패배한다면 우리는 세계의 평화를 위협한 악당으로 후세에 기억될 거야. 하지만 우리가 코린트를 이긴다면 역사는 악으로부터 세계를 구해 낸 영웅으로 기억해 줄 테지. 어떻게 후세에 남느냐는 우리가 하기에 달린 거겠지만, 나는 이 일에 자네들이 참여해 주기를 바란다네."

"하지만 저희들이 도와준다고 해도…, 그다지 큰 힘이 되지 못할 겁니다."

"아, 그건 걱정할 필요 없네. 자네들이 직접 나서서 도와 달라는 건 아니야. 여기 없는 자네들 동료가 우리 일에 협력하도록 설득해 주기만 해도 매우 큰 도움이 될 거야."

"다크 말입니까? 하지만 다크는 저주에 걸려서 아무런 힘도 안 되는데요?"

"휴우, 그건 너무나도 잘 알고 있지. 저주를 건 사람이 다름 아닌 나니까 말일세."

"예?"

모두들 저주를 건 마법사의 얼굴을 몰랐었기에 놀란 표정으로 바라봤지만 토지에르는 담담하게 말했다.

"우리는 그때 정체가 밝혀지지 않는 소드 마스터 때문에 대단히 애를 먹고 있었지. 어쩌면 코린트가 기른 사냥개일 수도 있었고, 또 자네들은 시드미안을 도와 우리의 뒤를 추격 중이었기에 나로서는 그게 최선의 선택이었다네. 그에게는 약간 어리숙한 점이 있었어. 그러니까 첫 번째 그와 만났을 때 파멸의 불꽃을 먹이면서 알았지. 그는 마법에 대한 실전 경험이 떨어지는 것 같았어. 그렇지 않고서야 그렇게 간단히 흑마법에 정통으로 노출될 리가 없었거든? 그래서 마법사와는 거의 싸워 본 적이 없다고 결론짓고는 저주를 걸 결심을 하게 되었지. 자네들은 저주가 주는 공포는 알겠지만 저주를 상대에게 거는 게 얼마나 어려운지는 모를 거야. 거리가 너무 멀어도 안 되고, 또 상대가 마법 보호막을 펼쳐도 안 되지. 하다못해 겨우 1사이클짜리 매직 실드도 못 뚫는다네. 또 축복이 깃든 물건을 몸에 지니고 있어도 저주에 걸리지 않지. 하지만 상대가 마법에 무지하다면 가능성은 있다고 생각하고 저주를 걸었고, 그 결과는 자네들도 아는 대로야."

마법사였지만 흑마법에는 매우 무지한 가스톤이 그 말에 매우 충격을 받았다. 그렇다면 저주에 걸려 자살했던 자신의 선배는 뭐란 말인가? 그는 자신의 실력을 믿고 방심하다가 당했다는 말 아닌가? 가스톤은 믿어지지 않는다는 듯 물었다.

"그게 정말입니까? 저주를 걸기가 그렇게 어렵다는 게?"
"그렇네. 일단 저주에 걸리고 난 후에는 축복을 곱절로 받은 물건을 몸에 지니고 있어도 소용없지만, 걸리기 전이라면 얘기가 완전히 다르지. 그건 흑마법에 대한 연구를 조금이라도 해 본 사람이라면 다 알고 있는 사실이야. 저주 걸기가 그렇게 쉽다면 이 세상에 있는 소드 마스터들 중에 세상을 활보할 수 있는 사람은 한 명도 없어야겠지. 마스터를 상대로 할 때는 거리에 대한 제한은 아주 성가시다네. 그래듀에이트만 되어도 마나의 움직임에 대단히 민감한데, 마스터라면 웬만한 고급 마법은 아예 쓸 생각을 말아야지. 주문도 다 못 외우고 곧장 머리와 몸통이 분리될 가능성이 더 크니까 말이야."
"다크가 협조한다고 하면 저주를 풀어 주실 겁니까? 만약 저주를 풀어 준다는 확답만 있다면 그녀는, 아니 그는 협조할 겁니다."
그 말에 토지에르는 씁쓸한 미소를 지으며 고개를 가로 저었다.
"그의 저주를 푼다는 건 불가능해."
"예? 저주를 거셨다면 푸는 것도 가능한 것 아닙니까?"
"아니, 나는 위험한 놈을 처치했다는 확신이 들자 바로 저주의 매개물이었던 반지를 공간 이동하면서 공간의 저편에 버렸거든. 다른 공간을 떠돌고 있는 그걸 되찾아 올 방법은 없다네."
"흐음, 그 사실을 다크가 안다면 협조는 고사하고 당신을 죽이려고 들겠군요."
"글쎄 말이야. 그때는 그게 최선의 해결책이었는데……. 으음, 설마 마스터급의 실력자가 아직도 주인이 없을 줄이야 생각이나 했겠나? 그런데 그는 누군가? 진짜 주인이 없나? 또 누구에게 그런 엄청난 검술을 배웠나?"

"그만! 좀 천천히 질문하세요. 저희도 확실히는 잘 모릅니다. 그는 이 세상 사람이 아니에요."

"뭐?"

"이번 여행에서 만난 엘프 카렐과 얘기하는 걸 옆에서 들었는데, 차원과 시간과 공간이 다른 어떤 곳에서 왔다고 하더군요. 지금 나이는 72세라고 했고……."

"뭐? 이계의 인물에, 72세? 말도 안 돼!"

"다크는 말이 된다고 하던데요. 영감님은 마스터를 본 적이 있습니까?"

"있지. 키에리 발렌시아드란 영감탱이를 본 적이 있어."

"그가 마스터가 되고 나니까 용모가 어떻게 변하던가요?"

그러자 토지에르는 잠시 주저하더니 풀이 죽은 음성으로 대꾸했다.

"솔직히 말해서 그가 마스터가 된 후에는 본 적이 없다네. 그의 용모에 대한 마지막 데이터는 48세로 끝이지. 그는 마스터의 영광을 차지한 후 공식 석상에는 나타난 적이 없었어. 지금 94세니까 모두들 머리가 허연 할아버지 정도로 생각하고 있지만 말이야."

"다크의 얘기로는 그게 아니랍니다."

"뭐가?"

"마스터의 경지에 이르면 엄청나게 축적된 마나로 인해 자동적으로 육체가 재구성되는 과정을 거치면서 젊어진다고 하더군요. 이미도 일정 수준 이상의 마나가 육체에 쌓이면 몸이 버티지 못하니까 방대한 마나를 몸속에 담아 둘 수 있도록 몸이 재구성되는 것이겠지요. 아! 이건 제 생각이 아니라 시드미안의 생각입니다. 나중에 시드미안이 그러더군요. 그 상태로는 마나를 더 이상 저장할 수 없으니까 육체가 바뀌는 게 아닐까하고 말이죠."

"그렇다면 마스터는 매우 젊다는 말인가?"

"다크의 말에 따르면 그렇습니다."

"뭐, 그건 조금 지나 보면 알 수 있네. 루빈스키 폰 크로아 공작께서 28년 만에 돌아오시니까……. 그분도 요 근래에 마스터의 경지에 오르셨으니, 그분의 모습이 모든 걸 증명해 줄 테지. 하여튼, 아까 하던 말이나 계속해 보게."

"예, 다크와 카렐의 말로는 저주 걸리기 전 둘의 실력은 거의 비슷한 정도라고 하더군요. 둘이 죽이 척척 맞아가지고는 쑤군거리면서 나중에 힘을 되찾으면 비무를 하자고 약속까지 하는 걸 우리 모두가 들었다구요. 그러면서 카렐이 힘을 되찾은 후에는 필요도 없겠지만 그 전까지는 도움이 될 거라면서 아쿠아 룰러를 다크에게 줬지요."

아쿠아 룰러를 줬다는 말에 도지에르가 놀라서 물었다.

"세상에! 자네들 그 카렐이란 인물을 어디서 만났나?"

"그야, 그레이온 산맥에 있는 카마가스 지대에서 만났죠."

"그럼 자네들이 고헨시에서 행방불명되었을 때 그레이온 산맥으로 갔다는 말인가?"

"어? 어떻게 아셨습니까? 저희들은 고헨으로 가서 블루 드래곤 키아드리아스를 만나러 카마가스 지대로 갔었습니다."

"드래곤을 만나러 카마가스에 가 보니까 카렐이라는 엘프가 살고 있더라, 이거지?"

"예."

"그럼 자네들은 이렇게는 생각해 보지 않았나? 그 엘프는 블루 드래곤 키아드리아스가 트랜스포메이션한 존재고, 자네들의 행동을 찬찬히 관찰하면서 이것들을 아침 식사로 할까 말까 궁리하고 있었다는?"

토지에르의 추측에 말도 안 된다는 듯 고개를 저으며 대꾸했다.

"에이…, 설마요."

"설마가 아닐세. 엘프는 파괴만을 일삼는 뇌전이나 불의 정령을 싫어해. 그렇기에 엘프는 대지, 물, 바람의 정령과 가까운 존재들인 그린, 실버, 골드 드래곤과는 친하게 지내지만 블루나 레드 드래곤은 별로 좋아하지 않지. 그 때문에 엘프는 그 두 드래곤의 레어 주변에는 살지 않아. 그런데 거기서 엘프를 봤다면 그건 드래곤 자신이었을 거야. 참, 그건 그렇고 다크가 그렇게 강했다니 믿어지지가 않는군. 블루 드래곤 키아드리아스와 거의 비등한 힘을 지녔었다니……."

"한 방에 타이탄까지 박살 낸 인물인데, 뭐 그 정도 실력은 가지고 있겠죠. 어쩌면 한 방에 드래곤까지 골로 보낼지 누가 압니까?"

"설마? 아니야, 그런 자가 타이탄을 타고 있다면 정말 한 방에 드래곤까지 작살낼지도 모르지……. 어쨌든 강력한 우군을 놓쳐 버렸군."

"그건 그렇고, 다크는 어디 있습니까? 만나 보지도 못했는데……."

"감시하기 편한 곳에 가둬 뒀네. 물론 감옥 같은 곳은 아니야. 왕궁 한쪽 방에 머무르게 하고, 감시 역으로 하녀하고 그래듀에이트

한 명을 붙여 뒀으니 말썽은 부리지 못할 거야. 어쨌거나 그 전에 얼마나 대단했던지 간에 저주에 걸리면 그 대상의 몸으로 완전히 바뀌면서 몸속에 쌓인 마나고 뭐고 몽땅 상실하게 되어 있지. 저주의 무서움은 바로 그거니까……. 기억은 그대로면서 몸만 딴 것으로 바뀌어 버려 상대를 절망감에 빠지게 만드는 것. 뛰어난 인물일수록 그 현실을 견디기는 힘들 것이고, 나중에는 자살 외에는 답이 안 나오지. 그런데 그 녀석은 생생하게 잘도 살아 있더군. 나를 보더니 이를 갈면서 아주 죽이려고 들던데?"

그 말에 팔시온이 미소를 지었다.

"아마 마법사님 같은 경우 상대하기 힘드셨을 겁니다. 힘이 약하다 뿐이지 기술은 매우 뛰어나거든요. 말씀하셨다시피 기억은 온전하니까 말이죠. 저희들도 몇 대 맞을 정도예요. 그 녀석도 처음에는 거의 자포자기해서 술에 찌들어 살았는데, 우연히 만난 마법사 한 분의 단순한 격려 몇 마디에 정신을 차리고는 다시 수련을 시작하더군요. 저희도 겨우 그런 말에 정신 차리고 재기할 거라고는 생각도 못 했으니까요."

"흐음, 그건 그렇고 그 녀석이 우리 일을 도와줄까?"

"아마 단념하시는 게 좋을 겁니다. 오히려 훼방이나 안 놓으면 다행이죠."

호화로운 장식으로 꾸며진 널찍한 저택……. 이 집은 꽤나 높은 마법사 나으리의 여름 별장이었지만 지금은 피치 못할 사정으로 인해 주인이 아닌 객(客)이 쓰고 있었다.

"뭐야? 놓쳤다고?"

"죄송합니다, 백작 각하! 코앞까지 추격해 들어갔을 때 공간 이동해 버렸기에……."

"그놈들의 본거지에는 사람을 보냈나?"

"예, 매키니 경이 갔지만 그곳도 역시 빈집이었다고 합니다. 놈들은 모두 공간 이동용 마법 반지를 휴대하고 있기 때문에 잡는 게 매우 힘듭니다."

"바보 같은 놈들! 미네온 마법사 길드에 압력을 넣어 통신 마법의 발신처를 겨우 알아냈는데……. 쓰레기 같은 녀석들! 물러가라."

"예, 백작 각하."

백작이라 불린, 당당한 체구에 멋진 콧수염을 달고 있는 40대 초반의 무사는 꽤나 호화로운 복장을 걸치고 있었고, 허리에 찬 호화로운 롱 소드가 아주 잘 어울렸다. 그는 보고를 올린 부하 녀석을 물리치고는 창가에 서서 아름다운 꽃들이 핀 정원을 지긋이 바라보았다. 한참을 그렇게 바라보다가 문득 입을 열었다.

"지오네에게서 온 연락은?"

그러자 심기가 불편한 상관을 조심스런 눈길로 살피고 있던 인물들 중에서 아마도 마법사인 듯싶은 날씬한 여자가 재빨리 대답했다.

"아직 연락이 없습니다, 백작 각하."

"이놈이나 저놈이나 도움이 되는 놈은 하나도 없군. 머저리 같은 것들! 본국에서 타이탄을 스물한 대나 끌고 오면 뭐 하냔 말이다. 상대가 없는데……."

"백작 각하."

"뭐냐?"

"키메라를 조사하러 갔던 미테오로부터 연락이 있었습니다. 그런 특이한 형상의 키메라를 제작한 사람은 없다는 보고입니다. 키메라 자체가 각 생물을 조합해서 만드는 마법 생물인 만큼 서로 간의 짜깁기는 가능해도 완전히 새로운 어떤 생명체를 만든다는 것은 불가능하다고 합니다."

"좋아. 키메라 쪽은 기대도 안 했다. 미테오를 불러 들여라."

"예."

"그리고 마법사 길드에 압력을 가해 공간 이동이나 특히 통신 마법의 발신처를 알아내 두더지들을 사냥해 보기로 하지."

"알겠습니다, 백작 각하."

"어서 오게나, 시드미안."

"네 녀석은?"

시드미안이 도미니크와 함께 여관방으로 들어섰을 때, 방 안에는 초대받지 않은 손님이 세 명 더 있었다. 그들은 시드미안이 드래곤을 만나러 가는데 아무런 보탬이 안 되기에 고헨에 남겨 놓고 간 안토니와 스미온을 결박한 채 목에 칼까지 들이대고 있었다. 게다가 이미 방 안에다가 널찍한 마법진까지 그려 놓은 걸 보면 꽤나 오래전에 도착해서 준비하며 기다린 모양이었다.

"서툰 짓은 하지 말게. 설마 고헨시 안에서 타이탄 전쟁을 벌일 생각은 아니겠지? 그러면 죄 없는 사람들이 많이 죽게 된다구. 또 동료들의 목숨이 아깝다면 그런 행동은 자제해야 할 거야……. 그리고 팔시온인가 하는 녀석의 패거리들도 우리가 가둬 뒀지. 꽤나 애를 먹이더니 막상 손을 쓰니까 아주 쉽게 잡히더군."

 시드미안은 이미 방 안으로 들어오기 전에 꽤나 대단한 인물들이 몇 명 더 있는 것을 알았지만, 지오네처럼 코린트에서 파견 나온 기사라 생각하고 주의를 기울이지 않았던 것이 실책이었다. 시드미안은 분노에 찬 음성으로 말했다.

 "네놈은 어떤 나라의 기사단에 들어갔다고 들었는데, 고작 하는 짓이……."

 그러자 상대는 빙그레 미소 지었다.

 "어쩔 수 없는 경우도 있지. 시작햇!"

 뒤에 서 있던 마법사가 곧장 시동어를 외쳤다.

 "슬립(Sleep)!"

탈출을 위한 첫걸음

"주인님, 과자 드실래요?"

"뭐?"

소녀는 한소리하려는 표정으로 바라봤다가 순수한 표정의 상대를 보고는 과자를 받아 입속으로 밀어 넣었다. 그런 다음 창문 밖에 펼쳐진 아름다운 풍경을 감상하고 있는데, 다시 뒤에서 조심스런 말이 들려왔다.

"날씨가 좋은데 밖에 안 나가세요?"

"그 구두를 신고 말이냐?"

"예, 얼마나 예쁜데요. 요즘 유행하는 최신 모델이라니까요. 저거 한 켤레에 13골드나 하는데도 물건이 없어서 못 판대요."

"뒤 굽이 그렇게 뾰족한 거는 너나 신어라. 빌어먹을 녀석들……. 신고 달리기 힘들게 생긴 것으로 준 걸 보면 속셈이 빤히 보인다. 그건 그렇고, 내가 부탁한 신발은 구했냐?"

"주인님, 그런 거 구해다 드리면 저는, 저는……. 제발 저를 살려 주세요, 흑흑……."

가련한 모습으로 눈물을 글썽이며 사정하는 세린을 차마 보지 못하고 시선을 창밖으로 돌리면서 소녀가 중얼거렸다.

"제기랄, 오냐. 그래 나는 놔두고 하녀만 족치면 된다 그거지? 두고 보자. 신발 없다고 도망 못 칠 나도 아니고……."

"그런데 피곤하지 않으세요? 어제도 밤새도록 안 주무시고 앉아 계셨잖아요. 그렇게 안 주무시면 몸에 해로워요, 주인님."

그 말을 듣고 소녀는 세린의 머리카락을 쓰다듬으며 따스한 눈길을 보냈다.

"걱정하지 마라. 내 몸은 내가 더 잘 아니까. 운공조식 때 아쿠아룰러가 나에게 대자연의 기를 나눠 주고 있어. 많지는 않지만 지금의 나로서는 감히 끌어 모을 엄두도 나지 않는 양을……. 나는 그걸로 천천히 내공을 쌓고 있어. 그 덕분에 시간은 더욱 단축될 거야. 어쩌면 1년, 운이 좋다면 6개월 이내에 가능할지도 몰라. 그때가 되면, 그때가 되면……."

일부러 다크는 뒤의 말을 중국어로 떠들었다. 상대가 알아서 좋을 게 없었기 때문이다. 무슨 말인지는 모르겠지만 부드러운 음성으로 말하다가 마지막 말을 하면서 빙그레 미소 짓는, 언제나 무표정했던 주인을 바라보면서 세린도 미소를 지어 보였다. 꼭 말이 통해야만 한다는 법도 없었으니까…….

"그러지 마시고 밖에 나가서 산책이나 좀 하세요. 제가 준비해 드릴게요. 안에만 계시면 몸에 해로워요, 주인님."

"좋아, 밖에 나가자. 알아볼 것도 있고……."
"예, 주인님."

세린은 뛰어나가 몇 가지 준비를 해 가지고 다시 돌아와서 소녀가 신발 신는 것을 도왔다.

세린에게 이 소녀가 다섯 번째의 주인이었지만, 그 성격이 들쑥날쑥해서 어떤 때는 여태껏 모셨던 주인들 중에서 최고로 힘든 대상인 것도 같았고, 어떤 때는 최고로 다루기 쉬운 주인이 될 때도 있었다. 이제 이 새로운 주인과 지낸 지 일주일이 넘어가면서 이 까다로운 주인을 다루는 법을 조금씩 터득해 가고 있었다. 원래 묘인족은 눈치 하나는 대단히 빠른 종족이었으니까.

'어쨌든 가련한 표정과 눈물에 이상하게 약하단 말씀이야. 딴 주인들은 안 그랬는데…….'

소녀가 뒤 굽이 5센티미터는 족히 되는 예쁜 구두를 신고 약간은 위태로운 걸음걸이로 세린과 함께 방을 나서자 언제나 방 앞에 지키고 있던 무사가 20미터 정도 뒤에서 천천히 따라왔다.

"저쪽으로 올라가자."
"예? 그쪽은 경사가 심해서 힘드실 텐데요, 주인님."
"상관없어."

둘은 약간 높은 언덕 쪽으로 올라가기 시작했고, 곧 언덕 위에 만들어진 큰 인공 구조물을 볼 수 있었다. 탑 같기도 했지만, 탑이라고 부르기에는 너무 단조로운 모양이었다. 그냥 밑에 넓은 발판을 만들고, 그 위에 8미터 정도 되는 바위를 사각지게 잘라 만든 비석처럼 보이기도 했다. 한쪽에 글자들이 쓰여 있는 걸 보면…….

"이건 뭐지?"

"예, 현충탑(顯忠塔)이에요. 30년쯤 전에 일어났던 대 전쟁에서 패한 후, 그때 희생되었던 사람들을 기리는 탑이지요."

"웃기는군. 이따위 것을 만든다고 그 사람들이 살아 돌아오는 것도 아니고, 또 전쟁에서 패한 후라면 먹고 살기도 힘들었을 텐데……. 이런 걸 만들다니, 무슨 생각을 하는 건지."

한 바퀴 빙 돌면서 탑을 보니 탑 아래쪽에는 돌로 만든 무사와 백성들의 형상이 있었고, 그 중앙에는 커다란 타이탄의 형상도 있었다. 빙 돌아가며 구경을 하고 나서 위로 더 올라가려는데, 더 이상 길이 없었다. 풀밭 위로 걸어가자니 부드러운 흙 때문에 구두 뒤 굽이 푹푹 빠져 제대로 걸을 수가 없었다.

"제기랄……."

투덜거리며 아예 구두를 벗어 들고 언덕 위로 올라가는 소녀에게 한마디 하려던 세린은 어쩔 수 없다고 생각했는지 고개를 좌우로 흔들며 따라 올라갔다.

"그렇게 높지는 않군."

그래도 언덕 위에서 바라보니 다크의 의도대로 주변의 경치를 명확히 볼 수 있었다. 군데군데 솟아 있는 아름다운 건물들, 여기저기 모여 있는 군사들도 보였다.

"잠깐만 기다리세요, 주인님."

세린은 준비해 온 널찍한 천을 나무 그늘이 드리워지는 바닥에 깔았다.

"여기 앉으세요, 주인님."

소녀가 그 위에 앉자 세린이 밝은 표정으로 주위를 둘러보았다.

"참 경치가 좋죠? 날씨도 좋고……."

"저기 보이는 건 뭐지?"

"예, 저건 경계 초소예요, 주인님."

"이 성에는 수비하는 병사들이 많냐?"

"예, 아무래도 왕궁이니까 수비병들이 많죠. 주인님, 저쪽에 보이는 아름다운 건물이 콜렌 기사단 본부예요. 또 저기 보이는 푸른색의 자그마한 건물이 스바스 근위 기사단 건물이구요. 저기 보이는 건 경비병들 막사지요. 건물은 좀 아름답지 못하지만, 여기는 과거 황제 폐하의 여름 별장이었는데, 왕궁으로 바뀐 탓에 건물을 갑자기 만들려니 어쩔 수 없잖아요?"

소녀는 흥미 없다는 듯한 표정으로 세린의 설명을 듣고 있었지만, 그건 저쪽에서 감시하고 있는 기사 녀석을 속이기 위한 행동이었을 뿐……. 머릿속은 엄청난 속도로 돌아가고 있었다. 어떻게 하면 탈출할 수 있을 것인가? 아마도 4, 5개월 정도 죽자고 공력을 쌓으면, 이 녀석들이 말하는 그래듀에이트 정도는 상대할 수 있을지도 모른다. 그때 탈출해야 하나? 아니면 좀 더 기다렸다가 힘의 10퍼센트라도 되찾은 후에?

그런 생각을 하면서 다크는 자신의 손발을 내려다 봤다. 도대체 라나라는 년이 어떻게 자라 왔는지 알 수는 없지만 지독하게, 정말이지 이럴 수도 있을까 싶을 정도로 단련이라고는 안 된 육체……. 여기서 환골탈태를 한다 해도 예전의 힘을 그대로 되찾는 건 불가능했다.

내공이란 것도 중요하지만 내공은 어디까지나 뒤에서 받쳐 주는 힘! 진짜 힘은 근력에서 나오는 것이다. 환골탈태한다고 이렇게 가는 팔다리에 근육이 덕지덕지 붙는 게 아니었다. 그렇기에 다크는 아마 잘되어야 과거 힘의 30퍼센트 정도 되찾을 수 있지 않을까하고 생각하는 중이었다.

'그래 까짓 거 3성이면 어때? 그 정도라도 장인걸 정도는 반쯤 죽여 놓을 수 있어. 천천히 하자. 조급하게 굴지 말고……'

토지에르는 제자가 환한 표정으로 들어오는 것을 보고 자신의 예상이 맞았다는 걸 알았다.

"어떻게 되었느냐?"

"예, 방금 크로마스 경이 시드미안과 또 한 명의 기사를 포획하고 돌아오셨습니다."

"흐흐흐, 하늘이 우리를 돕는구나. 고헨에 한 번 갔었다고 해서 혹시나 하고 고헨으로 파견해 봤더니 대어를 낚았어."

토지에르는 팔시온 일행과 상담한 후 그들이 고헨 근방에 산다는 블루 드래곤을 만났다는 걸 알았다. 이들이 키아드리아스를 엘프 카렐로 착각했으니만큼, 그들의 말을 건방진 코린트 놈들이 믿지 않고 또다시 그리로 간 게 아닐까 추측했던 것이다. 사실 나타나자마자 공간 이동 마법으로 사라졌으니 어디로 갔는지 알 방법이 없었으니까……

"그래, 코린트 녀석들은 어떻게 되었느냐?"

"예, 크로마스 경의 말로는 코린트 놈들이 오기 전에 그들을 재빨리 포획한 후 고헨을 탈출하셨다고 합니다. 지금쯤 시드미안을 찾는다고 고헨을 뒤지고 있겠지요."

"그래? 시드미안을 잡아 온 경로는 철저히 은폐했느냐?"

"예, 거기 거주하던 모든 첩자들은 그 즉시 거점을 옮겼습니다. 또 알카사스에서 활동하는 것은 너무 위험하기에 알카사스 내에 투입했던 첩자 20명도 모두 본국으로 불러들였습니다. 대신 한 명은 코린트 녀석들을 감시하기 위해 놔뒀습니다. 연락은 전서구로 코발트에 잠입한 첩자에게 보내고, 또 거기서 마법으로 이쪽에 연락하라고 지시해 뒀습니다."

"잘했다. 딴 건 다 좋은데, 알카사스는 마법사들이 활동하기에 너무 위험하단 말이야……. 3사이클급 이상의 마법만 되어도 위치를 정확히 잡아내니……. 도대체 무슨 짓을 해놨기에 그렇게 잘 알아내는지 이해를 할 수 없어. 그건 그렇고, 시드미안에 대한 심문은?"

"프로이엔 경께서 직접 하시기로 했습니다. 정신계 계통의 마법을 쓴다면 곧 실토하겠지요."

토지에르는 미소를 짓고는 고개를 천천히 끄덕였다.

"좋아, 좋아……."

"그런데, 스승님."

"왜 그러느냐?"

"알카사스에서 첩자들을 모두 후퇴시키면 위험하지 않을까요? 만약 그놈들이 단서를 찾아낸다면……."

"그럴 가능성은 없다. 팔시온 녀석들에게 물어본 결과 그들이 알아낸 사실은 거의 전무(全無)해. 겨우 그 정도 단서를 가지고 이쪽을 찾아낼 수는 없다는 말이지. 괜히 얼쩡거리다가는 오히려 꼬리를 밟힐 수 있으니까 고헨에 남은 녀석도 탈출시켜라. 대신, 공간이동이 아닌 정식 통로로."

"예, 스승님."

한참 폼을 잡으면서 그림을 감상하던―자신이 순수 무골이 아니라 예술에도 일가견이 있다는 걸 부하들에게 자랑하기 위해―백작을 부르는 외침이 있었다.
"백작 각하!"
마법사 한 명이 허겁지겁 달려왔다. 백작은 별로 곱지 못한 눈으로 그를 째려보며 차가운 어조로 물었다. 그는 아무리 급한 일이라도 이런 식으로 허둥대는 걸 별로 좋아하지 않았기 때문이다.
"무슨 일이냐?"
"바, 발렌시아드 공작 전하로부터의 통신입니다. 각하를 찾으십니다."
"공작 전하께서?"
그 말을 내뱉으며 백작은 통신 마법진을 그려 놓은 방을 향해 재빨리 뛰어갔다. 키에리 발렌시아드 공작은 그가 단 1초라도 기다리게 만들 수 없는 지고(至高)한 위치의 인물이었다.
방금 전까지 허둥대던 부하를 험한 눈초리로 쳐다봤던 그도 역시 허겁지겁 달려가 수정 구슬 앞에 서자, 수정 구슬에는 20대 후반 정도로 보이는 젊은이가 느긋한 자세로 앉아 있는 모습이 비춰졌다. 그 화면을 향해 백작은 최대한 당황한 표정을 숨기며 정중히 절을 했다.
"안녕하셨사옵니까? 공작 전하."
"그래, 일은 어찌 되어 가나?"
냉랭한 공작의 말에 백작은 가슴이 섬뜩해졌다. 어쩌면 자신의

탈출을 위한 첫걸음

무능을 책(責)하기 위해 통신을 했는지도……?

"예, 단서가 너무 적어서 추적 작업에 어려움이 많사옵니다. 또 블루 드래곤에게 몇 가지를 알아보겠다고 간 지오네로부터도 연락이 없사옵니다. 하지만 사실상 드래곤이 드래곤 하트를 훔쳐갔을 리는 없으니…….'

주저리주저리 늘어놓는 백작의 변명을 도중에 끊으며 수정 구슬 속의 인물이 심드렁하게 말했다.

"좋아, 힘들다 이거군. 이번 작전은 당분간 중지한다."

"예? 그럼 그 도둑들은…….'

"사실 나도 그 보고서들을 읽어 봤지만 그 정도 증거로는 아무것도 되지 않아. 시드미안의 보고로는 놈들이 로메로급 타이탄을 사용했다고 한다. 로메로를 가지고 있는 나라만 거의 50개국이다. 그런데 그 나라들을 모두 다 철저히 뒤지지 않고 어떻게 찾을 수 있겠나? 기다려 보면 놈들의 마각이 드러나겠지. 그냥 창고에 넣어 두려고 훔쳐간 것은 아닐 테니까, 그때를 기다리자는 거야. 그리고 로메로를 보유하고 있는 국가들에 첩자들을 파견해서 감시하고 말이야. 하지만 이 상태로 계속 시간만 끈다면 황제 폐하의 권위가 실추된다. 그러니 자네는 트루비아를 멸망시키도록 하게."

공작의 냉랭한 말에 백작은 조금은 정신이 없는 듯 반문했다.

"예? 무슨 말씀이시온지?"

"대 코린트 제국의 드래곤 하트를 훔쳐갔는데도 아직까지 범인을 잡지 못했다면, 본국의 명성이 실추되고, 또 황제 폐하의 권위가 땅에 떨어지는 것이지. 우선은 트루비아를 그 범인으로 만들어 죄를 묻는다. 그런 후 차근차근 놈들을 추적해 나가 멸망시킨다.

무슨 말인지 알겠나?"

"예, 하지만 트루비아도 피해 당사국인데, 그들을 공격할 만한 명분이……."

수정 구슬 안의 젊은이는 싸늘한 눈초리로 백작을 노려봤다.

"멍청한 녀석! 왜 명분이 없어? 이번에 드래곤 하트를 훔친 것은 트루비아의 국왕이 사악한 마왕의 꼬임에 넘어가 마신을 부활시키려고 한 짓이다. 어쨌든 본국에서는 그렇게 발표할 것이다.

본국의 발표가 있은 후 자네는 자네가 가진 전력과 동맹국에서 차출한 약 50대의 타이탄, 그리고 코린트 남부에 주둔 중인 제12, 13보병 사단을 거느리고 본보기로 트루비아를 철저히 파괴해라. 코린트의 뜻을 거스르면 어떻게 되는지 그놈들에게 보여 주란 말이다. 알겠나?"

"명심하겠사옵니다, 공작 전하."

"동맹국의 타이탄들은 앞으로 한 달 후에 소환될 것이다. 그때까지 자네는 지렌시에서 그들과 합류, 트루비아를 정복하라. 그대에게 전권을 위임하겠다."

"감사하옵니다, 공작 전하."

타국의 정복대 사령관이 되는 것. 그것도 승리가 확실한 싸움이라면 그건 대단한 특혜였다. 정복한 국가로부터는 엄청난 노획물이 쏟아져 들어온다. 물론 그것의 상당량을 황제 폐하께 바쳐야 하지만, 그렇다고 자신에게 떨어지는 게 전혀 없지 않았다.

거기에다가 막대한 수의 노예도 잡아들일 수 있었다. 또 이번 정복을 잘 마무리 지으면 자신의 위치는 더욱 올라가게 될 것이다. 그런 기회를 자신에게 베풀어 준 것을 생각하며, 백작은 수정 구슬에 비춰지고 있는 젊은이를 향해 감격스러운 표정으로 충성을 다 하겠다고 연신 고개를 숙였다.

어두컴컴한 지하 감옥. 빛이라고는 천장에 있는 작은 환기창을 통해 조금밖에 들어오지 않고 있었기에 실내는 몹시 어두웠다. 꾀죄죄한 몰골의 시드미안이 역시 그와 다를 바 없는 도미니크를 향해 물었다. 도미니크는 수갑을 이용해서 벽에 표시를 하던 중이었다.

"오늘로서 며칠째지?"

"정확하게는 모르겠지만 여기 들어온 지는 7일째입니다."

"7일이라……. 벌써 그렇게 되었나?"

"예, 그놈들은 왜 우리를 그냥 가둬만 둘까요?"

"그냥 가둬 둔 건 아니겠지. 아마도 정신계 마법을 써서 알아낼 건 다 알아냈을 거야."

"예?"

"쿠마가 사라졌다. 아마 자네의 티론도 마찬가지겠지. 내가 그 녀석과 계약을 해약한 기억은 없으니, 아마도 뭔가에 홀렸을 때 상대의 지시에 따라 쿠마를 놔 줬으리라는 건 뻔한 사실이지. 제길, 국왕 전하께서 하사해 주신 타이탄을 이렇게 무력하게 뺏기다니……. 나는 기사로서 자격조차 없는 사람이야."

"그건 어쩔 수 없었습니다. 놈들은 인질로 협박했고, 상대는 손쉽게 제압할 수 있는 만만한 인물도 아니었습니다. 또 어떻게 해야 할까 궁리 중일 때 그놈들은 비겁하게 마법으로……."

"도미니크."

"예?"

"변명을 하자면 한이 없는 거라네. 결과만이 중요한 거야. 나는 전하께서 나에게 주신 타이탄을 보호하지 못했고, 또 내가 맡은 임무를 완수하지 못했다. 그 중간 과정이 어떻게 되었든 그건 중요한 게 아니야. 내가 이 감옥에 갇혀 있다는 게 중요할 뿐이지."

"그런데 왜 녀석들은 우리를 여기다가 가뒀을까요? 더 이상 우리에게서 알아낼 것도, 빼앗을 것도 없을 텐데……."

"모르지, 아마 회유하려는 생각인지도……. 자네나 나는 그래듀에이트고, 또 안토니는 마법사니까 말이야."

시드미안 일행이 감옥에 처박혀 있을 때, 다크는 또다시 세린과 함께 현충탑이 있던 언덕으로 올라가고 있었다. 한 번만 간다면 뭔가 수상하게 여길 수도 있었기에 날씨 좋은 날에는 세린과 함께 놀러가는 장소가 되어 버렸다. 몇 번 올라간 후에 세린은 아예 음식까지 싸들고 따라와서 점심까지 언덕 위에서 먹는 일이 잦아졌다.

거기에다가 다크는 일부러 매일 따라 다니는 호위 무사에게 함께 식사를 하자고 권하면서 조금씩 친분을 쌓아 가는 중이었다. 이런 식으로 시간이 서서히 지나면 이자의 조심성도 천천히 풀려 갈 거라는 걸 노린 작전이었다.

"사과 드실래요, 주인님?"

"응, 그리고 포도주도 줘. 실바르 경도 포도주 한잔하실래요?"

그 말에 앞에 앉아서 함께 샌드위치를 먹고 있던 기사가 약간 고개를 끄덕였다. 살포시 미소를 지으면서 공손한 어조로 실바르를 대하는 주인을 보면서, 세린은 믿을 수 없다는 눈빛을 던지고 있었다. 이제 이 주인과 함께 산 지도 2주일……. 성질이 뭐 같은 데다가 입은 거의 시궁창 수준을 방불케 한다는 것을 잘 알고 있는데, 기사를 향해 생글거리며 공손히 말하다니……. 으윽, 저런 내숭.

"실바르 경은 참 건장하시군요."

부럽다는 듯한 예쁜 소녀의 눈길을 받자 실바르의 안색이 약간 붉어졌다. '육체가 바뀔 바에야 저런 몸매가 좋았을 텐데……' 라는 뜻이었지만 정작 여자에게 그런 눈길을 받는 남자의 입장에서는 생각이 다르다. '혹시 이 아가씨가 나한테 마음이 있나? 저런 뜨거운 눈길로 보게, 흐흐흐' 하는 게 정상이 아닐까?

"과찬의 말씀이십니다, 하하하."

궁정 제1마법사인 토지에르로부터 철저히 신변 보호와 탈출 방지를 명령받은 실바르로서는 '겨우 저따위 소녀쯤이야…' 하는 생각이 들기도 했지만, 그래도 상관의 명령이 있었기에 철저한 감시와 보호의 눈길을 보낼 수밖에 없었다. 하지만 요즘 들어 그는 소녀의 행동을 보고 '겨우 저 따위 소녀쯤이야…' 하던 생각을 재확인할 수밖에 없었고, 점차 감시의 눈길까지 무뎌지고 있었다.

이들이 한참 식사를 즐기고 있는데, 하늘에서 갑자기 와이번이 아래로 급강하(急降下)하는 것이 보였다. 그와 동시에 실바르는 재빨리 일어서서 검을 뽑아 들며 대비했다. 하지만 그 와이번은 야생이 아니었고, 위에는 30대 초반 정도로 보이는 무사가 타고 있었다. 정찰대 소속이거나 콜렌 기사단 소속인지도……. 하지만 자신이 알지 못하는 얼굴이었기에 실바르는 긴장을 늦추지 않고 상대의 행동을 주시했다.

와이번은 그들의 머리 위 10미터 정도 높이를 통과하며 밑으로 내려갔고, 실바르는 상대의 정체를 파악하기 위해 그 뒤를 따라 쫓아갔다. 순간적으로 몸을 날리자 거의 한순간에 그의 몸이 사라진 것 같은 착각이 들 정도였다. 실바르가 밑으로 쫓아 내려갔을 때 와이번은 현충탑 부근에 내려서 있었고, 그 위에 타고 있던 기사는 우울한 표정으로 현충탑을 바라보고 있었다.

"너는 누구냐?"

실바르가 경계하며 묻자, 기사는 천천히 뒤로 몸을 돌렸다. 30대 초반 정도로 보이는 용모에 다부진 체구, 허리에 늘어뜨린 바스타드 소드. 실바르는 상대의 날카로운 눈매를 쏘아보며 결코 만만한 상대가 아니라는 걸 직감적으로 느꼈다.

"그러는 자네는 누군가?"

"나는 콜렌 기사단 소속, 드미트리 실바르다. 그대는?"

그 말에 상대는 역시 우울한 듯한 미소를 지었다.

"나는 스바스의 루빈스키 폰 크로아라고 하다네, 젊은이."

그 말에 실바르의 안색은 백지장처럼 하얘졌다. 그의 머릿속은 지금 맹렬한 속도로 회전하고 있었다. 루빈스키 공작은 지금 60세가 넘은 인물이었다. 정확하게 말하면 63세. 그런데 이렇게 젊은 인물이 그를 자처하고 있다면 미친놈이든지, 하지만 진짜일지도…….

"신분을 증명하실 물건을 가지고 계신지요."

그러자 상대는 자신의 호화로운 검을 쑥 뽑아 들었다.

"이 녀석의 이름은 크로마타. 황제 폐하께서 직접 하사하신 검이다. 더 이상의 증거가 필요할까?"

그것을 보고 실바르는 무릎을 꿇으며 외쳤다.

"몰라 뵈어 송구스럽사옵니다, 전하."

"자네가 몰라보는 것도 당연하지. 28년 만에 돌아왔으니……. 응? 저기 있는 인물들은 자네의 동행인가?"

그가 가리키는 곳에는 싸늘한 눈빛을 던지며 서 있는 소녀와 무릎을 꿇고 앉아 있는 묘인족 한 명이 있었다.

"예, 전하."

"나는 폐하를 만나 뵈러 갈 테니 자네는 자네 볼일을 보게나. 재미난 시간을 방해했다고 그렇게 눈을 부라릴 필요 없다고 여자 친구에게 전해 주게. 자네 여자 친구는 대단한 미인이기는 하지만 꽤나 성깔이 있어 보이는군. 그럼, 다음에 보세."

그 말과 함께 그는 와이번의 등에 올라탔고, 와이번은 급속히 날아오르더니 황궁이 있는 곳으로 날아가 버렸다.

탈출

　제국 최고의 기사 루빈스키 폰 크로아 공작이 돌아오면서 크라레스 제국의 지도부는 활기를 띠기 시작했다. 이제 모든 준비가 완료된 상태니 서서히 정복 사업을 벌여야 할 시점이었기 때문이다. 그 때문에 크라레스 제국의 최고 지도부는 크로아 공작의 도착과 더불어 작전 회의를 열었다.

　정장을 입은 장교 한 명이 찰흙으로 정교하게 만든 지형들 위에 꽂힌 깃발들을 지휘봉으로 가리키면서 설명을 시작했다. 이곳에는 지금 황제로부터 전권을 위임받은 크로아 공작을 비롯하여 크라레스 제국 최고위급 장성들은 모두 모여 있었기에 장교는 꽤나 긴장하고 있었다.

　"본국의 영토는 지금 말토리오 산맥 깊숙이까지 파고 들어가 있는 상태입니다. 사실상 풍요로운 크로나사 평야를 상실한 후 본국의 대부분의 영토가 말토리오 산맥 속에 있다고 봐야겠지요. 그렇기에 과거에는 말토리오 산맥에 가로막혀 있던 스바시에 왕국이 지금에는 바로 국경을 마주하고 있는 형태가 되어 버렸습니다. 먼저 풍요로운 상업 국가 스바시에 왕국을 병합하고, 그다음 옆에 있는 치레아 왕국을 병합하여 국력을 키우는 게 최선의 과제라고 생각됩니다."

"흐음, 스바시에 왕국의 군사력은?"

"예, 총 57대의 타이탄과 127명의 그래듀에이트가 주축인 3개 기사단, 그리고 7개 보병 사단, 2개 기병 여단이 있습니다. 그들은 거의 병력의 50퍼센트를 국경선에 투입 중이며, 그로발 근위 기사단과 네시 기사단은 수도 근처에 배치되어 있습니다. 그들은 4개 보병 사단과 티노 기사단을 최전선에 배치하여 국경선을 지키고 있습니다. 거리상으로 봤을 때 전방에서 전쟁이 벌어진 후 3일 내로 1개 기병 여단이, 나머지 1개 기병 여단도 6일 내로는 가세할 수 있을 것이라고 추측됩니다. 나머지 보병 사단들 중 1개는 치레아 왕국과의 국경선에, 2개는 수도 부근에 포진 중입니다. 그러니까 아마도 제2차전은 2개 보병 사단과 근위 기사단, 네시 기사단과의 전투가 될 것입니다."

"좋아, 상대방이 어느 정도 시간 안에 후방의 타이탄들을 투입할 수 있을 것이라고 생각되나?"

"예, 스바시에 왕국은 전통적으로 마법보다는 기사가 더 강한 나라이기에 마법사의 수는 많지 않습니다. 지금까지의 정보로는 일곱 명을 넘지 않을 것이라는 예상입니다. 그렇기에 전쟁이 터짐과 동시에 이쪽으로 워프한다 하더라도 자신들의 전체 전력을 보내기는 힘들 겁니다. 초반에 이쪽에서 기선을 제압해 버린다면 가망 없는 전투에 타이탄을 소모하기보다는 두 번째 전투를 위해 타이탄을 아낄 것이라고 예상됩니다."

장교의 설명을 쭉 듣고 있던 크로아 공작은 시선을 옆에 있던 노장군에게로 돌렸다. 바로 이 노장군이 바로 작전 담당관, 줄여서 작전관이었다. 이 시대의 모든 전투는 타이탄으로 결말을 짓게 되는 것이 정석이었다. 그렇기에 총사령관인 기사는 대부분의 경우 오너(the OWNER of the Titan : 타이탄의 주인)였기에, 자신의 타이탄을 타고 전장에 나가게 된다. 그렇게 되면 사령관이 없는 상황에서 남은 부대들을 지휘할 인물이 따로 한 명 더 필요하게 되는 것이다. 사령관을 대신하여 모든 휘하 부대들을 이끌 권한이 주어지기에, 가장 노련한 지휘관이 작전관으로 임명된다.

"작전관, 이번 작전에 본국에서 투입할 수 있는 최대 전력은 얼마나 되나?"

크로아 공작의 질문에 작전관은 고개를 조아리며 대답했다.

"예, 현재 타국에 알려지기로는 본국의 보유 타이탄은 28대로 되어 있습니다. 그렇기에 될 수만 있다면 그 정도 병력만을 사용해야 합니다. 또 유령 기사단과 청기사들은 만약에 있을지도 모를 코린트의 침공에 대비해 남겨 둬야만 합니다."

"음, 타이탄의 성능으로만 생각하면 이쪽이 위야. 10대의 카프록시아를 쓸 수 있으니까……. 하지만 상대가 아무리 질이 좀 떨어지는 타이탄이라도 57대나 가지고 있다는 게 좀 마음에 걸리는군. 또 그들과의 전쟁에 최고 실력의 기사들을 투입할 수도 없을 테고……."

"그렇사옵니다, 전하. 이번 정복에서 우리의 전력이 노출되어서는 안 되지요. 그러면서 코린트가 보기에 이번 정복이 꽤나 타당성 있게 보여야만 하옵니다. 그렇지 않다면 코린트는 우리를 의심할 테고, 최악의 경우······."

"좋아. 그렇다면 마법사들 외에는 답이 안 나오는데, 몇 명이나 동원 가능한가?"

"예, 마법사 클래스만 스물다섯 명이옵니다."

"스물다섯 명이라······. 빠듯한 숫자로군."

공작의 푸념에 토지에르가 참견을 했다.

"전하, 남은 스물일곱 명의 기사들을 이용해서 다른 작전을 쓸 수도 있사옵니다."

"어떻게?"

"청기사에 탑승시킬 기사들을 모두 카프록시아로 돌리는 것이옵니다. 사실 청기사에는 약간의 문제가 있어서 론가르트 단장 이외의 인물에게는 지급하지 않았사옵니다. 그러니······."

믿고 있는 비밀 무기에 문제가 있다고 하자 크로아 공작은 긴장 어린 표정으로 곧장 질문했다.

"무슨 문제인가?"

"예, 주인을 인정하지 않는 못된 버릇이 있사옵니다. 웬만한 실력자가 아닌 한은 비교 평가되어 또다시 그 주인으로 인정받기 힘들지요. 그러니까 론가르트 단장을 제외하고는 나머지 근위 기사들을 모두 이번 전쟁에 투입할 수 있사옵니다. 또 론가르트 단장이 타던 카프록시아는 전하께서 사용하셔도 되구요. 혹시나 코린트가 이번 전쟁에 개입한다면 모두들 계약을 해제하여 타이탄을 다른 기사에게 넘기고 본국으로 돌아와 청기사와 계약을 맺으면 되옵니다. 하지만 코린트가 우리를 얕보고 보낼 1차 원정대는 막을 수 있겠지만 아무리 청기사를 사용한다 하더라도 더 이상은 막기 힘들 것이옵니다. 그러니 이번 작전에서 우리의 힘을 최대한 숨겨야만 하옵니다. 코린트는 우리가 약간이라도 위험해 보인다면 세계 평화를 위협하는 국가를 없앤다는 명목으로 개입해 올 것이옵니다."

"좋아, 근위 기사들을 이번 전쟁에 투입할 수 있다면 28대가 아니라 20대 정도만 투입해도 충분해. 안티노스, 자네는 우선 코린트의 고관들에게 뇌물을 전달하고 이번 전쟁을 묵인해 줄 것을 요청하게. 또 코린트 황제에게도 적절한 뇌물이 필요하겠지."

"예, 전하."

"우리는 이번 전쟁에 국력을 완전히 다 쥐어짜서 전쟁을 벌이는 것처럼 보여야만 한다. 이번 전쟁만 승리하면 우리에게 50여 대의 타이탄이 새로 생긴다 하더라도 코린트에는 거의 영향이 없지. 코린트가 우리를 얕보게 만들어야 한다는 점을 명심하고 작전을 진행시켜라. 코린트와의 국경 수비대를 제외하고 전 병력을 동원한다. 그 병력 배치는 그대들에게 맡긴다. 대신 이번 전쟁을 최대한 타이탄끼리의 전쟁으로 끌고 가야 해. 25명의 마법사와 콜렌 기사단을 적절히 배치해 최대한 보병들을 보호하라."

"예, 선하!"

그들은 한동안 작전 회의를 한답시고 떠들어 대다가 자신이 맡은 일을 처리하기 위해 돌아갔고, 회의실에는 공작과 토지에르만이 남았다.

"그 말이 정말이었군요, 전하."

"뭐가?"

"마스터의 경지에 오르면 몸이 재구성되며, 젊어진다고 그러던데……."

그 말에 공작은 약간 놀란 표정을 지었다.

"그걸 어디서 들었나? 나도 경험해 보기 전에는 몰랐던 사실인데……."

그 말에 토지에르는 약간 씁쓸한 미소를 지으며 대답했다.

"예, 좀 특이한 인물이 하나 있는데, 그에게서 들었사옵니다."

"그래? 어쨌든 별로 좋은 건 아니야. 내가 이렇게 젊어졌다는 말은 곧 키에리 발렌시아드란 그 악마도 젊어졌다는 말이 되니까."

말을 하면서 공작은 천천히 창문 쪽으로 걸어가 왕궁의 정원을 바라봤다. 이때 공작의 시야에 낯익은 인물들이 들어왔다. 귀여운 소녀 두 명과 기사 한 명. 그중 한 명이 묘인족인 걸로 봤을 때 또 다른 소녀는 노예까지 거느릴 정도로 지체 높은 인물의 딸일 것이다.

"우리나라도 아직 절망적인 상황은 아닌 모양이군. 그렇게 공녀들을 많이 헌납했는데도 아직도 저렇게 예쁜 애가 남아 있는 걸 보면 말이야. 그런데 저 아이는 누구의 딸인가?"

"예?"

토지에르는 공작이 말하는 사람이 누군지 알아보기 위해서 창문으로 다가갔고 곧이어 진상을 파악하게 됐다.

"저 아이는 포로이옵니다, 전하."

"포로라고? 그런데 무슨 포로가 노예에다가 호위병까지……. 전에 만나 보니까 호위 기사가 그래듀에이트로 보이던데, 본국에 그래듀에이트가 그렇게 남아돌았나?"

"아니옵니다. 매우 중요한 포로이옵니다, 공작 전하. 그녀는 아쿠아 룰러의 주인이옵니다."

그 말에 공작은 놀라움을 감추지 못했다.

"아쿠아 룰러? 그 나이아드의 힘을 지니고 있다는?"

"예."

"믿을 수 없군. 겨우 저런 힘없는 소녀가 지닐 물건이 아닌데. 또 아쿠아 룰러가 겨우 저런 소녀를 자신의 주인으로 인정할 리도 없고 말이야."

토지에르는 한숨을 내쉬었다.

"저 아이도 마스터였사옵니다."

공작은 그 말을 믿을 수가 없었다. 마스터가 그렇게 흔한 게 아닌데, 어찌 저런 소녀가 마스터가 될 수가 있었다는 말인가?

"정말인가?"

"예, 공작 전하."

그러면서 토지에르는 공작에게 다크와 있었던 그전의 일들을 설명했다. 만약 이런 말을 토지에르가 아니라 다른 사람이 자신에게 했다면, 공작은 거짓말하지 말라고 화를 냈을 것이다. 그만큼 토지에르가 한 말은 믿기 힘들었다.

"아쿠아 룰러의 주인에게 저주를 건다는 건 불가능한 일일 덴데……"

"예, 아쿠아 룰러를 가지기 전의 일이었지요. 아쿠아 룰러는 저 그레이시온 산맥의 주인 키아드리아스에게 선물 받은 것이옵니다."

공작은 새삼 다시 한 번 그 소녀를 유심히 바라보며 중얼거렸다.
"놀라운 인물이군."
"예, 시간을 두고 설득해서 우리 편으로 만들려고 하옵니다. 그때까지는 호위를 붙여 놔야 하지요. 현재의 육체가 어떻든 과거에 엄청난 경지까지 올라갔던 인물이옵니다. 그래서 감시자로 그래듀에이트를 붙일 수밖에 없었사옵니다."
"좀 더 열심히 회유해 보게나. 아쿠아 룰러의 주인이 우리 편이 된다면 매우 든든할 테니까."
"예, 전하."

세린은 요즘 들어 인간 여자의 무서움에 대해 새로이 깨닫고 있었다. 많이 자 봐야 하루 한두 시간의 수면, 뒤로는 욕을 하면서도 직접 만났을 때는 미소 띤 귀여운 얼굴로 드미트리 실바르를 대하는 모습, 그러면서도 이 궁리 저 궁리 하며 탈출 방법을 생각하는 걸 보면, 과연 인간의 여자는 묘인족과 달리 매우 무서운 존재들인 모양이었다.
한 2주일 돌아다니고 나자 요즘은 그 높은 구두를 신고도 제법 맵시 있는 걸음걸이를 유지하고 있는 주인을 보면서 세린은 존경 어린 시선을 보내고 있었다.
"어머! 예뻐라……. 저거 정말 예쁘지 않니, 세린?"
그날은 다크가 외곽 정찰을 나온 날이었다. 이왕 내친김에 시내까지 들어가서 상점들을 둘러보다가 마침 여성복 가게 앞에 걸려 있는 무릎 정도 오는 짧은 치마에 예쁜 블라우스를 보고는 일부러 과장되게 예쁘다고 감탄사를 터뜨리고 있는 중이었다.

"그러네요, 주인님."
"저거 정말 예쁘다. 입어 보면 좋을 텐데……."
 이런 식으로 그 앞에서 30분 정도 주절거리고 있으니, 아무리 눈치 없는 실바르라도 상대가 의도하는 걸 외면할 수 없었다. 사 달라는 거나 마찬가지였으니까…….
"저, 저런 옷은 평민들이나 입지 다크 양처럼 고귀한 분이 입기에는……."
 다크는 꽉 깨물어 주고 싶을 정도로 귀여운 앙증맞은 미소를 지어 보이며 대답했다.
"호호호, 아니에요. 저는 그렇게 고귀한 사람도 아니구요. 정말 예쁘네요."
 돈은 몽땅 빼앗겼으니 어쩔 수 없었다. 이런 거추장스런 옷을 입고 도망친다는 것 자체가 불가능했다. 도망치기 전에 치마 아랫부분을 잘라 낼까하는 궁리까지 하는 판에 저렇게 도망치기 좋은 간편한 복장이 있는데 그냥 포기할 수는 없었다. 저 멍청한 녀석은 이 정도까지 눈치를 주고 있는데, 아직 사 줄 생각을 안 하고 있으니 다크는 될 수 있으면 옷에 욕심이 생긴 평범한 여자 애처럼 행동하는 중이었다.
"정말 저 옷을 입고 싶으십니까?"
"예."
 그 말에 실바르는 아무 생각 없이 두 여자를 이끌고 상점 안으로 들어가 옷뿐만 아니라 뒤 굽이 낮은 구두까지 사 주고 말았다. 자신이 현재 하고 있는 일이 나중에 무슨 결과를 가져올지 생각도 해 보지 않고 말이다.

어쨌든 실바르는 옷과 구두를 다크에게 선물했고, 다크는 일주일 정도 뒤에 그것을 입을 기회를 잡을 수 있었다. 실바르는 기껏 사 줬는데도 그 옷이나 구두를 입지 않는 걸 보고 조금 섭섭했겠지만, 그걸 입고 돌아다니다가 실바르보다 좀 더 머리 회전이 빠른 놈이 본다면 뺏길 게 뻔하기에 다크는 애지중지 그 옷과 구두를 구석에 숨겨 뒀던 것이다.

"오늘은 좀 이상하네……."
"예, 왜 그러세요, 주인님?"
"평상시보다 무사들이 별로 보이지 않아."
"예? 저렇게 많은데요?"

세린의 말은 사실이었다. 평상시보다 더 많은 수비병들이 쫙 깔려 있었던 것이다. 하지만 다크의 말은 그게 아니었다. 수비병들의 숫자는 늘어났지만 뛰어난 실력의 기사들은 거의 눈에 띄지 않았던 것이다. 그러니까 평상시보다 수비병들의 질은 떨어지고 양은 늘어났다고 봐야 할까?

"아무래도 무슨 일이 있는 것 같은데?"
"궁금하시면 제가 알아보고 올게요."
"그래라."

세린은 밖으로 뛰어나가더니 한 시간쯤 후에 돌아왔다.

"무슨 일인지는 잘 모르겠구요. 콜렌 기사단하고 근위 기사단 건물이 텅 비었다고 하던데요? 여기저기 하녀들하고 하인들한테 물어봤으니까 아마 정확할 거예요. 어디 훈련 나갔는지도 모르죠."

"그래?"

별 표정 없이 대답했지만 다크는 이제 기회가 왔다고 마음속으로 외치고 있었다.

 그날 저녁에도 세린은 야행성 동물 특유의 몸짓으로 조용히 주인의 방문을 살짝 열고 들어갔다. 자고 있을지도 모르고, 어쩌면 침대 위에 이상한 자세로 앉아 있을 테지만……. 만약 자고 있다면 이불을 정돈해 줘야 하고, 또 토지에르에게 지시받은 대로 주인에 대한 감시도 해야 했다. 자질구레한 걸 보고할 필요는 없었지만, 만약 도망친다면 그걸 막든지 아니면 그 사실을 빨리 보고해야 하기 때문이다. 안 그러면 죽지 않을 만큼 두들겨 맞을 테니까…….
 그녀가 살짝 들어갔을 때 주인은 침대 위에 없었다. 순간 세린의 심장이 덜컥 내려앉았다. 순간적으로 내일 당해야 할 몽둥이찜질이 생각났기 때문이다.
 "주인님!"
 그녀는 주인이 혹시나 화장실에라도 갔나 싶어 그쪽으로 발길을 옮기려고 했을 때, 몸이 뜨끔 하더니 곧장 정신을 잃어버렸다.
 세린의 혈도를 찍어서 잠들게 만든 후 다크는 곧장 옷을 갈아입었다. 세린은 인간이 아니었기에 혈도가 인간과는 약간 달랐지만, 그 차이를 파악할 만한 시간은 충분했다. 그사이에 다크는 일부러 세린을 안기도 하고 손을 잡기도 하면서, 그녀의 몸속으로 내공을 흘려 넣어 이미 혈도를 파악해 놓은 상태였기에 일은 손쉽게 진행된 것이다.
 "여기 온 지도 거의 한 달이 되어 가는데, 아직도 나에게 힘이 없는 줄 착각하다니, 호호호."
 자신의 방은 4층이었지만 그건 큰 문제가 되지 않았다. 곧장 경

신술을 사용하여 왼쪽 아래층에 있는 발코니로, 그다음은 오른쪽 2층에 있는 발코니로, 그다음은 잔디 위로 매끄럽게 떨어져 내렸다. 그다음부터는 될 수 있으면 보초들의 눈을 피해서 이동해야 했기에 다크의 발걸음은 조심스러워지고 또 느려질 수밖에 없었다.

"으음, 저쪽이군."

다크는 여태껏 꼼꼼히 그려 놨던 지도를 펼쳐서 별들을 보고 방향을 잡아 도망쳤다. 우선은 시내로 들어가기보다 산속으로 도망치는 게 최고. 하지만 시내 쪽으로 도망친 것 같은 흔적을 만들어 둬야 했기에 그쪽으로 가는 중이었다.

샥!

앞으로 나가려다가 저쪽에서 보초가 걸어오는 것을 보고 다크는 재빨리 건물 뒤로 몸을 숨겼다. 보초를 해치울 수는 없었다. 보초는 거의 두 시간 단위로 교대를 했고, 이 보초를 해치우면 두 시간 이내에 자신의 탈출 사실이 발각되기 때문이었다. 뒤쪽에서도 보초들의 발걸음 소리가 들려오자 다크는 재빨리 옆에 있는 나무로 몸을 날렸고, 그 나뭇가지를 밟고 위로 올라가 옆 건물의 발코니 같은 곳으로 몸을 날렸다.

밑에서 네 명의 보초들이 만나 잠시 쑤군거리고 있는 모습을 보면서 어떻게 할까 망설이고 있는데, 마침 창문이 조금 열려 있는 게 보였다. 다크는 더 이상 생각할 것도 없이 안으로 들어갔다. 그 안은 지독하게 어두웠다. 바로 한 치 앞도 보이지 않는 상태……. 다시 뒤로 돌아서 나가려고 할 때 목소리가 들려왔다.

〈그대는 누구인가?〉

"응? 들켰나?"

어둠 속 저편에서 들려오는 목소리에 다크는 바짝 긴장했다. 이왕 이렇게 되었다면 상대를 해치우는 수밖에 없다는 생각이 언뜻 들었다.

〈그대는 누구인가? 그쪽에서 희미한 마나의 기척이 느껴지는데…….〉

'느낌상 거리는 3미터 저쪽……. 제길, 어두워서 하나도 안 보이네. 달려 들어가면서 그대로 목뼈를 부숴 버려야 해.'

〈그대는 누구인가?〉

깡!

"아얏!"

재빨리 도약해서 상대를 가격한 것까지는 좋았는데……. 손은 강철을 때린 것처럼 얼얼했고 발밑은 허전했다.

"끼약!"

퍽!

그래도 비명 소리를 크게 안 질러서 다행이지 그렇지 않았다면 난리가 났을 것이다. 밑바닥으로 떨어진 충격에 한동안 정신이 없던 다크는 자신이 지금 어떤 처지라는 걸 다시금 상기했다. 얼떨결에 떨어져서 발목을 삐었는지 욱신욱신 전해져 오는 통증에 비명이 터져 나올 뻔한 걸 참으며 다크가 살며시 물었다.

"네 녀석은 누구냐?"

〈나? 나는 쿠마다. 그러고 보니 그대는 나의 옛 주인과 함께 있던 자로군.〉

"쿠마라고? 그 타이탄?"

〈그렇다.〉

"시드미안은 어디 있지?"

〈나와 계약을 해제하고 떠났다. 아무래도 그는 정신이 제압당한 것 같았지만 나는 그를 도와줄 수 없었다.〉

"그럼 시드미안도 여기 있다는 말이군."

〈그대는 과거 만났을 때보다 엄청난 진보를 했군. 하기야 내가 그대를 처음 봤을 때는 그대가 드래곤인 줄 착각했을 정도였으니까……. 현재 그대의 마나는 아직 보잘것없다. 하지만 그대의 발전 속도로 미루어 봤을 때, 조만간에 그대는 엄청난 힘을 다시 얻게 되겠지. 골렘의 맹약을 맺기 위한 첫째 조건은 마나를 다룰 수 있는 자. 그대의 마나는 얼마 되지 않지만 그대는 그걸 효율적으로 다룰 줄 알기에 첫째 조건은 충족된다. 그대는 나와 계약을 원하는가?〉

"타이탄이 한 대 있다면 좋긴 하겠지만, 넌 시드미안의 것이잖아. 사양하겠어."

〈나는 시드미안의 것이 아니다. 시드미안은 자의든 타의든 간에 계약을 해제했으니까……. 현재 나의 주인은 없다. 그러니 그대는 나의 주인이 되고 싶지 않은가?〉

"내 대답은 똑같아. 그런데 여기를 어떻게 하면 나갈 수 있지?"

〈그건 나도 모른다. 나는 주인을 통해 모든 걸 보고 느낀다. 주인이 없는 지금 나는 5미터 정도의 앞을 겨우 볼 수 있을 뿐이다.〉

"보탬이 안 되는 놈이군. 좋아, 다음에 보자구."

〈나중에 그대의 종으로 선택될 타이탄에게 신의 축복이 함께하기를…….〉

"제기랄, 이 건물에는 창문도 없나? 아예 눈앞이 하나도 안 보이네…….”
 더듬거리면서 한참을 걸어가자 또다시 다크를 부르는 소리가 들려왔다.
 〈그대는 누구인가? 희미한 마나의 기척이 느껴지는데…….〉
 이번에도 굵직한 저음의 무게 있는 목소리……. 보나마나 목소리의 주인공은 타이탄일 것이다.
 "제길, 여기는 타이탄을 쌓아 둔 창고인 모양이군."
 〈그대는 누구인가?〉
 "시끄러우니까 좀 조용히 해. 그런데 여기 출구가 어디야? 너무 컴컴해서 어디가 어딘지 알 수가 없어야지."
 〈지금 나의 능력으로 그 정도까지는 알 수 없다. 그대와 같은 마나를 부릴 능력을 갖춘 자를 만나기는 이번이 처음이니까……. 사실 그대의 능력은 매우 실망스럽지만 어쩔 수 없군. 하지만 그대는 마나를 부릴 수 있기에 계약의 최소 조건은 갖춰져 있다. 그대는 나와 계약을 맺고 싶은가?〉
 "그러는 네놈은 누구냐?"
 〈내 이름은 안드로메다.〉
 "안드로메다? 아무도 주인이 없었다고?"
 〈그렇다.〉
 "호오……. 그림 그 녀석들의 타이탄인 모양이군. 좋아, 계약을 맺자구. 어떻게 하면 되지?"
 〈그대가 수락을 했으니 이제부터 그대와 나는 태곳적부터 내려오는 골렘의 맹약에 따라 주종이 되었다. 내 이름은 안드로메다. 그대의 이름은?〉

"나는 다크. 그런데 그다음부터는 어떻게 하면 되는 거야?"

〈내 몸에 탑승하면 된다. 그러면 나머지는 내가 다 알아서 해 주지.〉

"좋아, 그런데 어두워서 보이지가 않아."

〈그건 걱정하지 마라.〉

곧 거대한 손이 다크의 몸을 잡고 위로 살며시 들어 올렸다가 내려놨다.

〈거기 있는 의자에 앉으면 된다.〉

다크가 더듬더듬 찾아서 의자에 앉자 곧이어 기긱거리는 금속음이 들려왔고, 앞으로 밀려가 있던 금속 조각이 튀어나와 그녀의 몸을 완전히 감쌌다. 그다음 거대한 안드로메다의 몸이 서서히 움직이기 시작했다.

쿵쾅거리는 걸음에 다크는 재빨리 소리쳤다.

"이 멍청아, 너무 시끄럽잖아. 내려 줘, 걸어서 도망치는 게 잡힐 확률이 적겠다."

안드로메다가 곧 멈췄고, 그금 지니지 손으로 다크를 잡아서는 아래쪽에 내려놨다. 땅에 내려서자 또다시 더듬거리면서 걸어가는 다크를 향해 안드로메다가 말했다.

〈나는 여기서 기다려야 하나?〉

"참, 그러고 보니 쿠마는 공간의 저편에서 기다리다가 부르면 나타나던데……. 너도 공간의 저편에 갈 수 있냐?"

〈좋아, 공간의 저편에서 기다리지.〉

그다음은 더 이상 목소리가 들려오지 않았다. 또 다른 청기사들도 서 있었지만, 이미 주인이 있는 상대를 부를 필요가 없었기에 잠자코 있는 것이었다.
 다크가 가까스로 출구를 찾아 밖으로 나왔을 때는 시간이 꽤 흐른 후였다.
 '제길, 이런 식이면 시가지 쪽으로 도망친 흔적을 만들 수도 없잖아. 할 수 없다. 빨리 도망치자.'
 다리를 절뚝거리며 다크는 최대한 빨리 도망치기 시작했다.

"소녀가 도망쳤습니다."
"뭣이? 그럼 네 녀석은 뭐 하고 있었나?"
 토지에르의 질책에 실바르는 얼굴색이 벌게지며 황망히 답했다.
"그것이 밤에 살짝 도망쳤기 때문에……."
"그렇다면 세린은?"
"방 안에 기절한 채 쓰러져 있는데, 이상하게 아무리 해도 깨어나지 않습니다."
 옆에서 듣고 있던 공작이 말했다.
"데리고 와라."
"예, 전하!"
 조금 지나자 묘인족 소녀가 들려왔다. 그녀는 완전히 인사불성이었다. 정신을 잃고 있는 세린의 몸을 이리저리 눌러 보던 공작이 감탄사를 터뜨렸다.
"흐음, 대단하군."
"무슨 일이옵니까? 마법으로 잠을 재운 것도 아니고……."
 공작이 살펴보는 사이 마법을 써 봤던 토지에르가 궁금한 듯이 묻자 공작이 감탄했다는 듯 말했다.

탈출 123

"대단한 기술이야. 몸속에 마나가 흐르는 통로를 막았어. 그러니 이상이 생길 수밖에……."

그 말에 옆에 서 있던 기사들 중 한 명이 궁금하다는 듯 물었다.

"몸속에 자연스레 흘러야 하는 마나의 통로를 막는 기술도 있사옵니까?"

"글쎄, 타인의 몸속에 자신의 마나를 끼워 넣어 마나 흐름을 방해하는 기법도 있을 수 있겠지. 어쨌든 대단한 기술이야. 이걸 그 소녀가 했다는 말인가?"

"예."

"정말 자네가 말한 대로 마스터였던 모양이군. 그것도 매우 독특한 기술을 많이 알고 있는……. 추격대는?"

"예, 군견(軍犬)들을 이끌고 수색 중이옵니다. 전하."

이때 세린이 깨어났고, 토지에르는 재빨리 그녀를 추궁했다.

"어떻게 된 일이냐?"

사방에 서 있는 높은 양반들 때문에 주눅이 든 표정이었지만 세린은 솔직히 말했다.

"주인님 방에 들어가자마자 등 뒤가 따끔하면서 정신을 잃었습니다, 토지에르 나으리."

그 말에 토지에르는 약간 고개를 갸웃했다.

"이상하군. 하녀를 제압했다 하더라도 옷이나 신발이 도망치기에 적당하지 않았을 텐데……. 도대체 어떻게 도망쳤지?"

그 말에 공작이 심드렁하게 대꾸했다.

"긴 치마야 자르면 그만이고, 신발이야 벗고 담요로 돌돌 말면 그만인데, 그런 게 뭐가 중요한가? 추격대에 그래듀에이트 네 명을 추가로 파견해라."

"예."

이때 세린이 끼어들었다.

"저, 주인님께는 행동하기 좋은 옷하고 구두가 있습니다. 그렇게 안 해도……."

"뭐? 네년은 그걸 감시하지 않고 도대체 뭐 한 거냐?"

"저, 그게 실바르 나으리께서 선물하신 거였기 때문에……."

그 말에 토지에르는 괜히 돈쓰고 궁지에 몰린 실바르를 무시무시한 눈으로 쏘아보았다.

"네 녀석은 그녀를 감시하고, 보호하라고 붙여 놨더니, 편한 옷까지 사 주면서 도망치는 걸 도와줘?"

"예? 죄송합니다, 토지에르 경. 굉장히 예쁜 옷이었고, 그걸 사 달라고 조르는 바람에 아무 생각 없이……. 죄송합니다."

"네 녀석도 빨리 달려 나가 그 수녀를 잡아왓! 못 잡으면 아예 돌아올 생각을 말아라."

"옛!"

이때 당황한 표정의 인물이 들어섰다. 재빨리 밖으로 달려 나가는 실바르와 충돌할 뻔했지만 용케 실바르가 옆으로 피해 나갔고, 어느 정도 정신을 차린 그 인물이 다급하게 외쳤다.

"토시에르 경, 큰일 났습니다."

"무슨 일인가?"

"청기사가 한 대 없어졌습니다. 그게 어제까지만 해도 있었는데, 그게……."

토지에르는 단정적으로 공작에게 말했다.

"그녑니다."

"뭐?"

"그녀가 훔쳐간 게 틀림없사옵니다."

"설마……. 그래도 방금 전 하녀의 몸속에 들어간 마나의 성질이나 분량으로 봤을 때 그렇게 대단한 실력은……?"

"그야 그렇지요. 실력은 별 볼일 없지만 타이탄과 계약을 맺는 데 마나의 분량은 상관없사옵니다. 마나를 제어할 수 있느냐 하는 것이지요. 사실 마나를 제어할 수 있는 자라면 대단한 실력의 인물, 몸속에 방대한 마나를 가지고 있을 거라는 가정 하에서 생겨난 조건이기에……."

"그렇다면 더 큰일이군. 유령 기사단의 그래듀에이트 열 명을 투입해라. 제길! 이제 막 전쟁이 시작되려는 판에 이게 무슨 꼴이얏!"

"헉, 헉, 헉……."

다크는 죽자고 달리다가 이제 더 이상 달릴 기운도 없어서 나무 아래에 퍼질러 앉았다. 그놈의 타이탄을 때린 오른손은 뼈까지 몇 개 부러졌는지 손등 위로 뼛조각이 불룩 솟아올라 있었고, 통증도 엄청났다. 그리고 자신이 2층에 있다는 것도 모르고 뛰어든 결과, 타이탄을 가격한 후 아래쪽으로 떨어지면서 삐어 버린 오른쪽 발목은 너무 혹사를 시켜서 그런지 퉁퉁 부어올라 욱신거리다 못해 이제 무감각해진 것 같았다. 몇 군데 혈도를 제압해 통증만을 억제해 놓은 상태로 밤새껏 달렸으니, 몸에 이상이 없다면 그건 거짓말일 것이다.

밤새 달려오면서 옷은 나뭇가지에 걸려 군데군데 찢어져 걸레가

된 상태였고, 또 몇 번이나 넘어져서는 흙투성이가 된 데다 피부도 여기저기 찢겨서 아직도 피가 흘러내리는 곳이 있었다. 밤에 산길을 달렸으니 이 정도 대가야 별로 큰 것도 아니었지만……. 문제는 지금쯤 그놈들도 자신의 탈출 사실을 알아내고 추격을 시작했을 테니 그것이 문제였다.

이때 저쪽에서 와이번이 한 마리 날아가는 게 보였다. 와이번이라면 기사단에서 정찰, 이동용으로 쓰는 괴물인 것을 이미 알고 있었으므로 다크는 좀 더 으슥한 곳으로 몸을 숨겼다. 그런 다음 오른손의 부러진 뼛조각들을 대강 맞추기 시작했다.

지독한 통증을 참으며 손가락을 앞으로 당겼다가 어느 정도 제 위치를 확인해 가며 다시 밀어 넣는 동작을 반복했다. 부러진 뼛조각 두 개를 맞췄을 때쯤 지독한 통증으로 인해 온몸에서 식은땀이 흘러내리고 있었다. 대강 몸을 정리한 후, 다크는 이제 서서히 밝아 오는 하늘 위를 떠도는 와이번을 잠시 바라보다가 운기조식을 시작했다.

30분쯤 후, 운기조식에서 깨어난 다크는 또다시 움직이기 시작했다. 운기조식을 해서 그런지 다리나 손에서 통증은 그렇게 심하게 느껴지지 않았다. 원래 운기조식을 하면 치유력이 대단히 높아지기에, 고수라면 30분 정도 운기조식으로 다리 뻰 거 정도는 치유되는 게 정상이었다. 하지만 사실 고수가 다리를 뻴 리도 없었고, 또 다크의 내공으로는 고수 축에도 못 들어가는 게 현실이었다.

다시 네 시간 정도 죽어라 달려가자 작은 오솔길이 나왔다. 이 길을 따라서 갈 것인가, 아니면 산길로 들어갈 것인가 잠시 생각하고 있는데, 저쪽에서 사람들이 걸어오는 것이 보였다. 도합 다섯 명. 그들의 모양새를 잠시 바라보던 다크는 그들이 아무래도 여행객 내지는 모험가 정도일 거라고 생각했다. 왜냐하면 자신이 도망쳐 온 곳은 왕궁이었으니까 추격자들은 군인들일 확률이 더 높기 때문이다.

"이보세요, 헉, 헉……."

군데군데 찢어진 옷을 입은 소녀를 보고 그들은 잠시 놀란 것 같았지만, 곧 그녀가 뛰어온 방향을 향해 세 명이 검을 뽑아 들고 경계 태세를 갖췄다. 이런 곳에 소녀가 이 꼴로 뛰어왔다면 아마도 저쪽에서 몬스터라도 따라오는 줄 알았던 것이다.

"무슨 일입니까?"

그중에서 제법 인자하게 생긴 30대 중반의 남자가 물어왔다.

"혹시 물이나 먹을 거라도 가지고 계시면 조금 주실래요? 헉, 헉……."

"여기 물이 있습니다. 그런데 무슨 일인가요?"

소녀는 기갈이라도 들린 것처럼 작은 휴대용 물통에 담긴 물을 벌컥벌컥 마셨다. 어느 정도 숨을 돌리고 소녀가 말했다.

"토지에르라고 들어 보셨어요? 마법사인데……."

소녀의 말에 그중 좀 가냘파 보이는 인물이 말했다.

"토지에르라면 여기 크라레스 왕국의 궁정 마법사님을 말하는 건가요?"

"예, 그 토지에르…, 그 인면수심의 나쁜 놈이 우리 엄마를 겁탈하고 아빠를 죽이고, 거기다가 나까지, 흑흑……."

소녀의 말에 그들은 모두들 아연한 기색을 감추지 못했다.

"설마……."

"설마가 아니에요. 저쪽에서 토지에르의 부하들이 쫓아오고 있다구요. 아마 날 잡으면 가만두지 않을 거예요."

흐느끼는 척하면서 다크는 자신의 거짓말 솜씨에 도취되어 가는 중이었다. 여행객 일행은 설마 하는 마음이 앞섰지만, 그래도 저 꼴이 된 채 도망치는 소녀를 보고 마음에 갈피를 못 잡고 있었다. 이때 그중 한 명이 말했다.

"토지에르 경일 리는 없겠지요. 아마도 토지에르 경을 사칭하고 못된 짓을 하는 놈일지도……."

"저를 도와주실 필요는 없어요. 상대는 군사를 거느리고 있다구요. 괜히 도와주시려다가는 큰 봉변을 당하실 수도……. 어쨌든 물하고 식량이라도 좀 주실래요? 친척집까지 도망치려면……."

"친척집은 더 위험할 겁니다. 다른 곳으로 도망치세요. 여기 물하고 식량은 좀 나눠 드리죠. 도와 드리지 못해서 죄송합니다."

"아니에요. 이 정도만 해도 저에게 큰 도움을 주신 겁니다. 그럼 안녕히……."

소녀는 물과 식량을 등에 지고는 믿을 수 없을 만큼 빠른 속도로 달려가 버렸다. 잠시 바라보던 검객 중 한 명이 중얼거렸다.

"정말 빠르군. 그런데 저 말이 진짜일까요?"

"글쎄, 그건 모르지."

"저 아이를 도와주는 게 낫지 않았을까요?"

"저 아이의 말이 진짜인지 그것도 확실하지 않잖아. 설혹 진짜라고 하더라도 우리들의 힘으로 저 아이를 도울 수 있을 것 같아? 상대는 궁정 마법사야. 그냥 혼자서 도망치게 내버려 두는 게 낫지."

일행 중 젊은 쪽은 불만 가득한 표정으로 뭔가 한마디 더 하려다가 포기했다. 사실 그들의 힘으로 궁정 마법사를 상대한다는 건 불가능하다는 사실을 알기 때문이다.

그들은 한 시간도 못 되어 반대편에서 엄청난 속도로 달려온 험악한 인상의 세 남자에게 제지당했다. 그들은 제법 호화로운 복장을 하고 있었고, 허리에는 모두들 롱 소드나 바스타드 소드를 차고 있었다. 그중 앞에 서 있는 덩치 좋은 인물이 그들에게 물었다.

"이보시오. 혹시 금발머리 소녀 한 명을 못 봤소? 키는 이만하고 아주 예쁘고, 삐쩍 말랐는데……."

"그런 아이를 보기는 했소. 그런데 무슨 일이시오?"

그중 인상이 좀 더 험악하고 얼굴에 흉터까지 가진 사내가 중간에 끼어들었다.

"무슨 일인지는 알 것 없고 어디로 갔소?"

그들의 하는 짓거리에 모두들 '이놈들이 토지에르 경의 이름을 사칭하고 못된 짓을 하는 놈들이군' 하고 단정을 지었다. 그들이 가리킨 방향은 소녀가 도망친 방향과는 상당히 다른 곳이었다.

"저쪽 길로 달려갔소."

"만난 지는 얼마나 되었소?"

"세 시간 정도 되었소. 그 아이를 본 게 드미트리안 고개에서였으니까 말이오."

"고맙소. 가자!"

그들은 큰 덩치에도 놀라운 속도로 달려가 버렸다.

"젠장! 더럽게 빠르군."

동료의 말에 그중 가장 나이가 많은, 아마 리더인 듯 보이는 인물이 말했다.

"진짜 그래듀에이트다. 그런데 왜 저들이 소녀를? 소녀가 한 말이 진짜라는 건가?"

"그렇다면 진짜로 그 토지에르 경이?"

"아마 그럴지도······."

"원래 마법사란 것들이 다 그렇고 그런 놈들이잖아. 아, 미안하군. 자네는 빼고······."

이들은 다시 크라레스 왕국의 수도 크로돈으로 천천히 걸어가며 토지에르라는 악당을 씹기 시작했다. "나쁜 놈, 못된 놈, 그 엄마도 모자라서 딸까지?" 하면서 말이다.

이때 하늘 위에 떠 있던 와이번 한 마리가 그들을 보고는 아래로 쏜살같이 급강하하기 시작했다. 이들은 처음에는 약간 긴장했지만, 그 와이번 위에 사람이 타고 있는 걸 보고는 경계를 풀고 상대가 도착하기를 기다렸다. 곧 와이번은 길 위에 착륙했고, 그 위에 타고 있던 인물이 재빨리 그들에게 뛰어왔다.

"자네들은 어디에서 오는 길인가?"

정식 갑주를 걸친 것으로 보아 기사단 소속의 기사인 모양이었다.

"코린트 제국에서 오는 길입니다."

"혹시 오는 길에 금발머리의 예쁘장한 소녀 한 명 못 봤나?"

"그런데 왜 찾으십니까? 방금 전에도 그걸 묻고 지나가는 사람들이 있던데······."

"지금 크라레스 전역에는 그 아이를 잡으려고 야단이지. 현상금 100골드까지 걸려 있단 말일세. 그 못된 년은 얼마 전까지 토지에르 경의 하녀로 일하고 있었는데, 국왕 전하께서 토지에르 경에게 하사하신 물건을 들고 도망쳤다 이거야. 사실 그렇게 비싼 거는 아니지만, 전하께 하사받은 물건을 도난당했으니 일이 크게 벌어진 거지."

크라레스는 과거 제국으로 불렸지만 30년 전 코린트와의 전쟁 이후로 왕국으로 전락했다. 타국에서는 크라레스를 왕국으로 불렀고, 또 사신들도 국왕으로 불렀다. 하지만 과거의 영광을 잊지 못하고 있던 크라레스의 신하들은 그들끼리는 제국, 황제 폐하라고 부르고 있었던 것이다. 어쨌든 용기사는 친절하게도 제법 자세하게 그들에게 사건의 전말을 설명해 줬다.

여행객 일행은 또다시 혼란에 빠졌다. 가만히 생각해 보면 진짜 토지에르 경이 사고(?)를 쳤다면 자신의 잘못을 수습하기 위해 그래듀에이트까지 동원한다는 건 말이 안 된다. 그래듀에이트면 기사단의 최고 엘리트들……. 그들에게 자신의 치부를 드러낼 바보가 있을까? 하지만 뭔가 들고 도망쳤기에 추격하는 데 그래듀에이트가 동원되었다면 말이 되지.

"지금부터 한 시간쯤 전에 만났습니다. 알기에는 고개를 넘은 후에요. 우리들에게 토지에르 경이 얼마나 극악무도한 인간인지 한참 떠들어 대면서 자신의 엄마를 강간하고……. 흠흠, 그러더니 우리에게 물과 식량을 조금 얻어서는 오른편 산속으로 도망쳤죠."

그 기사가 와이번을 타고 날아오르는 걸 보면서 그들은 또다시 쑤군거렸다.

"그 아이가 못된 년이었군."
"역시 도와주지 않기를 잘했어."

아직은 뛰어 봤자 벼룩

 아무리 상대보다 세 시간 정도 빨리 출발했다고 하더라도 상대가 그냥 쫓아오는 것도 아니고 군견들을 앞세워 쫓는 데다가, 여기에 그래듀에이트까지 열다섯 명이나 동원되었다. 또 수도 근방의 모든 군대에 비상이 걸려 금발머리 소녀를 찾기 위해 곳곳을 누비고 있는데 잡히지 않는다면 사람이 아니다. 거기다가 정찰 나간 용기사를 통해 다크의 수법이 드러나면서 이쪽은 매우 정중하게 다크를 도둑으로 몰면서 수소문을 했고, 그러다 보니 목격자들의 확실한 진술을 받아 낼 수 있었다.
 그렇게 죽자고 도망 다니던 다크는 그날 저녁때쯤 군견들을 이끌고 있는 패거리들에게 포착되었다. 다크는 곧 군견의 목걸이를 잡고 있는 병사들을 헤치며, 최대한 살기를 억누른 채 무시무시한 눈으로 쏘아보며 다가오는 드미트리 실바르를 볼 수 있었다.

"오랜만이네요."

드미트리 실바르는 성질이 나 있는데 상대가 빙그레 미소 지으며 인사를 건네 오자 그것까지도 자신을 비웃는 것 같았다. 실바르는 화가 난 김에 그대로 소녀의 뺨을 향해 손바닥을 날렸다. 꽤 재빠른 손놀림이었지만 그래도 아직까지는 이성이 약간이나마 남아 있었기에 힘이 너무 세게 들어가지 않게 조절한 것이었다. 하지만 소녀는 재빨리 머리를 살짝 뒤로 빼서 그 손을 피했다. 부하들과 동료들 앞에서 헛손질까지 하게 된 드미트리 실바르는 이제 완전히 이성을 상실하고야 말았다.

짝! 짝!

"끼약!"

"곱게 잘 대해 줬더니 도망을 쳐? 거기다가 날 깔보는 그 태도는 뭐야?"

퍽!

아직도 윗사람들에게 들볶인 화가 안 풀렸는지 뺨을 맞고는 쓰러졌다가 비실비실 일어서려는 소녀의 배를 사정없이 차 버렸고, 소녀는 한 2미터쯤 날아가더니 나무에 처박혔다. 그래도 분이 풀리지 않았는지 씨근거리면서 소녀 쪽으로 가려는 실바르를 누군가가 뒤에서 말렸다.

"그만 두게. 더 이상 때리면 죽어 버릴 거야. 일단 임무는 완수했으니 돌아가자구."

다크가 축 늘어진 채 장기간의 외출을 끝내고 돌아온 것은 해가 완전히 저문 뒤였다. 군데군데 찢어진 옷을 입고 기절해 있는 소녀를 안고 들어오는 드미트리 실바르를 보며, 토지에르는 미소 지으며 환영했다.

"자네 보기보다 능력 있군. 예상보다 빨리 잡아 왔어."

하지만 다크를 받아 들고 그녀의 몸을 살피던 토지에르의 눈꼬리가 점점 올라가기 시작했다.

"이 아이를 어떻게 한 거냐?"

"예?"

"얼굴의 멍, 입 안은 완전히 다 터졌고, 갈비뼈가 두 개는 부러졌군. 그리고 손등에도 뼈가 두어 개 부러졌고……. 내장은 멀쩡한가? 참 내, 도대체 얼마나 분풀이를 한 거지?"

"저어, 그게……."

"나쁜 녀석! 이런 아이를 때릴 데가 어디 있다고 이렇게 두들겨 패?"

"저, 딱 세 대밖에……."

"닥치고 나갓!"

"옛!"

열 받은 상전을 피해서 기사들이 허겁지겁 밖으로 나가는 걸 씁쓸한 표정으로 바라보던 공작이 다가왔다.

"이 아이로군."

"예, 전하. 아쿠아 룰러 때문에 마법이 통하지가 않으니 공작 전하께서 잠시 살펴봐 주시겠사옵니까?"

"그러지."

공작은 축 늘어진 소녀에게 다가가서 마나를 그녀의 몸속에 집어넣어 몸의 상태를 살펴 나갔고, 곧이어 소녀의 상태가 생각보다 더 심각하다는 걸 알 수 있었다.

"내상이 있다."

"예?"

"내장이 터졌어. 빨리 치료 마법을 사용하게."

"예."

하지만 치료 마법은 아쿠아 룰러에게 막혀 아무런 효과를 주지 못했고, 그 때문에 신관을 불러와서 축복까지 해 봤지만 아무런 효과도 없었다. 그들은 절망할 수밖에 없었다.

"이 아이가 죽는다면……?"

공작의 물음에 토지에르는 비장한 어조로 답했다. 사태가 점점 심각하게 흐르고 있었기 때문이다.

"아마 그 피의 대가를 우리가 지불해야만 할 것이옵니다."

"도대체 방법이 없나?"

"아쿠아 룰러가 모든 마법을 다 무(無)로 돌리고 있사옵니다. 엄청나게 강력한 마법이라면 아쿠아 룰러의 방어막을 뚫을 수 있겠지만, 사실 그렇게 강력한 치료 마법은 없사옵니다. 공격 마법이라면 몰라도……."

"정말 큰일이군."

한 30분 정도 이리저리 궁리를 하던 공작이 물었다.

"아쿠아 룰러는 어느 정도 지능을 가지고 있다고 했지?"

"예."

"그러면 아쿠아 룰러에게 부탁해 보게. 자신이 선택한 주인을 살리는 일이니 제발 방해하지 말아 달라고……."

"한번 해 보겠사옵니다."

토지에르는 아쿠아 룰러에게 마나와 정신을 집중시켰다.
"아쿠아 룰러여. 그대가 이 주인을 살리고 싶다면 내 말에 응답을 하라. 우리는 이 아이를 살리기 위해 최선을 다하고 있지만 그대가 그걸 방해하고 있다. 그렇다면 이 아이가 죽었을 때 그 피의 값은 우리가 아닌 그대가 져야 한다. 만약 그 값을 그대가 지불할 생각이 아니라면 내가 그대의 주인에게 사용할 치료 마법을 방해하지 마라. 알겠는가?"
그 말이 끝나자 아무런 특징도 없는 푸른 보석이 박힌 작은 금반지에서 옅은 마법의 오라(Aura)가 뿜어져 나왔고, 그 빛은 곧이어 사라졌다. 빛이 사그라들자 공작이 재빨리 말했다.
"이제 치료 마법을 써 보게."
"예."
그다음에 사용한 치료 마법은 그대로 소녀의 몸속으로 전달되었다. 부러졌던 뼈가 제자리를 찾아가서 붙었고, 내상도 치료되었는지 창백하던 안색도 차츰 발그레해졌다. 그리고 광대뼈 부근에 나 있던 시퍼런 멍 자국들도 없어졌고, 손발의 군데군데 나 있던 긁힌 자국들도 깨끗이 사라져 버렸다.

"아으으응……."
잠에서 깨어나시는 한참 기지개를 펴던 소녀가 갑자기 정신이 들었는지 주위를 두리번거렸다.
"여기는……?"
그녀의 옆에는 언제나와 같이 세린이 서 있었다. 세린의 몸 군데군데에 멍이 좀 들어 있다는 게 다크가 떠나기 전과 달랐을 뿐, 모든 게 이전과 똑같았다. 그리고 다크의 몸에 잠옷이 입혀져 있는 것하고……. 다크는 언제나 잠옷을 입지 않았다. 낮에 입던 옷을 그대로 입거나, 아니면 내일 입을 새 옷을 입고 그대로 잠이 든다. 잠꼬대를 하지 않고 두세 시간 동안 거의 죽은 듯이 잠이 들기에 옷은 하나도 구겨지지 않았다.

다크는 정신이 들자마자 자신의 오른손을 바라보고 또 만져 봤다. 그 어떤 통증도 느껴지지 않았다. 뼈어서 퉁퉁 부어올랐던 오른발도 마찬가지였다.

"기술도 좋군. 벌써 치료를 다 한 건가? 세린, 옷을……. 으응? 이건 뭐야?"

다크는 세린의 손과 발에 나 있는 멍 자국을 노려보면서 천천히 몸을 일으켰다. 그런 다음 그녀의 손을 살며시 만졌다.

"나 때문에 맞은 거구나. 많이 아팠지?"

세린은 상냥하기 그지없는 다크의 위로에 더 이상 참지 못하고 울음을 터트렸다.

"주인님, 엉엉……."

다크는 울음을 터뜨린 세린을 살며시 안아 줬다. 몸에까지 상처가 있다면 아플 것이므로 아주 살며시 안았다.

"개자식들! 이 아이가 무슨 죄가 있다고 이렇게 두들겨 패?"

"주인님, 도망가지 마세요……. 엉엉, 나 죽는 줄 알았다구요, 엉엉."

울고 있는 세린을 토닥거리며 다크는 아예 탈출을 포기할 수밖에 없었다. 힘이 제대로 돌아오지 않은 상태에서 탈출하면 어떤 꼴이 되는지 이번에 확실히 느꼈으니까…….

그날부터 다크는 또다시 예전과 같은 생활을 시작했다. 이제는 아예 바깥출입은 하지 않고 하루 두 번의 식사 시간을 제외하고는 모든 시간을 다 운기조식에 쓴다는 점이 달랐을 뿐이다.

다크가 운기조식을 할 때면 아쿠아 룰러는 고수들이 봤을 때는 미약한 양이지만 다크로서는 감히 꿈도 꾸기 어려울 정도의 내공을 전해 줬다. 다크는 처음 아쿠아 룰러를 끼고 운기조식을 했을 때 그걸 느꼈고, 지금에 이르러서는 아쿠아 룰러로부터 들어오는 것보다 더 많은 양의 기를 외부로부터 끌어 들이고 있었다.

다크가 현재 하고 있는 수련법은 현문의 정통심법인 태허무령심법. 거기에다가 북명신공을 약간 혼합하여 대자연의 기를 끌어 들여 급속도로 내공을 증진시키는 중이었다.

이제 아예 탈출을 포기한 만큼 하루의 거의 대부분을 운기조식에 쏟고 있었고, 이런 식이라면 6개월 이내에 환골탈태할 수 있을지도 몰랐다. 환골탈태할 정도의 내공만 쌓인다면……. 그다음은 북명신공을 본격적으로 사용할 수 있다. 그래서 다시금 힘을 되찾는다면 이놈의 나라를 묵사발을 내 주고 당당히 떠나겠다. 그것이 다크의 새로운 계획이었다.

"그녀는 요즘 어떻게 지내나?"

다크가 잡혀 온 지 3일 후 토지에르에게 호출된 실바르는 상관의 질문에 재빨리 대답했다.

"예, 아예 탈출은 포기했는지 방 안에만 있습니다. 세린의 말로는 하루 종일 침대 위에 앉아 있다고 하더군요."

"그래도 운동을 좀 하는 게 건강에 좋을 텐데……. 어쨌든 세린을 두들겨 팬 건 잘한 것 같아. 아마도 다음에 도망칠 때는 세린을 함께 데리고 가든지 아니면 아예 도망을 포기하겠지. 지금까지 조사해 본 그녀의 성격은 그렇게 차가운 것 같지는 않으니까 말이야. 그건 그렇고, 나는 내일부터 시작될 전쟁 때문에 자리를 비워야 하니 철저히 감시하도록!"

"옛, 다시는 실수하지 않겠습니다."

"좋아. 한동안은 시간이 없으니 오늘은 그녀를 좀 만나 봐야겠군."

"지금 만나 보시겠습니까?"

"그러세나. 안내하게."

"옛."

토지에르가 다크의 방에 들어갔을 때 다크는 침대 위에 책상다리―유식한 말로 가부좌―를 하고 앉아 있었다. 사람이 들어서는데 아는 척도 안 하고 눈을 지그시 감고 있자 토지에르는 헛기침을 했다.

"험, 험……."

하지만 계속 반응이 없자 세린을 쳐다봤고, 세린이 재빨리 옆으로 가서 다크를 불렀다. 다크가 자신이 이렇게 앉아 있을 때 절대 몸을 건드리지 말라고 한 말은 잊지 않고 있었다.

"주인님! 주인님!"

잠시 시간이 흐르자 다크는 천천히 눈을 떴고, 눈앞에 웬수 같은 마법사가 서 있는 게 보였다.

"무슨 일이냐?"

"허허허, 우선 손님에게 자리라도 권하는 게 예의가 아닐까?"
"아무 데나 앉아."

차가운 다크의 대꾸에도 토지에르는 미소를 잃지 않으며, 화장대 앞에 있는 의자를 가져다가 다크의 앞에 놓고는 앉았다.

"실은 한 가지 돌려받을 게 있어서 왔지."
"뭘?"
"청기사를 돌려다오. 네가 가져간 거 다 안다."
"청기사? 처음 들어보는데……. 그런 사람 만난 적도 없으니 돌아가라구. 성질 건드리지 말고."
"청기사는 사람이 아니야. 자네가 훔쳐 간 타이탄 이름이지. 도망치던 그날 타이탄 한 대를 훔쳐 간 게 자네가 맞지? 그건 아주 비싼 거니까 돌려줘."

잠시 생각하던 다크가 갑자기 뭔가 떠오른다는 듯 외쳤다.

"타이탄? 맞아! 까맣게 잊고 있었군. 제길! 그때 그 녀석을 불러냈다면 그렇게 두들겨 맞지는 않았을 텐데……."
"어떻게 청기사의 주인이 되었는지는 묻지 않을 테니 돌려주게나. 그거 한 대를 만드는 데는 엄청난 돈이 들어가지. 또 코린트에 대적하려면 그 녀석은 꼭 필요해."
"못 주겠다면?"

상대의 심통 어린 대답에도 토지에르는 미소를 잃지 않았다.

"자네가 줄 때까지 자네를 핍박하는 수밖에 없지. 아쿠아 룰러 때문에 마법은 안 걸리지만 물리적인 힘은 통하니까 말이야. 어때, 죽도록 두들겨 맞고 싶나? 아니면 순순히 말로 할 때 돌려주겠나?"

토지에르가 한 말은 꽤나 잔인한 것인데도 미소를 짓고 말하니 뭔가 느낌이 조금은 달랐다. 하지만 그 위협에 다크는 눈도 깜짝 안 했다.

"꽤 유치한 협박을 하는군. 겨우 그따위 고통이 겁날 줄 아나? 나는 지금까지 수많은 어려움을 견디고 이 자리에 와 있어. 지옥과 같은 고통들도 수도 없이 맛봤고, 하늘이 무너지는 것 같은 절망감 도, 또 쓰디쓴 배신도……. 그 고통들에 비하면 몽둥이찜질쯤이야 별것도 아니지. 좋아, 그렇게 원한다면 지금 그 녀석을 불러내 볼 까? 내가 탄 청기사란 녀석을 박살 내 보라구. 그다음에 나한테서 그걸 빼앗아 가는 거야. 어때? 이 왕궁에서 타이탄들로 전쟁을 벌 이면 아주 재미있겠지?"

장난스레 말하는 다크의 말에 토지에르의 가슴이 덜컥 내려앉았 다. 마법이 통하지가 않는 상대니 어떻게 할 방법이 없었다. 마법 이라도 통한다면 시드미안 때처럼 정신 마법을 걸어 의도대로 조 종하면 되는데……. 진짜 청기사를 불러내서 타이탄 전쟁을 벌인 다면 왕궁이 초토화될 수도 있었다. 어쨌든 주인이 저렇듯 뻑뻑하 게 나온다면 무슨 수로 계약을 해제할 것인가? 계약을 해제하려면 주인이 계약 해제를 선언해야 하는데…….

드디어 토지에르의 얼굴에서 가식적인 미소가 사라져 버렸다.

"으윽! 제길, 잘 들어. 청기사 한 대에 들어간 돈은 순수하게 귀 금속만 따져서 황금 6톤(60만 골드)이 넘어. 그리고 엑스시온을 살 리기 위해 들어간 마력은 무려 9천2백만 기간트라야. 마도 왕국 알 카사스에다 그 정도 마력을 넣어 달라고 하면 황금 9.2톤은 줘야 한다구. 알겠나? 우리나라의 전 마법사들이 마법진의 도움을 받아 서 겨우 겨우 엑스시온 안에 9천2백만 기간트라를 흘려 넣었어. 그 후에는 모두들 탈진해서 일주일 동안 휴식을 취해야 했다구. 거기 들어간 인건비와 연구 개발비, 그리고 그 드래……. 으윽! 또 딴 것까지 합하면 도저히 돈으로 환산할 수조차 없는 물건인데 그걸 날로 삼키려고 들다니!"

황금이 톤 단위로 막 나오자 그 엄청난 액수에 약간 찔끔했지만 그래도 다크는 비웃듯이 말했다.

"네 녀석이 나한테 한 짓을 생각하면 이건 아무것도 아니야."

다크의 말에 찔끔한 토지에르가 생각을 바꿔서 숨을 좀 돌리고는 부드러운 목소리로 부탁했다.

"좋아! 정 그렇다면 그걸 네가 가지는 대신 우리 일을 도와 다오."

"무슨 일?"

"코린트에 복수하는 일. 코린트의 멸망을 도와준다면 청기사를 너에게 줄 수도 있다."

"흐음, 일개 국가를 멸망시키는 일을 도와주는 대가치고는 너무 싸. 내 저주를 풀어 주든지 아니면 나를 내 고향으로 돌려보내 준다면 도와주지."

토지에르는 잠시 동안 깊이 생각하더니 씁쓸한 어조로 말했다.

"내 솔직하게 얘기하지. 자네의 저주를 풀어 준다는 것은 불가능해. 사실 자네에게 저주를 선 매개물을 공간 이동을 하면서 공간의 저편에 버렸거든. 그걸 찾아올 방법이 없으니 저주를 풀 수도 없지."

"뭐야? 이 미친……."

"아, 그렇게 신경질 내지 말라구. 또 다른 방법도 있으니까. 자네를 돌려보내는 것. 자네가 다른 차원과 공간과 시간에서 왔다는 것은 팔시온 녀석들에게 들었네. 어쩌면 오래전에 사라졌던 마법들을 뒤져 본다면 그 방법을 찾아낼 수도 있을 거야. 물론 자네가 살았던 곳으로 돌아간다면 내가 섬기는 어둠의 마왕, 크로네티오의 힘이 미치지 않을 테니 저주는 자연스럽게 풀리겠지. 어떤가? 자네가 우리의 일에 협조한다면 나는 자네가 고향으로 돌아갈 수 있도록 최선을 다하겠네."

"제길! 좋아. 선택의 여지가 없군. 어차피 지금 나한테는 필요도 없으니 청기사를 돌려줄까?"

토지에르는 미소를 지으며 고개를 가로 저었다.

"우리 사이의 약속의 증표로 자네가 받아 주게. 어차피 지금 우리에게도 청기사는 필요 없어. 만약 몇 년 내로 청기사를 써야만 하는 사태가 벌어진다면, 그때는 코린트에게 우리가 멸망당할지도 모를 때 이니까. 또 자네도 나중에 힘을 되찾는다면 타이탄이 필요할 거야. 방금 전에도 뭔가 수련을 하는 것 같던데……. 어쨌든 이 세계에서 살아가려면 타이탄이 한 대 정도는 있어야 할 거야."

정복 전쟁

 다음 날 새벽 토지에르는 공작 전하를 모시고 스바스 근위 기사단의 핵심 멤버들과 함께 이제 전쟁이 벌어지게 될 스바시에 왕국과의 국경 부근으로 워프했다.
 스바시에 왕국은 크라레스 제국과 말토리오 산맥을 경계선으로 하고 있었기에 지형상의 이점이 크게 작용하여, 전쟁에 대한 걱정을 별로 안 하고 살던 곳이다. 하지만 크라레스 왕국이 대부분의 비옥한 영토를 코린트에게 빼앗기면서, 주 영토를 말토리오 산맥 안으로 잡고 있는 지금, 그 지형적 이점은 없어져 버린 지 오래였다. 설상가상으로 크라레스 왕국은 감히 코린트로 밀고 들어가지는 못하니까 스바시에 왕국을 호시탐탐 노리고 있다는 게 그들에게는 문제였다.
 하지만 한 가지 스바시에 왕국의 궁정을 안심시키고 있던 점은 크라레스는 거의 몰락하여 이제 겨우 타이탄 28대를 보유하고 있는 데다가, 영토 거의 대부분이 산맥 속에 위치해 있어 토지가 척박하여 몇 가지 광물 자원을 제외한다면 더 이상 타이탄을 생산할 여력이 없었다는 것이었다.

거기에다가 복수를 염려한 코린트가 과거 30여 년 동안 크라레스가 더 이상 타이탄을 생산하지 못하도록 압력을 가했고, 무거운 조공(租貢)을 부과하여 크라레스가 다시 일어날 가능성을 없애 왔다.

그렇기에 스바시에 왕국은 마법사가 부족해 어쩌다가 한 대씩 알카사스에서 수입해 오는 타이탄만으로도 충분히 크라레스를 견제할 수 있다고 생각했다. 마법사는 거의 없었지만 127명의 그래듀에이트와 57대의 타이탄을 보유하고 있었기 때문이다. 또 바다를 이용한 무역과 풍요롭고 넓은 대지에서 나오는 생산물은 시간이 지날수록 크라레스와의 격차를 벌려 줄 테니 나중에는 역으로 코린트와 연합하든지, 아니면 단독으로라도 그 산적 소굴 같은 곳을 박살 낼 작정이었던 것이다.

스바시에 왕국과의 국경선은 말토리오 산맥 안으로 조금 들어온 곳에 위치하고 있기에 전쟁을 벌이게 된다면 상대가 위에서 아래로 밀고 내려오게 된다. 그래서 지형상의 불리함을 없애기 위해 스바시에의 정예군은 주요 도로와 산 위에 대대(1백 명) 또는 연대(1천 명) 규모의 주둔이 가능한 작은 요새들을 구축해 두었고, 대체적으로 주력 부대는 조금 뒤쪽에 포진하고 있었다.

"저기가 스바시에 왕국이군."

새벽의 여명이 밝아 올 때, 공작이 산꼭대기에서 지평선 저쪽까지 펼쳐져 있는 넓은 대지를 바라보며 말하자, 옆에서 토지에르가 거들었다.

"예, 전하. 전하께서는 이쪽으로는 와 보시지 않아서 잘 모르시겠지만 제법 쓸 만한 나라지요. 저 정도 국력에 마법사가 별로 없다는 것은 신의 도움이옵니다."

"좋아. 크로이델 장군."

그러자 그들의 뒤에 서 있던 50세가 넘어 보이는 희끗희끗한 머리카락을 가진 인물이 답했다.

"옛!"

"이번 작전을 그대가 짰으니 모든 군의 지휘권은 그대에게 주겠다."

"감사하옵니다, 전하."

"지도를 가져와라."

뒤쪽에 서 있던 장교들 중의 한 명이 재빨리 큰 종이 뭉치를 꺼내 활짝 편 다음 그들 앞에 대령했다. 공작은 지휘봉으로 지도를 가리키며 지시했다.

"그대의 작전대로 주 전투는 라딘 대로에서 벌어질 것이니, 라딘 요새를 재빨리 점령해야 한다. 라딘 요새 외에는 전략적으로 중요한 곳이 별로 없는 만큼 그 외의 요새들 점령은 보병들로 해결하라. 라딘 요새는 여단급(5천 명)이 주둔하는 대 요새이니만큼 타이탄으로 공격한다. 적은 우리가 공격을 시작하면 아마 타이탄을 곧바로 투입할 것이다. 그때 카프록시아를 총출동시켜 그들과 함께 타이탄 전투를 벌인다. 이때 라딘 요새를 공격하던 타이탄도 가세

해야만 할 테니 요새 전투는 조금 벅찬 싸움이 될지도……. 어쨌든 오늘 라딘 요새 공격은 적 타이탄을 유인, 격멸하기 위한 미끼다. 적은 타이탄 부대가 괴멸당한 걸 알면 후방에 있던 기사단들과 합류하기 위해 후퇴할 것이다. 그들의 위치를 빨리 포착, 섬멸해야만 한다. 오늘 전투에서 적의 전방 부대를 완전히 섬멸하지 못한다면 최악의 경우 앞뒤로 적을 상대해야만 한다. 제군들의 분투를 바란다.”

"옛!"

"크로이델 장군."

"옛."

"그대가 해야 할 일은 기사단의 적절한 지원을 받으면서, 앞에서 타이탄이 쓸고 지나가면 효과적으로 뒤처리를 해 주게."

"옛!"

"타 요새들에는 타이탄을 배치하지 못하지만 남은 그래듀에이트나 마법사는 빌려 줄 수 있다. 만약 상대 요새를 점령하기 힘들면 지체 없이 기사단에 지원을 요청하라. 겨우 스바시에를 점령하면서 정예 병사들을 잃을 수는 없으니까 말이야. 그리고 최악의 난전이 예상되는 곳에는 용병대를 투입하도록."

"옛!"

"나는 카프록시아를 타고 싸워야 하니까, 병력 지휘는 크로이델 장군이, 마법사들을 이용한 후방 지원은 토지에르 자네가 맡아 주게. 자, 시작하자!"

"옛!"

"자자……. 야, 미카엘, 이 자식. 닥치고 작전 명령이나 들어!"

더 이상 소란스러운 인물이 없어지자 날카로운 표정의 연대장이 대대장들을 향해 작전을 설명하기 시작했다.

"우리 연대가 공격할 곳은 라딘 요새다. 우리가 돌격해 들어가서 통로를 개척하면 뒤에서 정규군 1개 사단이 따라올 테니, 무슨 일이 있어도 진입 통로를 개척해야만 해."

그러자 대대장들의 야유 소리가 들려왔다.

"우… 연대장은 라딘 요새가 어떤 곳인지나 알고 그 소리를 하는 겁니까? 그 안에 여단급의 병력이 주둔하고 있다구요. 거기에다가 대단히 강한 외벽, 또 쇠뇌들도 많이 갖춰져 있는데 그리 돌진해 들어가는 건 죽으려고……."

"이봐, 닥치고 내 설명이나 들엇! 우리가 돌격해 들어가기 전에 콜렌 기사단의 타이탄 아홉 대가 먼저 돌격해서 요새를 반쯤 박살 낼 테니까 그건 걱정하지 마. 하지만 중요한 건 상대 타이탄이 나타나면 그들은 그쪽으로 이동해야 하니까, 그 뒤부터는 순전히 우리 능력으로 돌파해 들어가야 한다. 알겠나?"

"적 기사단의 출동이 늦어지면 우리는 거의 싸울 필요도 없겠군요."

"그럴지도 모른다. 하지만 최악의 경우 타이탄들이 외벽을 부수기도 전에 놈들이 올 수도 있다. 그때는 재빨리 후퇴하여 다이탄들끼리의 전투가 끝날 때까지 기다린다."

"예? 그대로 돌격이 아니고요?"

"상부의 지시는 그렇다. 이번 전투는 최전방의 적 타이탄의 격멸이지 요새 따위 점령이 아니다. 그걸 잊지 말도록. 또 타이탄들끼리의 전투에서 승리한다면 이런 요새쯤이야 타이탄으로 금방 박살 낼 수 있다."

그 말에 팔시온이 대꾸했다.

"그렇다면 상부에서는 이번 타이탄 전투에 승리할 확신이 있다는 말입니까? 그렇지 않고서야……."

"그렇다. 이번 작전에 투입되는 병력은 크라레스 전력의 90퍼센트에 이른다. 수도를 방어해야 할 근위 기사단까지 총출동했다는 말이지. 그러니 타이탄 전투에서 승리할 가능성이 매우 높다. 그대들은 야음(夜陰)을 틈타 부하들을 이끌고 요새에서 1킬로미터 전방까지 돌진해 들어가 거기에서 대기하다가 타이탄들이 통로를 개척하면 그때 돌격을 시작한다. 질문은?"

"부상자가 너무 많이 발생하면 그때는 어떻게 합니까?"

"당연히 연대에서 치료가 불가능할 정도로 환자가 많으면 뒤로 돌려야지. 후방의 보병 사단 쪽으로 돌려라. 사제들과 의사들로 이루어진 구호반이 정규 사단과 함께 있을 것이다. 또?"

확실히 대규모 정규전은 모두들 처음이라 '준비가 확실하군' 하는 표정으로 고개를 끄덕이는 걸 보면서 연대장은 마지막 말을 뱉었다.

"질문이 없으면 이동을 시작해!"

이번 전쟁에 투입한 크라레스의 타이탄은 19대. 카프록시아 10대와 푸치니 9대였다. 푸치니는 출력이 0.7밖에 안 되는 만큼 요새 공격이나 보병 지원을 할 수밖에 없었고, 대타이탄 전쟁은 근위 기사단의 카프록시아가 전담하기로 했다.

그 외에 콜렌 기사단이 보유한 미가엘 네 대와 루시퍼 다섯 대는 일부러 코린트 근방에 배치하여 그들을 경계하는 척했다. 모든 타이탄을 이곳 전쟁터로 돌린다면 여유 부대가 있지 않을까 코린트가 의심할 가능성도 있었기 때문이다.

어쨌든 막대한 뇌물을 코린트의 상층부에 헌납하고 이번 침략 전쟁을 묵인해 줄 것을 허가받았기에 이들은 전쟁을 벌일 수 있었다. 또 이번 전쟁이 끝난 후에는 노획물들 중의 상당량을 또다시 뇌물로 헌납해야 코린트가 세계 질서를 어지럽히는 놈들을 응징하겠답시고 참전하는 걸 막을 수 있겠지만, 그건 전쟁이 끝난 후의 일이고 우선은 묵인해 주겠다는 대답을 들은 것만으로도 감지덕지 했다.

다음 날 새벽이 되자 전방에 포진하고 있던 팔시온 일행은 그들의 옆으로 아홉 대의 타이탄들이 한 손으로는 방패로 몸을 가리고, 또 한 손으로는 철퇴나 도끼를 휘두르며 돌진해 들어가는 장관을 볼 수 있었다.

그날 새벽에 도착한 공작 일행은 간단한 작전 회의를 끝냈다. 근위 기사단에 소속된 그래듀에이트 전원이 자신들의 카프록시아를 불러내서 탑승할 때, 이미 콜렌 기사단의 푸치니들은 오른손에는 거대한 철퇴를 들고 왼손에는 널찍한 방패로 상대의 화살이나 대타이탄용 쇠뇌를 막으면서 적의 요새를 향해 돌진해 들어갔다. 화살이야 막고 자시고 할 것도 없었지만, 거대한 기계 장치로 4미터 길이의 거대한 창을 날리는 대타이탄용 쇠뇌의 위력은 엄청나기 때문에, 잘못 막으면 타이탄이 큰 피해를 입을 수도 있었다.

요새에 도착한 푸치니들은 각자가 가진 거대한 철퇴나 도끼로 요새의 벽을 허물고 문을 박살 냈다. 그리고 달려드는 인간들을 철퇴나 도끼로 찍어 가루로 만들었다. 이때쯤 되어 크로이델 장군이 지휘하는 국경에 집중된 크라레스의 3개 사단 병력의 보병들이 밀고 들어갔고, 그들과 함께 카프록시아 열 대가 함께 이동했다.

결전병기(決戰兵器)는 타이탄이었지만 전 영토를 타이탄으로 막을 수는 없었기에 보병은 필요한 존재였다. 그렇기에 카프록시아들은 보병들을 호위하며 주 공격로인 라딘 요새 쪽으로 이동하기 시작했던 것이다.

팔시온은 거대한 덩치의 타이탄들이 거대한 철퇴나 도끼를 휘두르며 굳건한 라딘 요새의 외벽을 허무는 걸 보면서 돌격 명령을 내렸다. 그리고 자신도 부하들을 따라 달려가다가 저쪽에서 피어오르는 먼지를 보고는 그대로 굳어 버리고 말았다. 그 엄청난 먼지를 피우는 것들의 정체는 상대의 거대한 기병 사단 같은 게 아니라 타이탄들이었다. 요 근래 시드미안과 여행하면서 겨우 타이탄이 어떻게 생겼는지 볼 수 있었던 팔시온은 30여 대의 타이탄들이 이쪽으로 돌진해 들어오자 숨을 죽일 수밖에 없었다.

"이야, 엄청 많은데? 이거 후퇴해야 하는 거 아냐?"

옆에 있던 미디아가 약간 떨리는 목소리로 말했을 정도로 시속 1백 킬로미터에 가까운 속도로 돌진해 들어오는 적 타이탄들은 그들에게 엄청난 위압감을 주었다.

이때 그들의 뒤쪽에서 푸른색과 붉은색을 얼룩덜룩 칠해 놓은, 어깨까지의 높이가 5미터는 넘어 보이는 거대한 타이탄 열 대가 돌진해 오는 상대 타이탄들을 향해 달려갔고, 요새를 허물던 아홉 대의 타이탄들도 그 뒤를 따랐다. 곧이어 이 시대가 낳은 최강의 마법 병기인 타이탄들의 치열한 전투가 시작되었다.

팔시온은 눈길을 격전장에 둔 채 옆에서 멍하니 격전장을 바라보고 있는 미카엘에게 말했다.

"정말 박진감 넘치는군. 하지만 갑옷 입은 보병들이 싸우는 거랑 별로 다를 건 없는데?"

"그러게 말이야. 저런, 나쁜 새끼! 옆에 있는 타이탄과 싸우는 적의 등을 찌르다니……. 비겁한 놈."

"원래 싸움이란게 다 그렇지. 이야, 그건 그렇고 저 타이탄 대단하군."

"정말 대단해. 타이탄을 타고도 저렇게 화려한 검술을 구사할 수 있다니……. 봐, 수준 차이 나잖아. 근위 기사단이라는 저 뻘겋고 푸른 타이탄 정말 엄청나군. 대단한 실력의 그래듀에이트들이 타고 있는 모양이야."

그들의 시야를 잡고 있는 크라레스의 근위 타이탄은 상대의 검을 방패로 밀어 내면서 무게에서 밀리는 상대가 약간 비틀거리는 사이 재빨리 왼쪽으로 도약하며 한 칼에 상대 타이탄의 몸을 두 토막 냈다.

"이야, 멋지군. 저놈의 허리는 몇 도까지 돌아가는 거야? 방금 봤어? 거의 180도 넘게 돌아갔잖아. 그러면서 옆에서 동료하고 싸우던 타이탄까지 한 방에 둘을……."

"아무리 그래도 비겁한 짓이야……. 등을 친 거잖아."

"정말이야. 하지만 그래도 실력은 엄청나군. 벌써 여덟 대째잖아. 정말 실력 차이 나는군. 아예 상대가 안 되는데?"

이들의 태도를 보고 있던 미디아가 혀를 찼다.

"쯧쯧……. 야! 용병으로 고용되었으면 돈값을 해야 할 거 아냐?

그래도 모두들 실력을 계산해서 대대장으로 고용되었으면, 부하들을 이끌고 죽자고 싸워야지."

팔시온이 시선을 미디아에게로 돌리며 시큰둥하게 대꾸했다.

"누구하고 죽자고 싸워?"

"저기……."

미디아는 말을 채 맺지 못했다. 믿었던 기사단의 타이탄들이 허무하게 묵사발이 나자, 요새에 남은 패잔병들은 완전히 전의를 잃고 항복하기 시작했던 것이다.

"제길, 이번 전쟁은 너무 싱겁잖아. 나는 아직 칼 한 번 못 휘둘러 봤는데……."

"싱거운 게 아냐. 전쟁도 이 정도면 할 만한 거지."

마지막 남은 상대의 타이탄이 그 멋진 실력을 보이던 근위 타이탄의 검 놀림에 쓰러지는 걸 보면서 팔시온이 말했다.

"자, 이제 눈요기할 것도 없으니까 일을 시작해 볼까? 야! 이 녀석들아, 포로들은 저쪽에 모아. 그리고 혹시 숨어 있는 놈이나 죽은 척하고 있는 놈 있는지 찾아내. 미카엘, 너는 부하들 데리고 저쪽으로 가서 나머지 잔당들을 소탕해. 그리고 미디아와 가스톤은 요새 안을 맡아. 우리 용병대가 정규군 놈들에게 뒤지지 않다는 걸 보여 주자구. 빨리 움직엿!"

지미와 라빈도 소대장으로서 자신에게 배당된 용병들을 데리고 신이 나서 전쟁터를 누볐다. 처음 겪는 일방적인 완승을 거두고 좋아하는 그들을 보면서 미디아가 팔시온을 툭툭 쳤다.

"저 녀석들 신났군."

"그럼, 승자 쪽에서 하는 전쟁은 언제나 신나지. 패자 쪽은 암울

하겠지만……."

"그건 그렇고, 다크는 어떻게 지낼까?"

"뭐, 잘 지내겠지. 이번 전쟁이 끝난 다음에는 좀 만나게 해 달라고 토지에르 영감에게 부탁해 볼까?"

이때 그들의 뒤쪽에서 으르렁거리는 외침이 들려왔다.

"네 녀석들! 부하들은 열심히 뛰어다니는데 대대장이란 놈들은 지금 여기서 뭐 하는 거얏! 빨리 안 움직이면 껍질을 벗겨 줄 테닷!"

"히익!"

어느새 다가와서 으름장을 놓는 험악한 인상의 연대장을 보고 팔시온과 미디아는 요새를 향해 달려갔다.

크라이드 남작

"주인님."
"왜 그러니?"
"황제 폐하께서 함께 식사를 하자고 전갈을 보내왔습니다. 빨리 준비하세요."
"내가? 왜?"
"왜라뇨. 그분께서 하자고 하시면 무조건 해야죠. 이 옷을 입으세요. 또 신발은 저걸 신으시구요. 빨리 준비하셔야 해요. 우선 옷 입기 전에 이리 오세요."
 세린은 다짜고짜 자신보다 덩치가 작은 다크를 끌고 가 화장대 앞에 앉히고는 싫다는 다크에게 옅은 화장을 해 주었다. 그러고 나서 옷을 입히고 멀찍이서 다시 한 번 확인하면서 옷매무새를 정리해 준 다음 밖으로 데리고 나왔다. 문밖에 서 있던 실바르가 계면

쩍은 얼굴로 그들을 흘깃 쳐다봤다.

"어디로 가냐?"

"예? 황제 폐하께서 주인님과 함께 식사를 하시겠다고 전갈을 보내 왔습니다, 나으리."

"폐하께서? 빨리 가자."

드리트리 실바르는 그때 너무 화가 난 나머지 이 소녀를 두들겨 팬 것도 좀 미안했고, 또 갑자기 폐하가 이런 소녀와 함께 식사를 하겠다는 제안을 해 온 것에 더 놀라서 허둥대고 있었다.

다크가 그 둘에게 끌려서 간 곳은 널찍하면서도 꽤나 아름답게 치장된 넓은 식당이었다. 그 식탁 앞에는 건장한 근육질의 잘생긴 남자가 앉아 있다가 다크가 들어오는 것을 보고 일어서면서 그녀를 맞이했다.

"너희들은 물러가라. 어서 오게나. 듣던 것보다 더욱 미인이군. 이쪽으로 앉게."

4미터는 되어 보이는 길쭉한 식탁의 반대편으로 걸어온 남자는 허리에 묵직한 바스타드 소드가 전혀 거추장스럽지 않은 듯 날렵하게 움직이며 의자를 조금 당겨 상대가 앉기 편하게 해 주었다. 그는 소녀가 의자에 앉자 그 의자를 살짝 안으로 밀어 준 후 다시 자신의 자리로 돌아갔다.

"나는 프랑크 폰 그래지에트라고 부르지. 자네는?"

"다크."

"성은 없나?"

"그냥 다크라고 불러요."

"좋아. 다크 양……."

"그냥 다크라고 불러요. 나는 원래 여자가 아니니까."
"좋아. 다크, 식사나 하면서 얘기를 해 보기로 하지. 여봐라!"
 곧이어 황실 단골 메뉴가 식탁에 올랐다. 돼지고기 채소 스프, 쇠고기를 넣은 채소 볶음, 빵, 우유, 버터, 거기에 오늘은 특별히 손님이 왔다고 딸기잼과 포도주 한 잔이 함께 나왔다. 거의 식물성인 메뉴를 보면서 다크는 어이없다는 듯이 보고 있자 그 젊은이는 맛있게 먹기 시작했다.
"소박한 음식이지만 사양 말고 들게나."
"소박하긴 하군요. 언제나 이렇게 먹나요?"
 젊은 황제는 다크가 숟가락을 드는 걸 보면서 빵을 널찍하게 잘라 버터를 발랐다.
"나야 언제나 이렇게 먹지. 내가 먹는 걸 조금만 절약하면, 그만큼 세금을 적게 거둬도 될 거 아닌가? 우리나라는 아주 가난한 나라야."
"가난한 것 치고는 군사력이 상당하던데요? 그렇게 비싼 타이탄들을 가지고 있는 거 보면……."
"그야 당연하지. 요즘은 타이탄 없으면 전쟁을 할 수가 없으니까. 하지만 우리가 가진 군사력으로도 코린트란 벽은 너무나도 높아. 토지에르에게 들었지. 우리의 일을 도와주겠다고?"
"예."
"자네는 언젠가는 여기를 떠나겠지만, 그 전까지 만이라도 나의 신하가 되어 줄 생각은 없나?"
"글쎄요."
"언제까지 왕궁에 얹혀 살 수는 없을 거 아닌가? 또 나중에 그대가 힘을 되찾는다면, 나도 그대에게 그만큼의 대우를 해 줘야 할 것이고. 그러자면 나의 신하로 들어오는 게 좋지 않을까 해서 하는 말이야. 사실 떠돌이 기사에게 중요한 일을 맡길 수도 없고……."

"하지만 나는 당신에게 얽매여야 하잖아요. 그건 불공평하지 않을까요?"

"뭐 내가 마음에 안 든다면 언제든지 떠나도 상관은 없지. 하지만 나와 함께 있을 때는 나에게 충성을 다해 주면 돼. 또 사실 그대는 우리와 계약을 맺었고, 그 계약을 제대로 행하기 위해서는 우리나라에서 높은 직위를 가지는 것도 좋지 않을까?"

"그것도 그렇군요."

"어쨌든 지금 답을 해 달라는 건 아니야. 며칠 생각해 보고 대답해 줘. 아마 그때쯤 되면 우리나라는 전쟁에 승리해 있을 테고, 나도 자네에게 좀 더 많은 것을 해 줄 수 있겠지."

"나에게 좀 더 많은 자유를 준다면 생각해 보겠어요. 더 많은 여유 시간을 주고 쓸데없는 일을 시키지 않는다면……."

그 말에 황제는 싱긋이 미소를 지었다.

"내가 우수한 사람을 원하는 것은 쓰기 위해서지 놀려 두기 위해서는 아니야."

"당신은 꼭 '교주'와 같은 소리를 하는군요. 뭐 좋아요. 옛날부터 해결사 노릇은 지긋지긋하게 했으니까. 여기서는 별로 할 일도 없으니까 그렇게 하기로 하죠. 당신에 대한 첫인상은 별로 나쁘지 않으니까, 길게 생각할 필요는 없지요. 하지만 그 첫인상이 희미해질 때 저는 당신을 떠날 것입니다. 허락하시겠습니까?"

젊은 황제는 생각해 볼 여지도 없다는 듯 곧바로 대답했다.

"허락하네. 신하에게 존경받지 못한다면 그건 이미 일국의 군주가 될 인물이 아니지."

"좋습니다. 저는 당신의 충성스런 신하가 되겠습니다, 폐하. 뭐 원하시는 거라도?"

그러자 젊은 황제는 미소를 지으며 말했다.

"우선 경은 최대한 빨리 힘을 되찾도록 하시오. 그러려면 어느 정도 시간이 필요하오?"

"5개월 정도는 더 필요하옵니다, 폐하."

"5개월이라. 아마 우리 예상대로라면 그 정도 시간은 충분히 만들 수 있을 거야. 우리가 코린트를 이기기 위해서는 앞으로 최소한 5년에서 10년 동안은 코린트의 침공이 없어야 하거든. 우리는 천천히 힘을 기르면서 주위의 국가들을 포섭해 나갈 테니까. 경은 최대한 빨리 힘을 되찾는 데 힘쓰라. 우선 그대에게 귀찮게 구는 자들을 없애기 위해 내가 작은 선물을 주지."

젊은 황제는 미소를 지으며 천천히 일어서서는 다크의 옆으로 다가왔다.

"무릎을 꿇고 앉으라."

뭔 짓거리를 하나 싶어 말똥말똥한 눈으로 쳐다보면서 다크가 무릎을 꿇었다. 젊은 황제는 바스타드 소드를 쭉 뽑아 들고 다크의 양쪽 어깨를 검 끝으로 살짝살짝 짚으며 말했다.

"나 프랑크 폰 그래지에트는 경을 크라이드 남작으로 봉하노니, 앞으로 경은 다크 크라이드라 불릴 것이다. 경은 지금 힘이 없기에 내가 해 줄 수 있는 것은 경에게 작위를 내리는 것뿐이나, 경이 힘을 되찾는 날 경은 짐의 왼팔로서 짐과 함께 부귀와 영화를 함께 누리리라."

"예? 왼팔이라면 토지에르 경이 있는 것으로 알고 있습니다만?"

그러자 젊은 황제는 씩 웃었다.

"원래 황제는 있는 말 없는 말해서 신하들을 띄워 주기도 하는 거야. 그렇게 말하면 그런가보다 하면 되는 거지. 꼭 그렇게 집어 내서 짐에게 무안을 줄 필요는 없잖은가?"

"그도 그렇군요, 폐하."

그 말에 황제는 고개를 끄덕였다.

"한 가지는 확실하군. 자네는 과거 자네가 살았던 곳에서도 윗사람의 미움을 많이 받았겠어. 그리고 권력에 아부하는 성격은 아닌 모양이군. 또 권력에 물들지도 않았고……. 일단 힘을 되찾은 다음에는 권모술수를 좀 배워 두라구. 다른 세상으로 돌아갔을 때도 그게 필요할 거야. 사람이 사는 곳은 다 그러니까 말이지. 그래, 경은 그 외에도 뭐 원하는 것이 있는가? 그대가 신하가 된 기념으로 뭔가 선물을 하고 싶다."

"으음, 한 가지 부탁이 있사옵니다, 폐하."

"뭔가?"

"세린이라는 노예를 저에게 주십시오."

"그 외에는?"

"없사옵니다."

"그대는 욕심이 없군."

"무인(武人)에게는 검 한 자루와 굶지 않을 정도의 식량, 그리고 이슬을 피할 작은 집 한 채면 족하지요."

"참, 그러고 보니 그대에게 검이 없군. 짐이 한 자루를……."

"그러실 필요는 없사옵고, 제가 과거에 사용하던 것을 돌려주시면 되옵니다."
"좋아. 내 즉시 조처를 취하겠노라. 이만 물러가게나."
"예, 폐하."

"놀라운 일이 벌어졌사옵니다, 공작 전하."
"무슨 일이냐?"
"첩자가 보내온 영상이 있는데, 보시겠사옵니까?"
 상대가 고개를 끄덕이자 그는 재빨리 주문을 외웠다. 그와 함께 타이탄들이 대규모 전쟁을 벌이는 자그마한 영상이 나타났다.
"이번 크라레스와 스바시에의 전쟁 장면이옵니다. 크라레스가 꽤 많은 뇌물을 넣어 본국이 중립을 지켜 줄 것을 약속받고 시작한 전쟁이라서 그들이 이길 줄은 알았지만, 이건 너무……."
 그러자 그 젊은이는 영상을 들여다보며 말했다.
"저건 카프록시아군."
"에, 공작 진하."
"아무리 시멘텍이 28대라고 해도 카프록시아로 무장한 근위 기사단의 적이 될 수는 없지. 크라레스가 지금은 약소국이라고 하지만 과거 대 제국의 칭호를 받았던 나라다. 대 제국 시절 근위 기사단의 힘은 고스란히 남아 있기에, 크라레스는 콜렌 기사단의 힘은 형편없지만 근위 기사단만은 세계에서도 손가락에 꼽히는 힘을 가지고 있지. 그런 상대의 힘을 모르고 숫자만을 의식해서 자신들이 가진 모든 기사단을 한 곳에 모아 두지 않고 둘로 분리시켜 둔 게 가장 큰 잘못이야. 어차피 그런 배치였다면 박살 나는 게 정석이지. 별로 이상할 것도 없어. 그래, 지금 크라레스에서 스바시에 침공에 동원한 병력은?"

"예, 4개 보병 사단, 1개 용병 여단, 2개 기병 여단, 콜렌 기사단의 타이탄 아홉 대를 제외한 총력, 마지막으로 근위 기사단이옵니다."

"본국과의 국경선에 배치한 병력은?"

"예, 1개 보병 사단과 콜렌 기사단의 타이탄 아홉 대이옵니다. 지금 본국과의 국경선에 배치된 크라레스의 병력은 비상경계 태세에 들어간 것으로 아옵니다. 하지만 겨우 그 병력으로 비상경계를 해봐야……."

그 말에 상대는 미소를 지으며 고개를 끄덕거렸다.

"흐음, 좋아. 어쨌거나 지금 크라레스는 영토 확장을 위해 최선을 다하고 있는 것은 확실하군. 혹시 모르니까 첩자들에게 알려지지 않은 놈들의 부대가 있는지 그걸 세밀히 살피라고 이르라."

"예, 공작 전하."

"그리고 저기서 카프록시아를 타고 싸우는 녀석은 누구인가? 상당한 실력인데……."

그러자 그는 젊은이가 가리킨 타이탄을 보면서 말했다.

"그 카프록시아의 방패에 그려진 문장을 보면, 프로이엔 폰 론가르트라는 인물이옵니다. 스바스 근위 기사단장이며, 지금 나이 43세. 크라레스 최고의 검객이옵니다."

"흐음, 대단해. 방어와 공격이 매우 매끄러워. 아직 젊은데도 저 정도라면 더욱 열심히 노력한다면 뭔가 이룩해 낼지도 모르겠군. 저런 소국에서 가지고 있을 만한 인물이 아닌데……. 하지만 근위 기사단장이라면 포섭하기는 힘들겠군."

크라이드 남작 163

"아마 그럴 것이옵니다, 공작 전하. 뛰어난 실력 덕분에 크라레스 국왕의 총애를 받는 무사라고 들었사옵니다."

"쩝, 아쉽군. 어쨌건 이번 전쟁을 통해 크라레스가 가진 힘을 전부 다 파악해 내도록!"

"예, 공작 전하!"

"예? 이걸 가져다주라구요?"

실바르는 믿을 수 없다는 표정으로 그의 상관인 40세는 되어 보이는 날카로운 인상의 무사를 바라보았다. 그도 그럴 것이 그가 가리킨 방향에는 여자용 여행복들과 굽이 낮은 구두 등 도망치기 딱 좋은 옷가지들과 마법 장갑, 거기에다가 여성용 검인 샤벨까지 한 자루 있으니, 이건 빨리 도망치라는 말과 같지 않나?

"황제 폐하의 명이시네."

"아무리 폐하의 명이라고 하지만…, 그때 도망쳤을 때 다시 잡아 온다고 얼마나 고생한 줄 아십니까? 무려 열다섯 명의 그래듀에이트가 동원되었고, 용기사 열 명에 수도 경비 사단까지 동원되어서 근처를 이 잡듯이 뒤져서 겨우 잡았다구요. 그것도 그녀의 몸 냄새가 배인 옷가지가 없었다면 잡지도 못했을 겁니다. 수소문해서 행인들이 이리 갔다 해서 가 보니 처음은 맞았지만 두 번째는 틀리고, 세 번째도 틀리더니 네 번째는 맞고……. 어찌나 기막히게 도망 다니는지 군견들의 도움이 절대적이었죠. 그런데 도망칠 장비를 충실히 갖춰서 준다면……. 저는 또다시 그런 일을 하고 싶지는 않습니다."

그 말에 상대는 씁쓸한 표정이 되었다.

"그 요녀(妖女)가 무슨 짓을 했는지는 모르겠지만, 폐하께서는 그녀에게 남작의 작위를 내리셨다. 그녀의 작위가 높다 해도 사실상 힘은 없지만……. 어쨌든 그녀는 이제 포로가 아니야. 남작이라고 해 봐야 그래듀에이트보다 높지는 않지만 그래도 폐하의 총애를 받는 인물이니 함부로 대하지 말게나. 무슨 일을 당할지 모르니까……. 또 공작 전하나 토지에르 경도 그녀를 함부로 못 대하지 않는가? 그녀에 관한 신상은 비밀이라서 도대체 어떤 배경이나, 어떤 능력을 가지고 있는지는 알 수 없지만, 윗사람들이 하는 일이니 자네도 잘 처신하리라 믿네."

"남작의 칭호를 주셨다구요?"

"그렇다네. 이제부터는 다크 크라이드 남작이지. 남작 따위 작위야 별것도 아니지만, 그래도 폐하의 총애를 받고 있다는 것은 엄청난 거야. 또 세린도 그녀에게 하사된 물품 중에 하나니까 그렇게 알고 있게. 앞으로 자네가 할 일은 그녀의 감시가 아니라 보호야. 아마도 그녀의 신상에 무슨 일이 벌어지면 자네의 가죽을 홀랑 벗기려는 사람이 꽤 될 테니까 조심하게나. 알겠나?"

상관의 말에 실바르는 힘없이 대답했다.

"예."

실바르로서는 앞으로 일어날 일이 걱정될 수밖에 없었다. 신경질이 난 김에 그렇게 신나게 두들겨 팼었는데……. 쩝, 여지가 원한을 품으면 오뉴월에도 서리가 내린다는데, 나의 미래는 괜찮을까? 그 요녀가 침실에서 폐하의 품에 꼭 안겨서 간드러지는 비음을 섞어 "폐하아~ 실바르란 나쁜 녀석의 목을 부탁해용~"할지 누가 아느냐 말이다.

크라이드 남작 165

순조로운 전쟁

 예로부터 이 세상을 지배하는 것은 남자고, 그 남자를 지배하는 것은 여자라는 말이 있다. 이 말에 어울릴 만한 여자를 두들겨 팬 원죄 때문에 실바르가 전전긍긍하는 동안 스바시에 왕국과 크라레스 왕국과의 첫 번째 격전은 그리레스의 압승으로 끝이 나 버렸다.
 파괴된 상대 타이탄의 머리를 열고는 탈진해서 기절해 버린 기사들을 체포하고, 파괴된 타이탄들을 본국으로 옮기는 동안 크라레스에서 투입한 4만 5천 명의 보병과 1만의 기병들은 콜렌 기사단의 도움을 받으며, 기사단의 전멸로 후퇴 중인 스바시에 보병 4만 명을 포위하여 괴멸시켜 버렸다.
 사실 말이 괴멸이지 30분도 싸우지 않고 모두들 항복해 버렸으니 싱거운 싸움이었지만, 이로써 스바시에 왕국의 최전선을 지키던 병력은 깨끗하게 청소된 셈이었다.

"이번 전투는 본국의 압승으로 끝났습니다. 하지만 아직도 적은 대단히 강력한 힘을 가진 기사단들을 보유하고 있는 만큼 방심할 수는 없습니다. 오늘 노획한 물자의 일부를 코린트에 보내면서 코린트를 좀 더 다독거릴 필요가 있습니다. 그리고 최전방에 배치했던 미가엘 네 대를 왕궁에 배치하는 게 좋겠습니다."

"꼭 그럴 필요가 있을까?"

공작의 회의적인 물음에 한 장교가 자신에 찬 어조로 설명했다.

"예, 이번 1차전에서 아홉 대의 타이탄을 코린트 국경에 배치함으로써, 우리는 코린트를 못 믿어 수도까지 비워 두면서도 국경을 경비하는 듯한 인상을 심어 줄 수 있었습니다. 이는 우리가 전력(全力)을 동원하고 있다는 걸 그들이 믿었을 가능성이 크다는 뜻입니다. 하지만 이번 기습전이 끝난 후에도 지금과 같은 병력 배치를 한다면 코린트가 의심할 수도 있습니다. 지금의 배치로는 왕궁이 텅텅 빈 상태가 되니까 말이지요. 스바시에가 몇 대의 타이탄을 이용해 왕궁을 기습한다면 손도 못 쓰고 당해야 하는 배치입니다. 그러니 코린트에게 뇌물을 주면서 전방의 병력을 왕궁으로 뺀다면, 그들은 우리가 왕궁 방어를 위해 타이탄을 빼야 하기에 그들에게 잘 보이기 위해 추가로 더욱 많은 뇌물을 제공하는 거라고 착각하게 될 것입니다. 만약 스바시에가 진짜 기습을 가해 온다면 우리는 유령 기사단을 두입할 수밖에 없고, 그러면 끝장입니다. 코린트의 첩자가 쫙 깔려 있을 테니까요."

"좋아, 그 계획을 곧장 시작하라."

"예, 전하."

"그건 그렇고, 포로들은 어떻게 처리했나?"

"임시 수용소를 건설하고 모두 가뒀습니다. 그래듀에이트와 마법사들은 따로 수감 중입니다. 곧 있을 2차전에서 승리하고 국왕을 잡은 후 설득하면, 그들은 우리의 동지로 써먹을 수 있을 겁니다. 정 안 된다면 정신계 마법을 써서 세뇌 작업을 하면 되겠지요."

지휘관들이 그날의 전쟁을 끝내고 밤늦게까지 작전 회의를 하는 동안 장병들은 적국에서의 기념할 만한 하룻밤을 조용히 보내고 있었다.

"이제 일이 끝나셨습니까?"

피곤한 안색으로 천막 안으로 들어오는 로니에 사제를 보면서 팔시온이 물었다.

"간단하게 전투가 끝나는 것 같았지만 예상외로 부상자들이 많더군요. 사실 거의가 적국 병사들이었지만……."

"그럼, 적국 병사들도 치료하셨단 말입니까?"

"당연히 해야지요. 일부 신들을 모시는 신관들은 적군의 병사들을 치료하지 않지만 저는 그렇게 생각하지 않아요. 만약 상대가 치료를 받을 가치가 없다면 샤이하드께서 저에게 치료의 권능을 나눠 주지 않으시겠지요. 제가 치료의 주문을 외웠을 때 상대가 치료된다면 저는 치료를 해야만 한답니다. 거대한 신의 뜻을 한낱 인간이 결정할 수는 없기 때문이지요."

"전에 만났던 신관과는 완전히 다른 말씀을 하시는군요. 대지의 여신을 섬기는 사제들의 경우 누구나 치료를 하지만, 전쟁의 신전에서 일하는 사제들은 절대로 적들을 치료를 하지 않거든요. 그들의 말로는 적들을 치료할 필요가 있느냐는 것이었지요."

로니에 사제의 피곤한 얼굴에 씁쓰레한 미소가 떠올랐다.

"샤이하드께서는 다른 어떤 신들보다도 배타적인 신이시죠. 다른 신을 받드는 자들이라든지, 또는 악한 자들에게는 치료의 권능을 베풀지 않으십니다. 제가 아무리 상대를 살리려고 해도 치료의 주문이 효과를 발휘하지 못하지요. 그렇기에 우리들 샤이하드를 받드는 신도들은 상대가 아무리 악한 자라고 해도 먼저 치료의 주문을 외웁니다. 그다음은 샤이하드께서 결정하실 일이지요. 그를 낫게 하시든지 아니면 상태를 더욱 중하게 하시든 그건 샤이하드의 뜻입니다. 우리는 샤이하드께서 내리신 재능을 그저 베풀 뿐, 그 이상의 선택은 모두 샤이하드께 맡겨야 하지요."

"매우 실리적인 말씀이군요. 어떤 일이 일어나도 자신의 책임은 아니라는……. 하지만 살릴 수 있는데도 손을 쓰지 않는 자들보다는 사제님의 말씀이 맞는 것 같습니다."

"그렇게 교육받았고 그렇게 행할 뿐, 다른 생각은 없습니다."

그 말을 끝으로 로니에 사제는 무릎을 꿇고 기도를 하기 시작했다. 로니에 사제는 매일 두 시간씩 기도를 했고, 일주일에 한 번은 네 시간씩 기도를 했다. 팔시온 일행은 그가 아무리 바빠도 그걸 빼먹는 것을 보지 못했다.

하루는 그게 궁금해서 팔시온이 로니에 사제에게 물어본 적이 있었다. "사제님께서는 꽤나 능력이 있으신데, 바쁜 와중에도 꼭 그렇게 기도를 해서 시간을 까먹어야만 하냐"고……. 그러자 로니에 사제는 "인간의 일로 신과 약속된 시간을 뺄 수는 없지요. 그것은 샤이하드보다 인간의 일을 더 사랑한다는 말. 그런 자에게 샤이하드께서는 은총을 베푸시지 않습니다. 무슨 일이 있어도 샤이하드께 약속드린 일은 해야만 하고, 또 그걸 지켜 나가야만 한답니

순조로운 전쟁 169

다" 하고 답했다.

팔시온이 밖으로 나오자 미디아가 물었다.

"로니에 사제님은?"

"기도 중이셔."

"아, 오늘도 이렇게 끝나는구나. 우리들 중에 아무도 다치지 않아서 다행이야."

"사실 다칠 건덕지도 없었지. 여기 기사단이 엄청 세더군. 이쪽은 고작 19대밖에 안 되고, 저쪽에서 30대 정도가 달려오는 거 보고 끝장이구나 생각했었는데, 아주 간단하게 상대방을 박살 내 버렸으니까 말이야. 다른 건 모르겠지만 붉은색과 푸른색을 함께 칠해 놓은 그 덩치 큰 타이탄에 타고 있는 기사들은 정말 일류였어."

"들리는 소문으로는 그 근위 기사단 전용 타이탄의 이름이 카프록시아라던가? 크라레스의 수호신이라고 하더군."

"카프록시아……. 정말 근사한 놈이었어. 나는 언제 그런 거 한번 타 보지? 어쨌든 일 다 끝났는데 패거리를 불러들여서 한잔해야지. 내일부터는 적의 수도로 진격해 들어가니까 며칠 동안은 전쟁이 없을 거라고 뱁새 눈 영감이 그러더군."

"오늘 전쟁은 여태껏 해 본 어떤 전쟁보다도 산뜻하게 끝난 것 같아. 사실 내가 겪어 본 전쟁들은 변방에서 산적 토벌이나 몬스터 토벌이 다였는데 말이야. 정말 오늘 싸우는 거 보면서 정규전이 얼마나 다른지 알겠더라. 4만의 적군이면 그거 다 물리치는 데 몇 날 며칠을 피터지게 싸워야 할 텐데, 순식간에 끝나 버리잖아. 타이탄이 들어가서 휘젓는 가운데 마법사들이 마법 몇 방 날리니까 깨끗이 손들더라 이거지."

"그 얘기는 나중에 하고 애들 모으러 가자. 술은 이미 내가 구해 놨어."

"어? 주인님, 안색이 왜 그러세요? 몸이 안 좋으세요?"
 세린의 걱정스런 물음에도 주인은 창백한 안색으로 묵묵부답이니 속이 더 터질 수밖에……
"왜 그러세요? 몸이 편찮으시면 의사를 불러올까요? 어디가 아프세요?"
 하지만 악착스럽게 입을 꽉 다물고 있는 주인을 바라보다 못한 세린은 의사를 불러왔고, 다크는 의사의 진찰을 받았다.
 진찰을 받는 동안 다크의 지시로 문밖에서 기다리게 된 세린은 초조한 마음으로 주인의 안위를 걱정했다. 자신이 돌보고 있는데도 큰 병에 걸렸다면, 토지에르라는 짐승의 지시에 따라 또다시 몽둥이찜질을……
 의사가 허탈한 표정으로 나오자 세린은 더욱 궁금증이 치밀어 재빨리 결과를 물어봤다. 그 옆에서 실바르도 자신의 목이 걸려 있기에 무심할 수 없었다.
"주인님은 어떠세요? 큰 병이 걸리신 거는 아니에요?"
"에잉, 별거 아니다. 겨우 초경(初經)이 시작된 거 가지고 그 난리를 떨다니……. 도대체 저 아이의 어머니는 누구길래 그런 간단한 것도 교육을 안 시켰단 말이야? 그리고 약간의 생리통이 있는 모양인데 약은 나중에 와서 받아다가 먹여라."
 띵한 표정으로 바뀐 세린의 물음.
"예? 생리…통이라구요?"

"생긴 걸 보니 영양 상태가 부실해서 초경이 약간 늦게 온 모양인데. 쯧쯧, 좀 더 잘 먹여야 살이 찌지, 그렇게 비쩍 말라서야. 나는 가 볼 테니 알아서 해."

"예."

세린이 방으로 들어왔을 때 주인은 시뻘게진 안색으로 화장대를 노려보고 있었다.

"주인님, 겨우 생리통 가지고……."

"겨우 생리통? 제길, 내가 왜 이런 한심한 꼴을 당해야 해. 거기다가 생리라는 것은 또 뭐고? 왜 내가 한 달 주기로 이따위 치욕스런 꼴을 당해야만 하지? 제기랄……."

다크는 침대 옆에 놓여 있던 꽃병을 화장대에 던져 버렸고, 꽃병은 화장대의 거울과 함께 박살이 나 버렸다.

"네년도 나갓! 꼴도 보기 싫어. 으드드득!"

무슨 이유 때문인지 머리끝까지 신경질이 난 주인을 피해 세린은 밖으로 튀어나갈 수밖에 없었다. 여자가 때가 되면 생리하는 거야 당연한 건데…….

"용기사들의 보고로는 적들의 병력이 나리오네시를 중심으로 집결 중이라고 합니다. 그들도 수도에서 전쟁을 벌이고 싶지는 않을 것입니다."

나리오네시는 수도에서 15킬로미터쯤 떨어진 곳으로, 크라레스의 주력 부대가 적의 수도를 공략하기 위해서는 꼭 통과해야 할 교통의 요지였다.

"집결 중인 적군 병력의 규모는?"

크로이델 장군의 질문에 그 장교는 재빨리 답했다.

"예, 치레아 국경선에 주둔 중이었던 1개 보병 사단, 또 2개 기병 여단, 1개 용병 여단, 2개 수도 경비 사단, 근위 기사단, 네시 기사단입니다. 각지에서 용병들을 계속 모집 중이며, 그들은 지속적으로 나리오네시로 보내지고 있습니다."

"끝내 한판의 도박을 할 생각인 모양이군."

공작의 빈정거림에 장교는 황급히 답했다.

"예, 전하. 그런데 이상한 것이 나리오네시에 치레아 왕국의 크라얀 기사단의 깃발이 보이고 있다는 것입니다."

그 말에 크로이델 장군 옆에 앉아 있던 인물이 고개를 끄덕였다. 그 노장군은 쥬리앙 아그리오스 장군으로 현재 콜렌 기사단장이었다.

"크라얀 기사단의? 흐음, 치레아가 스바시에를 돕기 위해 기사단을 파견했을 수도 있겠지요. 스바시에가 먹힌 다음에는 자기들 차례라는 걸 알 테니까 말입니다. 또 스바시에는 꽤 오랫동안 치레아와 잘 지내 왔으니 원군을 보냈을 가능성은 매우 큽니다. 만약 원군을 보냈다면 어느 정도 규모일 것 같은가?"

"옛, 아마도 크메룬급으로 다섯 대에서 열 대 정도일 것입니다. 본국이 현재 투입 중인 타이탄 수가 고작 19대인 점을 생각한다면 그것도 꽤 많은 숫자지요. 또 지레아의 총 타이탄 수가 23대인 점을 감안한다면, 그들이 반 수 이상의 타이탄을 지원해 줄 리는 없을 거란 추측입니다."

"크라얀 기사단이 가진 타이탄 총수는?"

"예, 크메룬 15대입니다. 크메룬은 본국의 푸치니급과 거의 같지만 높이가 조금 낮은 만큼 기동력은 조금 더 좋을 것이라는 추측입니다."

"모두 합치면 꽤 되겠군. 근위 기사단이 일곱 대, 네시 기사단이 22대, 거기에 열 대라면……. 호오, 39대나 되는군."

"하지만 그중 반 이상이 정규 타이탄이 아니라는 점이 중요하죠."

"이봐, 장군들!"

공작의 말에 장군들은 일제히 답했다.

"옛."

"전쟁이 벌어지기 직전에 본국에 남은 타이탄 아홉 대를 이쪽으로 워프해 오면 위험할까? 놈들이 그 많은 숫자만 믿고 본국의 왕궁을 기습하는 짓을 할까? 어떨까? 만약 그들이 기습을 가해 온다면 왕궁은 적 공격대를 상대로 얼마나 버틸 수 있겠나?"

그 말에 즉각 크로이델 장군이 대답했다.

"본국의 남은 병력까지 다 쓰실 생각이시라면, 오히려 그런 식으로 곡예를 부리는 편이 코린트의 의심을 덜 받을 테니, 그 방법을 쓰는 게 좋겠사옵니다. 전하, 먼저 마법진을 이용해서 전쟁 직전에 이쪽으로 워프해 타이탄을 불러들여 싸우다가 전쟁이 끝남과 동시에 근위 기사단을 수도로 돌려보내면 되겠지요. 39대 28의 싸움이면 전쟁이 훨씬 빨리 끝날 것이옵니다. 타이탄끼리의 전투가 끝나면, 불러들였던 아홉 대의 타이탄은 코린트와의 국경선으로, 카프록시아 다섯 대는 왕궁으로 워프시키면, 코린트는 우리의 작전에 꽤나 감명을 받겠지요. 전 국력을 한곳에 모아 일전을 벌이고 다시 제자리로 돌리는 전술에 말이옵니다. 사실 그 전술은 30년 전에 코린트가 본국을 상대로 써먹었던 거니까, 그들로서도 느낌이 새로울 것이옵니다."

"그리고 적의 보병은 남은 타이탄들로 박살을 내고?"

"예, 전하."

"좋아, 대신 놈들이 왕궁을 기습할 때를 대비해서, 근위 기사들은 토지에르의 신호가 올 때 만사를 제쳐 놓고 전장에서 이탈하여 이동 마법진이 있는 곳으로 직행, 워프해야 한다. 폐하께도 연락을 드려서 왕궁이 텅 빌 때를 대비해 어딘가 피신해 계시라고 하면 되겠군. 적의 기습이 포착된 후 10분 내로 워프가 가능할 테니 10분만 버티시면 돼. 폐하께서도 그래듀에이트시니 크게 걱정할 필요는 없겠지만 말이야. 어쨌든 간에 코린트 놈들이 개입하지만 않는다면 걱정거리는 없지."

한가한 한때

 어제는 다크가 원체 히스테리를 부리는 바람에 전달해 주지 못했던 실바르는, 세린에게서 다크의 심리가 꽤 안정되어 있다는 보고를 들은 후에야 행동을 개시했다. 탈출 사건 때문에 피차간에 별로 좋은 인상은 아니었으니, 그때 나타났다면 아마도 그 이후에 일어날 일은 그도 예상하기 힘들었기 때문이다. 어쨌든 그의 판단은 어느 정도 정확한 것이었다.
 똑똑.
 그러자 재빨리 세린이 문을 열고 나왔다.
 "무슨 일이십니까? 나으리?"
 "네 주인에게 전할 게 있다."
 "예, 나으리."
 세린은 쪼르르 주인에게 달려가서 말했다.

"주인님, 실바르 경이 뵙자고 하십니다. 전해 드릴 것이 있다고 하십니다."

"들어오라고 해."

"예, 주인님."

세린의 안내로 실바르가 들어왔고, 그는 우울한 표정으로 앉아 있는 이 방 주인을 보면서, 뭐라고 대화를 시작할까 한참 망설였다.

"폐하께서 그대에게 전해 주라고 한 물품들을 가지고 왔소. 가지고 와라."

밖에서 노예들이 차곡차곡 정돈해 놓은 물품들을 가지고 들어왔다. 각종 옷가지나 여행 물품들 그리고 작은 검이었다. 그것들 중에는 황제가 다크에게 주는 선물도 있었고, 다크가 압수당한 것들도 있었다.

"그리고 세린도 그대의 것이오. 폐하의 하사품이니까 그대가 알아서……"

실바르가 말을 끊은 것은 상대가 자신의 말은 듣지도 않고, 그 물품들 중에서 검과 장갑 한 벌을 꺼내서는 검을 허리에 차고 나서 천천히 장갑을 끼고 있었기 때문이었다.

도대체 무슨 짓을 하려고? 상대가 장갑을 끼고 "파워 업"이라고 중얼거리는 길 들었을 때, 실바르의 손도 무의식중에 슬며시 예의에 어긋나지 않을 정도로 자신의 검 손잡이에 최대한 가까이 다가가고 있었다. 웬만한 여자라면 이따위 짓을 해도 신경을 쓰지 않았겠지만, 이상하게 그의 몸은 자신의 의지와 달리 소녀의 행동 하나하나에 바짝 긴장하고 있었다.

"에, 그러니까 세린은 폐하께서……."

슉!

갑자기 상대의 검이 믿을 수 없을 정도로 매끄러운 동작으로 검집을 빠져나와 허공을 날았다. 자기 쪽으로는 날아오지 않았지만 그래도 잔뜩 긴장하고 있던 실바르의 손이 순간적으로 검을 반쯤 뽑았다가 황급히 다시 집어넣었다.

만약 실바르가 검을 완전히 뽑았다면, 완전히 웃음거리가 되었을 것이다. 실바르가 내심 안도의 한숨을 쉬고 있을 때, 뭔가가 바닥에 툭하고 떨어졌다. 그것은 세린의 목걸이였다. 자신의 목으로 거의 스치듯이 지나간 칼 때문에 세린의 표정은 창백하게 질려 있었다.

실바르는 상대의 날카로운 일검을 보고 폐하가 이 소녀를 아끼는 이유가 단순히 뜨거운 잠자리를 위해서가 아니라는 걸 단번에 깨달을 수 있었다. 또 자신의 몸이 소녀의 행동에 왜 그렇게 뜨겁게 반응했는지도……. 그녀는 겉보기와는 달리 엄청난 숙련도를 지닌 검객이었던 것이다.

"나쁘지 않군."

다크는 과거와 달리 자신의 몸속에서 들끓고 있는 힘을 느끼며 조용히 중얼거렸다. 자신의 내공이 상승한 만큼 마법 장갑은 현재 풀 파워를 내면서도 그녀에게 무리를 주지 않았다. 이 상태라면 충분히 내 몸을 지킬 수 있을 거라고 생각하고, 다크는 천천히 샤벨을 검집에 넣으면서 "파워 다운"이라고 중얼거렸다. 그런 후 실바르를 쳐다봤다.

"뭐 할 말이 더 있어요, 실바르 경?"

여러 가지 생각이 뒤얽혀서 멍한 표정으로 있던 실바르는 그제야 깜짝 놀라서는 황급히 대답했다.

"아, 아닙니다. 그만 돌아가겠습니다."

실바르가 밖으로 나갈 때 뒤에서 나지막한 소녀의 목소리가 들려왔다.

"너는 이제 자유다. 더 이상 누군가에게 일을 못한다고 두들겨 맞을 이유도 없고, 또 두려움에 떨 필요도 없다. 야성이란 것은 야성으로서 존재할 때 아름다운 것. 길들여진 야성은 보는 이에게 슬픔을 자아낼 뿐이지."

그녀의 말이 끝났을 때 딸깍 하고 실바르가 문 닫는 소리가 들렸고, 또 그게 신호라도 되는 듯 세린이 주인 앞에 꿇어앉아서는 울먹였다.

"주인님, 저 버리지 말아 주세요. 더 열심히 일할게요. 예? 주인님……. 엉엉, 다시는 게으름부리지 않고 열심히 일할 테니 제발 버리지 마세요."

자신의 다리를 끌어안고 울고 있는 세린을 측은한 눈빛으로 바라보던 주인이 그녀의 머리를 부드럽게 쓰다듬었다.

"너는 너무 길들여져 버렸구나. 나는 너에게 자유를 선물하려 했는데……. 그게 너에게는 너무 부담스러웠느냐? 너를 버리지 않을 테니 그만 울거라."

그 후로 며칠간은 평온한 날들이 계속되었다. 밥 먹고 수련, 수련……. 다크는 수련이었지만 세린이 봤을 때는 움직이지도 않고 그대로 앉아 있으니 몸 버리기 딱 좋은 행동이었다. 안 그래도 의

사한테 잘 먹이라는 당부를 받았는데…….

"좀 더 드세요."

얼마 먹지 않고 포크를 놓는 걸 보면서 세린이 말했지만, 다크는 더 이상 먹을 생각이 없는 듯 심드렁하게 맞받았다.

"이제 됐어. 배가 너무 부르면 수련에 방해가 돼. 이 정도가 딱 맞아. 포도주나 한잔 다오."

세린은 붉은 포도주를 반 잔 정도 따라서 주인에게 건네줬다.

"산책이라도 좀 하세요. 안 그러면 건강에 안 좋아요. 운동을 안 하시니까 식욕이 없죠."

"괜찮아. 한시가 급한데……."

"산책 좀 하세요."

"괜찮아."

"그래도 산책 좀 하세요. 날씨 참 좋아요."

끈덕지게 세린이 졸라 대자 다크는 울컥했다.

"너 계속 귀찮게 하면 팔아 버린다……. 어?"

사실 한시가 급한 이때, 밥 먹는 시간도 아까운데 계속 옆에서 종알거리니 열 받지 않을 수 있나? 갑자기 세린의 표정이 겁에 질려서는 우울한 듯한 표정으로 바뀌자 찔끔한 다크는 황급히 말을 바꿨다.

"그래, 산책 가자구. 가면 될 거 아냐?"

서둘러 옷을 갈아입고 아무 신발이나 신고 있는 주인을 보며 세린은 이 새로운 주인의 습성을 이해할 수가 없었다. 대부분의 사람이 강자에게 약하고 약자에게 강한 게 정석이었지만, 이렇게 강자에게 강하고, 약자에게 약한 인물이 있을까? 토지에르 같은 무서운 사람에게는 막 나가면서 자신 같은 노예의 마음은 신경 써 주다니……. 특이한 인물이기는 했지만 세린으로서는 다행한 일이었다.

세린이 서둘러 주인과 함께 밖으로 나가자, 실바르도 어슬렁거리며 뒤따르기 시작했다. 자신이 호위해야 하는 이 특이한 소녀에게 강렬한 호기심을 느끼며 말이다.

그들이 밖으로 천천히 걸어 나왔을 때 성(城)내는 이상하게도 시끌벅적했다. 모두들 모여서 소란스럽게 떠든다는 말이 아니라, 뭔가 분위기가 이상했다. 평상시보다 더 많은 병사들이 보였고, 성 한쪽 구석에 설치된 거대한 마법진들에는 사람들로 붐비고 있었다. 그리고 그 옆에는 또 다른 마법진의 중간에 큼직한 수정 구슬을 올려놓고 뭐라고 떠들어 대는 인물도 보였다. 무슨 일이 벌어지고 있는지도……?

"도대체 무슨 일이지? 몹시 소란스럽군."

"글쎄요, 주인님. 저는 도저히……."

"하기야 네가 알 리 없겠지. 오랜만에 나왔으니 꽃구경이나 하러 갈까? 여기 혹시 '국화'……. 으음, 그러니까 이렇게 생긴 꽃이 피는 곳을 알고 있냐?"

그러면서 다크는 국화를 그리기 시작했다.

"그러니까 꽃잎은 여러 개인데, 이렇게 뭉쳐 있어. 그리고 이파리는 이렇게 생겼지. 가을에 꽃이 피는데……."

다크가 꽃을 그리며 특징을 대강 설명하자 세린이 단번에 알아보았다.

"아아, 국화(chrysanthemum)로군요. 후원에 심어져 있습니다.

국화는 성실, 청순, 고귀함을 뜻하기에 정원에서 매우 인기 있는 화초지요. 후원 뜰에서 키운 다음 가을에 꽃이 피면 모두 파내서 왕궁 앞의 주 정원(主庭園)에 아름다운 모양을 이루도록 옮겨 심습니다. 아직 꽃은 피지 않았지만 후원에 가면 보실 수 있을 겁니다, 주인님."

"그럼, 그리로 가자."

"예."

다크는 후원으로 걸어가며 세린에게 자신의 생각을 이야기했다. 후원에 넓은 꽃밭을 만들어 여러 종류의 화초를 가꾸면서 그 꽃들이 필 때가 되면 왕궁으로 들어가는 통로에 마련된 주 정원에 모양 좋게 옮겨 심는 행위…, 그런 쓸데없는 짓을 할 필요가 있을까하는 게 다크의 생각이었다.

"쓸데없이 파서 이리저리 옮길 필요가 있을까? 괜히 그래 봐야 힘만 드는데……."

"어쩔 수 없습니다, 주인님. 여기는 왕궁인걸요. 사신들이 이곳 주 정원을 통과해서 들어오기 때문에 특별히 신경을 쓰는 것이지요. 만약 주 정원에 꽃이 피어 있지 않다면 타국(他國)의 비웃음을 사게 됩니다. 물론 겨울에는 상관없지만……."

"쓸데없는 노동력의 낭비야. 그냥 그대로 피어 있는 것을 보고 즐기면 그만이지……. 저렇게 말이다."

다크가 가리킨 곳을 보던 세린이 생긋 미소 지었다.

"저건 나무라서 옮기기 힘드니까 그렇죠."

"저건 무슨 꽃이지? 아주 화려한 꽃이군."

화려한 꽃들이 달린 나무들을 보면서 세린이 설명했다.

"예, 장미(rose)라고 합니다. 짙은 붉은색의 장미는 정절과 열렬한 사랑을 뜻하기에 기사들이 선호하는 꽃이지요. 또 요즘은 품종도 많이 개량되어 겨울 빼고는 늘 장미꽃을 볼 수 있거든요. 색깔이 참 많죠? 붉은색, 노랑색, 분홍색, 흰색이 있는데 여기서는 흰색은 심지 않아요. 코린트 제국의 국화(國花)가 백장미거든요. 우리나라가 코린트 제국과 사이가 별로 좋지 않기 때문이라고 그러더군요."

"흐음……."

"봄이 되면 주 정원은 참 아름다워요. 아마 겨울에 삭막했기에 더욱 아름다운지도 모르지만요. 그때가 되면 크라레스 왕국의 국화(國花)인 히아신스로 주 정원이 아름답게 단장되지요. 또 꽃말도 근사하잖아요. 기쁨과 승리……."

아름다운 봄의 정원을 회상하는지, 꿈을 꾸는 듯한 몽롱한 눈빛의 세린을 보면서 다크는 피식 웃었다.

"꽃말이란 건 또 뭐냐?"

세린은 별 이상한 사람도 다 보겠다는 듯 황당한 표정이 됐다.

"꽃말도 모르세요? 각 꽃은 여러 가지 뜻이 있지요. 기쁨, 용기, 승리, 슬픔 같은 거요."

그 말에 다크는 별 할 짓 없는 놈들 다 보겠다는 듯 시큰둥하게 밀했다.

"꽃은 그냥 꽃으로서 아름다울 뿐, 뭐 하려고 쓸데없이 따로 뜻을 지어서 붙이는지……."

"아주 낭만적이잖아요. 탄생화도 정해져 있는걸요? 주인님은 생일이 언제예요? 무슨 탄생화인지 제가 알려 드릴게요."

"몰라."

"예?"

"나는 고아라서 몰라."

다크의 무심한 말에 세린이 오히려 당황해서 사죄했다.

"죄송해요, 주인님. 그만……."

"상관없다. 부모 얼굴 따위 상상해 본 기억도 없고……. 누군지 궁금하지도 않아. 나는 여태껏 그런 생각해 볼 여유가 없었으니까……."

이윽고 국화 밭에 도착한 다크가 그윽한 눈빛으로 국화를 바라보자 세린이 궁금하다는 듯 물었다.

"아직 꽃도 피지 않았는데……. 혹시 무슨 추억이라도 있으세요?"

다크는 싱긋 미소 지었다.

"사실 국화 따위에 무슨 추억이 있겠냐? 내 삶을 돌이켜 보면 검(劍)과 피(血)밖에 없는데. 저 국화도 과거 나를 구해 줬던 멍청한 부하 녀석 때문에 좋아하게 되었을 뿐이야."

"그 부하 분이 국화를 좋아하셨나요?"

"아니, 그 녀석 이름이 국화였어. 진짜 이름은 나도 모르겠고, 그냥 부르기 편해서 국화라고 불렀지."

"크리샌더멈(국화)이라……. 괴상한 이름이네요."

"글쎄……."

"저쪽으로 가시지요, 주인님. 여기는 가을에 꽃이 피는 화초들만 심어져 있거든요. 아직 꽃이 피지 않아서 볼 게 없어요. 여름에 꽃이 피는 것들은 지금 주 정원에 옮겨 심었지만, 후원 쪽에 보면 그래도 많이 남아 있어요. 또 의자도 있구요. 햇볕이 따가우니까 그리로 가시지요."

세린이 안내한 후원의 한구석에는 원추리, 참나리, 작약, 해바라기, 다알리아, 백일초, 접시꽃, 봉선화, 칸나, 아마릴리스, 글라디올러스, 붓꽃, 천일홍 등 수많은 화초들이 꽃을 피우고 저마다 아름다움을 뽐내고 있었다. 물론 그중에는 원추리처럼 이미 꽃이 지고 있는 것도 있었고, 칸나처럼 한창 그 절정의 아름다움을 뽐내고 있는 것도 있었지만 말이다.

"참 아름답죠? 언제나 후원의 세 곳은 꽃을 뽑아서 옮겨 심지 않고 그냥 놔두거든요. 그래서 왕궁 안의 사람들은 그 세 곳을 각각 봄, 여름, 가을의 정원이라고 부르지요. 이제 두어 달 지나고 나면 여기 있는 꽃들은 모두 질 거고, 그때쯤에는 가을 정원에서 꽃이 피기 시작하지요."

세린은 조르르 달려가서 먼저 널찍한 천 조각을 꺼내서는 벤치 위에 펴고 주인이 앉을 자리를 마련했다.

"그 검 걸리적거리지 않으세요? 옆에다 풀어 놓으세요. 여기는 왕궁이라 그걸 사용할 일이 없다구요. 왜 꼭 그걸 가지고 다니세요? 무거울 텐데……."

다크는 피식 웃고는 자신의 검을 바라봤다.

"습관이야. 검을 가지고 있어야만 안심이 되지. 특히나 지금처럼 힘이 별로 없을 때는 말이야. 너희들도 검을 쓰냐? 아, 내 말은 야생에서 말이야."

"아닙니다. 저희들은 원래 아주 깊은 산속에 사는 종족입니다. 물론 저는 여기서 태어났고 여기서 자랐기에 자세한 것은 모르지만, 숲에서 살다가 잡혀 온 동족에게 들어보면 긴 손톱이나 발톱으로 싸운다고…….”

그 말에 다크가 고개를 갸웃했다.

"너는 손톱이 없잖아. 그런데 어떻게……. 어?"

"저희는 손톱이……. 어머나."

둘 다 놀란 이유는 아무것도 없었던 매끈한 세린의 손가락 끝에서 뾰족한 손톱이 1센티미터 정도 튀어 나왔기 때문이다. 전에는 마법의 목걸이를 걸어 밖으로 자라지 못하게 했지만, 세린의 목걸이는 다크가 잘라 버렸기 때문에 자연스레 손톱이 밖으로 튀어 나온 것이다. 당사자인 세린도 그걸 처음 보고 놀라고 말았다.

다크는 신기하다는 듯 손톱을 바라보았다.

"아주 신기하네. 흠……! 고양이도 발톱은 발가락 속에 감춰져 있으니까 그런 원리인가? 하지만 겨우 이거 가지고 상대에게 큰 상처를 줄 수 있겠어? 말도 안 되지. 대신 날카롭고 뾰족하니까 이쑤시개나 포크 대용으로는 쓸 수 있겠군."

"이쑤시개나 포크라니요?"

세린은 주인의 말에 발끈했지만, 그 항의는 다크에 의해 간단히 묵살되었다.

"쉿! 조용히."

갑자기 저쪽에서 한 남자 애가 튀어 나왔던 것이다. 열네 살쯤 되어 보였다. 다크하고 키는 거의 비슷했지만 여자로서의 성장기가 거의 끝난 다크에 비해 남자로서 2차 성장기를 막 시작한 소년은 몇 년 지나지 않아 180센티미터가 넘는 장대한 청년으로 자라게 될 것이다.

아무튼 제법 단정한 옷차림에 가녀린 선을 지닌 미소년이었지만, 혈색이 그렇게 좋아 보이지는 않았다. 좋게 말하면 학자풍이었고, 나쁘게 말하면 나약해 보인다고 해야 할까? 세린은 황급히 손톱을 집어넣고 그 소년에게 인사를 건네려 했지만 소년은 그걸 막고 입을 열었다.

"먼저 온 손님이 있었네. 나는 아리아스라고 해. 여기는 내 또래의 애들은 없는 줄 알았는데……. 너는 누구……?"

"나는 다크."

"응, 다크구나. 좀 앉아도 되겠니?"

"안 돼!"

의외의 거부에 소년은 안색이 벌겋게 바뀌더니 엉거주춤 선 채로 말했다.

"오늘 궁이 시끌시끌하지? 오전 중에는 지하실에 들어가 있으라고 해서 도망쳐 나왔어. 나는 그런 꽉 막힌 곳은 별로 좋아하지 않거든. 너는?"

"저 애한테 끌려 나왔지."

노예한테 끌려 나왔다는 말에 소년은 농담이라 생각하고 미소 지었다.

"풋, 그런데 그 검은 네 거니?"

"응."

"여자들은 검을 잘 배우지 않는데, 너는 좀 특이하구나."

"글쎄?"

"혹시 너 무녀 아니니?"

다크가 고개를 가로젓자 소년은 또 떠들어 댔다.

"나는 네가 무녀인 줄 알았어. 너무 예쁜 데다가 전쟁의 신전에서는 무녀들에게도 검을 가르치거든. 여기는 참 아름다운 곳이지?"

"……."

"책 보다가 질리면 여기에 자주 나와. 가업을 이어갈 형이 있으니까 부모님도 나한테는 검술을 익혀라, 뭘 해라, 하는 주문을 안 하셔서 나로서야 잘된 일이지만 말이야."

"얘기할 거 아직도 많냐?"

눈을 똑바로 바라보며 도중에 자신의 말을 잘라 버리는 소녀에게 소년은 기가 죽었다.

"어, 아니……."

"얘기 끝났으면 가 봐. 나는 너하고 놀 시간 없으니까."

소년은 붉으락푸르락해져서는 재빨리 자리를 떠나 버렸다. 아마 엄청나게 당황스럽고 무안했으리라…….

그 아리아스라는 소년이 멀어지자 다크는 피식 웃었다.

"별 할 짓 없는 녀석 다 보겠네. 그건 그렇고 포도주 가져 왔냐? 한 잔만 다오."

"예."

주인에게 포도주를 한 잔 따라서 건네주며 세린이 조심스레 물었다.

"방금 보신 분 인상이 어떠세요?"

"아까 말했잖아. 아마 귀족의 방탕한… 아니군. 멍청한 아들 녀석 정도 되겠지."

"반쯤은 정확하네요. 그분은 아리아스 폰 그래지에트 왕자 전하시거든요."

"아까 그놈이 왕자라고?"

"예."

"이 나라도 망하기 일보 직전이군. 저런 숙맥이 왕자라니……."

"퍽 마음이 고운 분이시죠. 형이신 엘리안 왕자 전하와 달리 마음이 여리세요. 하지만 형이 원체 뛰어나시기에 오히려 마음 편하게 사실 수 있는 거죠. 안 그랬으면 저분도 벌써부터 국왕이 되기 위한 수업을 받으셔야 했을 테니까요."

"국왕의 나이도 별로 안 들어 보이던데, 도대체 아들이 몇 명이나 있는 거야?"

"두 분이십니다. 엘리안 왕자 전하께서는 지금 아카데미에서 기사 수업을 받고 계시지요."

"그럼 몇 살에 결혼한 거지?"

"국왕께서는 독자였기 때문에 결혼을 일찍 하셨지요. 열여덟 살에 결혼하셨으니까, 왕자가 두 분 계시다 해도 놀라운 게 아니지요. 다른 곳은 모르겠지만 크라레스에서는 보통 열일곱 살부터 스무 살 사이에 결혼합니다."

"흐음, 보통 사람들은 결혼을 아주 빨리하는군."

그도 그럴 것이 다크가 살아 왔던 무림(武林)이란 곳은 보통 30세가 넘어서 결혼을 한다. 젊을 때 조금이라도 더 높은 수준의 무예를 익히자니 당연히 여자를 가까이 할 수 없었고, 그건 여자들도 마찬가지였다. 무림의 명가라면 30대 중반에서 40대 초반에 결혼하는 일도 흔했다. 자신들의 노화쯤이야 주안술(珠顔術)로 충분히 숨길 수 있었고, 도중에 칼 맞아 죽지 않는다면 5, 60년은 함께 살면서 아들, 딸 낳는 데 아무런 문제가 없었기 때문이다.
"예? 보통 사람이라뇨?"
"아무것도 아니야. 포도주 한 잔 더 줘."
"과음은 몸에 해롭습니다, 주인님. 그거 말고 우유를 드릴까요?"
"정말, 말 안 듣는 하녀군. 그러면 물이나 줘."
그 말에 세린이 바구니를 뒤적뒤적하더니 당황한 표정으로 말했다.
"죄송합니다. 깜빡 잊고 물을 안 가져왔어요. 잠시 기다리십시오. 곧 가져오겠습니다."
"물 한 잔 가지러 일부러 갈 필요는 없어. 가만있어 봐라……. 이게 물의 지배자니까 물을 달라고 하면 줄까?"
다크는 반지를 향해 말했고, 세린은 주인의 행동을 보면서 지금 그 정신 상태를 의심하고 있었다. 반지 보고 물 달란다고 주나?
"이봐, 물 좀 줘."
하지만 아무런 변화도 없었다. 다크는 곰곰이 생각했다.
'그렇지. 물컵을 대고 말해야 물을 주지. 멍청하게…….'
이번에는 반지 밑에 들고 있던 포도주잔을 대고 말했다.
"물!"
이번에도 반응이 없자 다크는 또다시 곰곰이 생각해 봤다. 카렐의 말로는 지금은 쓸 수 없다고 했으니 힘을 되찾으면 쓸 수 있다는 말. 그렇다면 이것도 기를 이용해서 다루는 것임이 분명하다. 그럼 당연히 사용 방법은 뻔했다.
다크는 기를 반지 쪽으로 뿜어 넣으며 외쳤다.
"물!"

그와 동시에 반지에서 물이 왕창 뿜어 나오더니 포도주잔을 꽉 채우고 넘쳐서 옷을 다 버리고 말았다. 여태껏 소녀의 행동을 보고 반쯤 돌아 버린 게 아닌가하고 생각하던 세린이 갑자기 반지에서 물이 쏟아지자 경악해서 거의 굳어 버렸다. 멀찌감치 서서 이 광경을 바라보고 있던 실바르도 놀라기는 마찬가지였다.

"이런, 너무 과했나? 꿀꺽, 어쨌든 휴대용 물통이군."

흘러넘친 물이 옷을 적시든 말든 다크는 잔에 든 물을 전부 마셨고, 그걸 세린이 보면서 황당하다는 듯 말했다.

"어머나, 갑자기 웬 물이……. 치마가 다 젖었네. 감기 드시겠어요. 빨리 돌아가요."

나리오네 평원 전투

 나리오네시가 위치한 나리오네 평야에 양국의 주력 부대들이 속속 모여 들었다. 양쪽 다 이번 전쟁에 국가의 사활을 걸고 있기는 마찬가지였기에 양군은 모두 필사적이었다.
 스바시에의 보병 4만과 기병 1만이 진지를 구축하고 있는 정면에, 크라레스의 3만 보병과 기병 5천이 진지를 구축하기 시작했다. 물론 양국의 군대들은 2킬로미터 정도 떨어져 있었다. 서로 간의 거리를 충분히 두는 이유는 조만간에 시작될 타이탄들끼리의 전투를 위해서였다.
 아침이 되자 양군의 군세가 대치하고 있는 상황에서 스바시에의 중갑 보병(重鉀步兵 : Havy Footman)이 천천히 전진하기 시작했다. 중갑 보병은 두터운 갑주(甲冑)와 묵직한 방패, 그리고 비교적 짧은 미들 소드(Middle Sword)를 허리에 차고, 3미터 길이의 창으로 무장했다. 이들은 묵직한 무게 덕분에 기동력은 뛰어나지 못하지만 그 파괴력이나 방어력이 뛰어나기에 정면 접근전에 투입하는 것이 정석이었다.

그들의 뒤편에서는 중갑 기병(重鉀騎兵 : Havy Trooper)이 천천히 따라왔고, 양쪽에는 경갑 보병(輕鉀步兵 : Light Footman)과 용병대가 전진했다. 기동력이 뛰어난 기병도 천천히 그 뒤를 따랐다.

중갑 보병은 막강한 힘은 있지만 기동력이 뛰어나지 못하기에 가장 앞 중심 공격선에 두고, 그 뒤에는 역시 파괴력은 뛰어나지만 통상의 기병보다는 기동력이 떨어지는 중갑 기병을 배치했다. 중갑 보병이 적의 보병과 충돌한 후에 중갑 기병을 투입하는 전술은 매우 교과서적인 것이었다.

기병은 속도는 뛰어나지만 잘 준비된 보병을 공격하기 위해 돌격했다가는 창이나 활에 절단나기 쉽다. 그렇기에 먼저 보병을 밀어 넣어 상대의 진형을 흩트린 후 기병을 투입했다.

하지만 상대의 기동력이 뛰어나다면 오히려 포위당할 위험성도 있으므로, 기동력이 뛰어나 상황 대처 능력이 좋은 경갑 보병이나 기병은 좌우 측면에 두어 적의 움직임에 효과적으로 대비하게 만든다.

이 같은 방식은 가장 교과서적인 전투 방법이어서 구태의연한 면도 있었지만, 정통적인 방법이니만큼 그 위력 또한 대단하다. 교과서적이라는 것은 그만큼 효율이나 위력이 강하며 성공할 확률도 높다는 것을 뜻한다. 또 이런 넓은 평야 지대의 전투에서는 이 진형이 가지는 강점은 극대화되고 약점은 최소화된다.

상대방의 군대가 서서히 움직이기 시작하는 걸 보면서 공작의 눈썹이 꿈틀거렸다.

"이상하군……. 타이탄 수는 저쪽이 월등한데 왜 타이탄을 꺼내지 않는 거지?"

그러자 공작의 뒤쪽에 서 있던 노장군 한 명이 즉각 답했다.

"예, 전하. 통상 타이탄들이 나서는 것이 정석인데, 저들이 뭔가 또 다른 계책이라도 꾸미는 게 아닐까요?"

"그래듀에이트들은 모두 어디 있나?"

"예, 명령대로 모두 이동 마법진 주위에서 대기 중이옵니다. 하지만 아직도 황궁에 적이 침투했다는 보고는 없사옵니다."

"젠장, 토지에르."

"예, 전하."

"저 녀석들이 이동 마법진으로 한 번에 이동시킬 수 있는 건 몇 명 정도일까?"

"예, 마법사들이 좀 있으니까 아마도 1백 명까지는 가능할 것이옵니다. 대신 그들을 전부 투입한다면 그쪽으로 한 번에 보내는 건 가능하겠지만, 마법사들이 그곳으로 함께 이동해 갔다 하더라도, 새로이 마법진을 만들어야 하니까 돌아오려면 최소한 30분 이상의 시간이 걸리옵니다. 1백 명 정도를 이동시킨다면 그 정도는 쉬어야 다시 한 번 마법을 쓸 수 있을 테니까요."

"1백 명이라. 만약 40명 내외로 잡는다면?"

"20분 정도 될 것이옵니다."

"예상되는 적의 타이탄은 36대 정도. 최대로 잡아도 한 40대? 우리들이 가진 타이탄은 아홉 대는 황궁에, 19대는 여기 있다. 모든 걸 무시하고 공격했을 때 놈들이 20대의 타이탄을 황궁으로 보내다면? 최악의 경우 너 죽고 나 죽자고 40대 모두 다 보낼 수도 있고……. 지금 이대로 총력전으로 끌고 들어간다면 본국의 타격이 너무 커. 타이탄은 수리가 가능하지만 죽은 병사는 살릴 수 없지. 언데드라도 만들면 모르겠지만, 그러면 곧장 악마의 집단으로 찍혀서 멸망당할 뿐이야."

"전하, 우선 카프록시아 몇 대를 투입해 보고 상대의 반응을 살펴보심이 어떻겠습니까?"

"흐음, 그 방법 외에는 없겠군. 크로마스!"

그러자 뒤쪽에 서 있던 기사 중의 한 명이 재빨리 다가왔다. 그는 다크 사냥에 참가했다가 된통 혼이 났던 미온지에 폰 크로마스였다.

"옛, 전하."

"근위 기사단의 타이탄을 출동시켜라. 만약 적이 나타나지 않는다면 적의 중갑 보병을 먼저 괴멸시켜라."

"옛!"

곧 크로마스가 인솔하는 아홉 대의 근위 타이탄들이 왼손에는 거대한 방패를, 오른손에는 7미터 정도 되는 거대한 창을 들고는 적진을 향해 달려 나갔다. 카프록시아들이 적진으로 달려감과 동시에 적진 저편에서 공간을 열고 20여 대의 타이탄들이 모습을 드러내는 것이 보였다. 그들은 즉각 카프록시아를 향해 저마다의 무기를 휘두르며 뛰어왔다.

상대의 타이탄 20여 대가 모습을 드러내자 공작은 재빨리 외쳤다.

"콜렌 기사단을 출동시켜라."

마법진 주위에 모여 웅성거리던 기사들이 즉시 자신의 타이탄을 불러내어 적진을 향해 뛰어갔다. 이미 전장은 적 타이탄과 이쪽 타이탄이 얽혀 접전 중이었기에, 그들은 창을 포기하고 근접전용 무기인 도끼나 철퇴를 들고 뛰어갔다.

처음 돌격을 시작한 카프록시아들은 상대 타이탄들이 달려 나오자 먼저 거대한 창을 맹렬한 기세로 상대방에게 던진 후 곧장 허리에 꽂혀 있는 검을 뽑아 들었다. 카르록시아가 가진 그 강대한 힘으로 던진 창의 위력은 엄청났고, 제대로 막지 못한 상대 타이탄 네 대의 방패를 꿰뚫으면서 본체에 막대한 타격을 입혔다. 그들이 2차 장갑에 꽂힌 창을 뽑아내고 상처 수복을 하는 사이 이미 선두에 나선 타이탄들끼리 격전을 시작했다.

공작이 푸치니 아홉 대를 투입한 후 곧 저쪽에서도 20대 정도의 새로운 타이탄들이 공간을 열고 나왔다. 그것을 확인하는 순간 공작의 뒤에서는 카프록시아 한 대가 모습을 나타냈고, 공작은 자신의 타이탄에 뛰어오르며 외쳤다.

"놈들의 타이탄은 모두 이곳에 있다. 황궁의 타이탄들도 모두 불러들여라."

"옛!"

토지에르는 공작의 명령에 답하고, 공작의 카프록시아가 전장으로 달려가는 모습을 보지도 않고, 곧장 뒤쪽 마법진 앞에 서 있는 마법사를 향해 외쳤다.

"황궁에 대기 중인 타이탄들을 불러들여랏!"

그 마법사는 수정 구슬을 향해 열심히 뭐라고 떠들었고, 잠시 후 황궁에서 출격 준비 중이었던 아홉 명의 기사들이 희미한 빛을 내며 이동용 마법진에 모습을 드러냈다. 그들은 워프에 성공하자 즉시 자신들의 타이탄들을 불러낸 다음 저마다 철퇴나 도끼를 하나씩 잡고 전장으로 달려갔다. 바야흐로 40대에 가까운 타이탄과 28대의 타이탄이 얽히고설키는 대접전이 벌어졌다.

바로 이때 세 대의 타이탄이 갑자기 크라레스군의 뒤쪽에서 나타났다. 그들의 방패에 그려져 있는 거대한 뱀의 문장이 그들이 소속된 국가를 나타내 주었다.

"크악!"

"아악!"

갑자기 나타난 치레아 왕국 크라얀 기사단의 크메룬급 타이탄 세 대는 곧장 그들이 가지고 있는 거대한 창을 이용하여 개미처럼 모여 있는 상대방의 군대를 난도질하기 시작했다. 머리에 붙어 있는 작은 창문을 노리고 화살을 날리는 병사들도 있었지만 빠른 속도로 움직이는 타이탄의 그 작은 허점을 노린다는 것은 거의 불가능했다.

공작이 거느리는 28대의 타이탄들은 수적으로 우세한 상대 타이탄들과의 싸움에서 몸을 뺄 수가 없었고, 그 덕분에 놈들은 더욱 신이 나서 설쳐 댔다. 거대한 창을 휘저으며 중갑 보병들을 짓뭉개는 타이탄을 바라보던 토지에르는 마법을 외우기 시작했고, 옆에 있던 마법사 다섯 명도 거기에 가세했다. 타이탄을 파괴하려면 7사이클급의 마법이 필요하지만 옆에 있는 마법사들이 외운 5사이클급 마법 다섯 방에 자신의 6사이클 마법 한 방을 합치면 약간의 가능성도 있었다.

중얼중얼 마법을 외우는 마법사들을 처음에는 적 타이탄들도 무시했다. 타이탄이 마법 따위로 타격을 입을 수 없다는 걸 자신들이 더 잘 알고 있기 때문이었다. 하지만 그 여섯 명의 마법사들을 중심으로 넘치고 있는 마나의 기운은 이들이 보통 실력이 아니라는 걸 느끼게 해 줬고, 곧장 세 대의 타이탄들 중 한 대가 그들을 향해 달려왔다.

이때 가까스로 마법을 완성한 마법사 한 명이 익스플로우전을 날렸다. 익스플로우전이라면 5사이클에서는 최강의 파괴력을 자랑하는 주문. 하지만 대 폭발의 화염을 뚫고, 타이탄은 다시 모습을 드러냈다. 상당한 충격에 약간 주춤하긴 했지만 타이탄은 그 정도는 어린애 장난이라는 듯 다시 움직이기 시작했다.

그 엄청난 불길 때문에 외부의 페인트는 완전히 타서 없어졌지만 미스릴을 입히지 않은 크메룬의 몸체에 새겨진 대마법 주문(對魔法呪文)이 드러나서 특이한 아름다움을 나타내고 있었다.

자신의 마법에도 끄떡없이 달려오는 타이탄을 보고 그 마법사의 눈이 공포에 물들었다. 그때 주문을 완성한 남은 네 명 모두 거의 근사(近似)한 시간 차이로 타이탄에 익스플로우전을 퍼부었다. 연속되는 강력한 마법 공격의 충격으로 타이탄이 주춤주춤 뒤로 물러서고 있을 때, 토지에르의 입에서 강렬한 마나의 울림을 담고 있는 시동어가 터져 나왔다.

"딥 스웜프(Deep Swamp : 깊은 늪)"

그와 동시에 타이탄이 서 있던 굳건한 대지가 물렁물렁해졌고, 타이탄은 그 엄청난 무게를 이기지 못하고 밑으로 빠져 들었다.

대지를 물컹하게 만드는 스웜프 주문은 보통 2, 30센티미터 정도의 지표면을 질척하게 만들어 상대의 기동력을 떨어뜨리는 데 사용한다. 하지만 무시무시한 힘을 가진 타이탄의 경우 밑에 뭔가 밟히는 부분이 있기만 해도 뛰어오를 수 있기에, 최소한 5, 6미터의 깊이로 스웜프 주문을 사용해야 했다.

토지에르는 6사이클급에 해당하는 그 한 방을 날리고는 자신의 계획이 성공한 것에 흡족해했다. 하지만 그가 미소를 짓는 그 찰나 옆에 있던 마법사가 그를 재빨리 붙잡아 뒤로 당기면서 주문을 외우기 시작했다.

마법사들이 제각기 주문을 외우고 있었지만 상황은 절망적이었다. 남은 두 대의 타이탄들이 무시하지 못할 위력을 낸 마법사들을 없애기 위해 달려오고 있었던 것이다. 지금 이 상황이라면 간단한 이동 마법도 못 외우고 몸이 두 토막 날 것은 당연한 이치. 하지만 그들은 달려서는 도저히 저 괴물을 따돌릴 수 없다는 걸 알고 있기에 필사적으로 공간 이동 주문을 외웠다.

이때 엄청난 소리를 내며 대기를 가르고 날아온 거대한 검이 토지에르 일행 쪽으로 달려오던 타이탄의 목 아랫부분과 엑스시온이 위치한 부분을 꿰뚫어 버렸다. 물론 그 타이탄은 뭔가가 날아오는 걸 느끼고 대비하려 했지만, 미처 적절한 대비를 하기도 전에 검에 꿰인 것이었다.

그 타이탄이 서서히 쓰러지는 찰나 붉은색과 푸른색의 페인트가 칠해져 있는 거대한 카프록시아가 나타났다. 카프록시아는 이미 검을 던져 버렸기에 방패만 들고 있었고, 상대는 무장을 갖추고 있으니 누가 위험한지는 뻔했다.

상대 타이탄인 크메룬은 덩치도 3.7미터로 카프록시아보다 훨씬 작았고, 출력도 0.7밖에 안 되지만, 그래도 무장을 갖추고 있다는 이점을 이용해 재빨리 쓰러진 동료의 옆으로 이동하면서 카프록시아가 자신의 칼을 회수하지 못하게 막았다.

크메룬이 창으로 찌르는 것을 두 번 다 카프록시아가 방패로 가볍게 막아 내자, 크메룬에 탄 기사는 점점 초조해지기 시작했다. 상대 타이탄은 카프록시아. 크라레스의 근위 타이탄이며 높이 5.2미터, 출력 1.3이나 되는 강자다. 지금 검이 없을 때 쓰러뜨리지 못한다면 정상적인 방법으로 일대일에서 이길 가능성은 거의 없었다.

크메룬은 강력한 힘으로 창을 한 번 더 찔렀다. 그러자 기다리고 있었다는 듯 카프록시아가 방패로 창을 튕겨 냈다. 여기까지는 크메룬이 예상한 대로였다. 크메룬은 재빨리 파고들면서 왼손에 든 방패로 옆으로 비껴 있는 카프록시아의 방패 왼쪽 부분을 강하게 때렸고, 상대의 방패는 몸 쪽에서 벗어나 밖으로 튕겨 나갔다. 그때 크메룬은 이미 방패를 버리고 검을 뽑아 카프록시아를 베려하고 있었다.

이때 카프록시아의 오른손이 크메룬의 왼손을 꽉 잡았고, 그와 동시에 크메룬은 카프록시아에 밀려 거의 5미터쯤 떨어진 곳에 나뒹굴었다. 순식간에 일어난 일이라 크메룬에 탑승한 기사는 정신이 없는 상태였고, 카프록시아는 그때를 놓치지 않고 달려가 무릎 관절에 붙어 있는 거대한 강철 뿔로 크메룬의 복부 장갑을 찢어 버렸다. 그런 다음 양 팔꿈치에 붙어 있는 강철 뿔로 크메룬의 양쪽 어깨를 찍었다. 철판이 우그러져서 팔을 잘 움직이지 못하는 상대의 허리에 달려 있는 검을 슬며시 뽑아 곧장 가슴 부분에 박아 넣었고, 그와 동시에 크메룬의 움직임이 정지되어 버렸다.

타이탄 두 대를 간단히 처치한 카프록시아가 첫 번째 재물로 다가가 자신의 검을 회수하고 있는데, 땅이 불룩하게 솟아오르면서 땅 속에 묻혔던 크메룬이 튀어 나왔다.

크메룬은 저급 타이탄이었기에 연이은 익스플로우전의 공격에 대마법 방어진이 파괴되기 직전까지 갔다. 만약 토지에르가 6사이클급의 파괴 주문을 썼다면 아마도 고철이 되었겠지만, 당황한 김에 정규급 타이탄의 방어력을 상상해 버린 토지에르는 그걸 파묻어 버렸고, 몇 분 지나지 않아 땅이 다시 굳어지자 튀어 나온 것이었다.

흙투성이가 되어 엉망진창인 상대를 바라보며, 카프록시아는 이제 검이 있기에 저따위 타이탄쯤 겁날 것도 없다는 듯 여유 있게 다가갔다. 밖으로 튀어 나온 것까지는 좋았는데, 눈앞에 엄청난 강적을 맞이한 크메룬은 주춤주춤 뒷걸음질을 쳤다. 상대 타이탄으로부터 뿜어 나오는 강대한 마나의 기운을 어렴풋이 느꼈기 때문이다.

순간, 카프록시아가 땅을 박차고 날아오르자 먼지가 피어올랐고, 순식간에 크메룬의 코앞으로 접근한 카프록시아는 그 거대한 방패로 상대를 두들겼다. 막강한 힘에 타격을 입은 상대의 방패가 위로 튕겨 오르는 순간, 카프록시아의 검은 크메룬의 가슴을 꿰뚫었다. 곧이어 크메룬의 거대한 덩치가 아래로 무너져 내렸다.

뒤에서 튀어 나왔던 타이탄들을 몽땅 처치한 카프록시아는 급히 이탈했던 전장으로 돌아갔다. 아직도 평원에서는 수많은 타이탄들이 얽혀서 각종 무기로 상대를 두들겨 대고 있었던 것이다.

개선 행렬

"왜 이렇게 밖이 소란스러운 거지?"

소녀의 말에 세린이 방긋 미소 지으며 대답했다.

"예, 언제 싸웠는지는 모르겠지만 스바시에와의 전쟁에서 승리했대요. 오늘 원정군 사령관이신 크로아 공작 전하께서 돌아오시기에 개선 축제(凱旋祝祭)가 열린답니다, 주인님."

"그럼 토지에르도 돌아오겠군."

"예? 토지에르 나리는 벌써 돌아오셨는데요? 일주일 전에 뵈었어요. 굉장히 바쁘신 것 같기도 하고……. 피곤한 표정으로 걸어가시는 걸 봤는데요."

사실상 일주일 전의 대회전에서 스바시에 왕국은 멸망한 것이나 다름없었다. 하지만 공작이 지금에야 돌아온 이유는 잔당들의 처리 등 점령지에서 할 일이 많았기 때문이다. 하지만 토지에르는 스바시에에서 노획한 고철 타이탄들을 수거해다가 새로운 타이탄들을 제작해야 했기에 급히 돌아와 있었다.
"흐음……."
"축제 구경 안 하실래요? 오늘 있을 개선 축제는 정말 화려할 거라고 하더라구요. 준비한다고 얼마나 많은 사람들이 돌아다니고 있는데요? 빨리 가요."
"나는 시끌벅적한 건 별로 안 좋아하니까 너 혼자 가거라."
"에이, 주인니임. 그러지 마시고 구경 가요. 예?"
"싫다니까 그러네. 그건 그렇고 목욕물이나 받아 놓고 가."
단호한 주인의 태도에 풀이 죽은 세린이 마지못해 대답했다.
"예."
다크가 목욕을 끝내고 나왔을 때 세린은 아직 방에 있었다.
"아직 안 갔냐?"
"할 건 하고 가야죠. 엎드리세요."
세린은 올리브유를 손에 바르고 다크의 근육을 부드럽고도 세심하게 마사지해 주었다. 그런 후 주인에게 새로운 옷가지를 가져다 주고는 옆방으로 갔다.
다크는 세린이 나갔으니 수련이나 좀 더 해야겠다는 생각에 가부좌를 틀고 앉았지만, 옆방에서 투덜거리는 소리를 듣지 않을래야 않을 수 없었다. 아주 들으라는 듯 세린이 크게 떠들어 댔기 때문이다.
"아, 축제 구경하면 좋을 텐데, 왜 구경을 안 하시겠다고 그러셔? 뼈 빠지게 일해 주는 노예를 위해서 구경 좀 시켜 주면 어때서? 아무리 싫다고 해도 그건 너무하잖아. 주인을 놔두고 노예가 밖으로 돌아다닐 수 없다는 걸 잘 알 텐데……. 혼자서 구경하라고 하는 건 나보고 구경하지 말라는 거나 똑같잖아. 만약 내가 자리를 뜬 게 발각되면 토지에르 나리에게 죽도록 맞을게 뻔한데…….”
　세린이 이렇듯 당차게 나갈 수 있는 건 노예의 혼잣말에 귀를 기울이는 것은 숙녀로서 올바른 태도가 아니라는 약점을 이용한 것이었다. 대놓고 말하는 것도 아니고 혼잣말인 경우에는 어떤 소리를 떠들어도, 실례가 되는 것이 아니라면 그걸 참고 들어야만 했다. 그래야 ‘귀부인’이나 ‘숙녀’라는 호칭을 들을 수 있는 것이다.
　다크도 세린이 한 번씩 그러는 걸 처음에는 이해하지 못했지만, 이리저리 알아본 결과 그것이 이곳 귀족층에서 지켜야 할 덕목에 들어간다는 걸 알았다. 얄미운 노릇이었지만 그녀 또한 예외가 아니어서 얌전한 숙녀가 되려면 그 잔소리를 참아 줘야만 했다. 하지만 여기서 한 가지 치명적인 논리상의 문제점이 발생하게 되는데 다크가 숙녀였던가?
　“으으윽! 도저히 못 참겠다! 세린!”
　그러자 옆방에서 대답하는 소리가 들려왔다.
　“예.”
　“너 계속 떠들면 가죽을 벗겨 버린다. 알겠어?”
　그러자 경악한 세린이 뛰어 들어왔다.
　“어머, 어머, 세상에……. 그런 말은 숙녀로서 도저히 입에 담지 못할 천박한 말투라구요. 제발 그 상스러운 말투 좀 고치세요. 그리고 숙녀는 절대로 노예의 혼잣말에 귀를 기울이지 않죠.”
　세린은 당연하다는 듯 반박했지만 돌아온 것은 싸늘한 미소뿐이었다.

"나는 여자가 아니야. 그렇기에 숙녀도 아니야. 또 숙녀가 되고 싶은 마음은 추호도 없어. 정말 너, 죽고 싶냐? 응?"

다크가 도저히 어린 소녀라고는 볼 수 없는 매서운 살기를 뿜어내며, 살며시 한 손으로 세린의 목 윗부분을 잡고는 슬슬 쓰다듬자 세린은 공포에 질리기 시작했다. 그 기세로 봤을 때 목이 비틀리든지 아니면 졸릴 가능성이…….

"……."

"이게 귀엽다고 봐줬더니 정말 죽고 싶어? 다시는 내 앞에서 숙녀니 여자니 하는 말 하지 마. 나는 그 말을 제일 싫어하니까, 알겠지?"

세린이 겁에 질려 떠듬떠듬 대답했다.

"예, 예."

"이만 가 봐."

세린이 부리나케 옆방으로 도망치자, 다크는 이제야말로 수련을 하려고 가부좌를 틀고 앉았다. 자신으로서는 가장 열 받는 게 여자가 된 것인데, 그걸 들고 떠들어 대다니……. 내 수련이 조금만 얕았어도 진짜 가죽을 벗겨 버렸을지도 모른다고 생각하다가 다크의 생각은 조금 더 발전했다.

'전에 팔려고 내놓은 묘인족 소녀는 분명히 꼬리가 있었다. 하지만 세린은 꼬리가 보이지 않아. 꼬리는 어디 갔을까? 허리에 돌돌 말고 있나? 아니면 저 긴 치마 안에서 축 늘어져 있나? 그때 묘인족 소녀의 꼬리와 귀에 돋아난 털이 꽤 뽀송뽀송하니 부드러워 보이던데 몸에도 그런 털이 있을까? 털이 있다면 가죽을 벗겨 놓으면 따뜻할지도…, 지금 무슨 생각을 하고 있는 거야? 수련, 수련…….'

태허무령심법의 구결에 따라 천천히 기를 돌리자 몸의 감각은 더욱 예민해졌다. 더욱 깊이 수련에 들어가면 정신이 집중되면서 외부의 자극이 차단되겠지만, 그 직전의 상황에서는 매우 예민해지게 된다. 이때 그녀의 예민해진 귀로 흐느끼는 소리가 들려왔다.

'제길, 또 짜고 있군. 무시하고 수련을……. 으윽! 제기랄 못 참겠다. 공력이 얕으니 귀를 틀어막을 수도 없고, 저년을 죽여 버리든지 팔아 버리든지 해야지 원…….'

씨근거리며 다크는 옆방으로 쫓아갔지만 구석에 쭈그리고 앉아 처량하게 훌쩍거리고 있는 세린에게 튀어 나간 말은 의외로 부드러웠다.

"또 울고 있구나. 너 계속 울어 대면 팔아 버린다."

세린의 물기 어린 얼굴에는 미소가 떠올랐다. 이 주인은 맨날 할 말이 궁색해지면 팔아 버린다고 위협하는데, 그게 말뿐이라는 걸 잘 알기 때문이다.

"엉? 웃어? 주인의 말이 같잖게 들리냐? 이게 아직도 맛을 다 못 본 모양이군……. 에휴, 그래, 네 마음 내가 알지. 너도 참 성질 더러운 주인 만나서 고생이 많지?"

다크는 세린을 토닥여 주었다.

"그만 울고 같이 구경이나 가자. 아이고, 내 팔자야."

다크가 세린과 함께 밖으로 나오자 언제나와 같이 실바르도 멀찌감치 따라왔다. 왕궁의 모양이 약간 달라져 있었다. 궁이야 변한 게 없었지만 궁으로 들어오는 정문 주위의 좌우에 다섯 대씩 열 대의 거대한 덩치의 타이탄들이 서 있었다. 붉은색과 푸른색을 화려하게 칠했으며, 방패와 그 두터워 보이는 갑옷 여기저기에는 여러 가지 문장들이 그려져 있었다.

"와! 주인님, 정말 멋지죠? 저게 타이탄이에요."

언제 울었느냐는 듯 한껏 들떠 있는 세린을 씁쓰레하게 바라보며 다크가 시큰둥하게 대꾸했다.

"나도 알아."

거리에는 수많은 사람들이 넘쳐났고, 여자들은 저마다 작은 바구니를 들고 있었다. 그 바구니 안에는 꽃잎이 들어 있었는데, 아마도 저거 딴다고 산골짜기를 꽤나 돌아다녔을 것이 분명했다.

세린에게 이끌려 한참 이리저리 돌아다니다 보니 이윽고 개선군(凱旋軍)들이 당당하게 도로를 가로질러 행진해 들어왔고, 사방에서 여자들이 바구니의 꽃잎을 그들에게 뿌렸다. 주민들이 환호하자 갑주를 걸친 군인들은 더욱 자신들의 전공을 자랑하듯 굳건한 표정을 지어 보이며 행진했다. 이번 전쟁에 자신들이 없었다면 승리할 수 없었다는 듯…….

전쟁에 투입되었던 군대의 대부분은 점령지나 국경으로 보내졌고, 개선 행진에 동원된 병사는 5천도 되지 않았다. 특히나 점령지의 불순분자들, 즉 게릴라들과 험한 지형에서 싸울 때는 중장갑을 지닌 군대는 필요가 없었기에 개선 행진에 동원된 병사들은 대부분 중갑주를 착용한 병사들이었다. 중갑 기병, 중갑 보병이 지나가고 나자 마지막으로 제각각의 무장을 갖춘 용병대가 지나갔다. 다크는 혹시나 하고 용병대를 쭉 훑어봤지만 아는 사람은 한 명도 보이지 않았다.

'도대체 팔시온 일행은 어디로 간 걸까? 토시에르의 말로는 용

병대에 있다고 했는데, 아직 점령지에 남아 있나? 나중에 토지에르한테 물어보면 알 수 있겠지.'

이런저런 생각을 하고 있는데 옆에서 누군가 말을 걸었다.

"이봐요, 아가씨."

"예?"

다크가 상대를 바라보자 상대는 김샜다는 표정이었다.

"이런, 어린 애잖아. 눈이 삐었나? 아무리 뒷모습이지만 내가 착각을 하다니······."

다크는 투덜거리고 있는 상대를 찬찬히 바라보았다. 상대는 여행자들이 흔히 입는 복장을 하고 있었다. 망토 안에는 잘 손질된 반들반들한 가죽 갑옷이 보였고, 허리에는 제법 근사한 롱 소드가 걸려 있었다. 하지만 다크의 시선을 잡고 있는 것은 상대의 제법 잘생긴 외모와 황금색 머리카락이 아니었다. 호색한을 가장하고 있는 저 눈동자 뒤에서 느껴지는 강렬한 느낌. 고수에게서 풍겨져 나오는 그 힘을 읽었기 때문이다.

"이봐, 그런 눈으로 보지 마. 나는 어린 애는 안 건드린다구. 너 혹시 언니 없냐? 너 얼굴만 봐도 네 언니는 보증 수표일 텐데······."

"없어요."

"쳇! 좋다 말았군. 가만, 이러고 있을 때가 아니지. 오! 저쪽에 괜찮은 아가씨가 있군. 꼬마야, 만나서 반가웠다. 안녕!"

다크는 사람들을 헤치면서 멀어지고 있는 상대의 등을 멍하니 바라봤다. 저렇듯 상당한 실력을 갖췄을 것으로 짐작되는 인물들이 한 번씩 보이는 걸 보면, 이 나라가 꽤나 대단한 나라인지도······.

"주인님, 왜 그러세요?"

세린이 옆에서 말을 걸었기에 다크의 상념은 오래 지속되지 못했다.

"구경 다 했으면 돌아가자."

승전 무도회

"흑흑흑, 주인님. 저 좀 살려 주세요. 제발~."

세린은 다크를 잡고 사정하고 있었고, 다크는 침대에 걸터앉아서는 상대하기도 싫다는 듯 퉁명스레 대꾸했다.

"닥쳐! 누가 너보고 죽으래? 말도 안 되는 소리를……."

"지금 죽으라고 하시는 거나 마찬가지잖아요."

"군소리하지 마. 나는 안 간다고 했으면 안 가."

"주인님이 무도회에 안 가시면 토지에르 나리가 이번에는 진짜 제 가죽을 벗기실 거라니까요."

"너는 내 거니까 그 영감에게는 그럴 권리가 없으니 안심해."

"하지만 토지에르 나리는 주인님의 상관이시잖아요. 주인님이야 괜찮다고 해도 저는……. 엉엉, 내일 죽을 게 분명해."

"이게 말도 안 되는 소리를! 수련 좀 하자. 수련! 빨리 밖으로 안 나갈래? 정말 팔려 봐야 정신을 차릴래? 토지에르만 무섭고 나는 안 무섭냐? 이게 정말 가죽이 벗겨지도록 두들겨 맞고 싶어서……."

다크가 말을 멈춘 것은, 이제는 더 이상 앙탈할 힘도 없는지 울면서 옆방으로 건너가는 세린의 뒷모습을 봤기 때문이다. 사실 무도회 참석권은 귀족급에게는 다 주어지는 것이고, 거기 참석하든 말든 그건 자기 마음이었다. 문제는 이게 황제가 연 대규모 승전 축하 무도회였고, 또 그런 비중 있는 무도회에 꼭 가야 되는지, 가지 않아도 되는지를 세린이 명확히 알지 못한다는 데 있었다. 꼭 가야만 하는 거라면 거기 불참한 다크야 잘 몰라서 안 갔다고 치더라도, 그녀를 보내지 않은 모든 책임은 자신에게 쏟아질 것은 당연한 일이 아닌가?

"엉엉, 이래 죽으나 저래 죽으나……. 그래도 죽기는 싫다구요, 엉엉……."

훌쩍거리는 세린의 목소리가 나지막하게 들리는 가운데, 다크의 악에 받친 목소리가 울려 퍼졌다.

"제길, 그래! 가 주지! 가 주고 말 테닷!"

이런 우여곡절 끝에 다크가 무도회장으로 떠난 건 무도회가 시작되고도 한참이 지난 후였다. 다크는 건성으로 세린에게 설명을 좀 듣기는 했지만 춤(dance)이라고는 진혀 몰랐기에, 빙명록에 자신의 이름만 기록해 두고 돌아올 생각이었다.

들어가는 거야 체크를 하겠지만 설마 나가는 시간까지 체크할까? 또 나가는 시간까지 체크한다고 해도 도중에 누구하고 뭐 했는지까지 기록하는 놈이 있을 거라고는 상상할 수 없었다. 한두 명

초대하는 것도 아니고…….

다크는 무도회장으로 가면서 중원에서는 들어보지 못한 매우 특이한 음악 소리를 들을 수 있었다. 무림에 있을 때도 금(琴 : 거문고)이나 적(笛 : 피리) 같은 걸 꽤 다뤄 봤기에, 이 특이한 악기에 흥미가 동하는 것은 당연했다. 소리만 들어서는 악기의 종류가 다양한 것도 같았고, 듣기에도 좋았기에 어떤 악기인지 또 어떻게 생겼는지 궁금하기도 했다. 하지만 천천히 정원을 가로질러 정문 가까이 다가가면서 자신의 의지와는 달리 얼굴색이 약간 붉어졌다.

"으아흥, 으으으으흥, 으으응… 아아앙……."

아주 낮으면서도 간드러지는 듯한 신음 소리. 이 소리가 뭔 소린지는 뻔한 노릇이었다. 그 소리들은 다크가 걸어가는 길의 좌우에 펼쳐진 정원의 여기저기에서 아주 낮게 들려왔는데, 아무래도 나무들을 2미터 정도 높이의 미로처럼 만들어 놓은 이 괴상하게 생긴 정원의 용도를 십분 활용하는 인물들이 있는 모양이었다.

무도회장으로 들어가는 통로에는 높은 가로수들이 줄지어 서 있었고, 그 가로수에서 2미터 정도 떨어져서 양쪽에 이 미로 같은 정원이 펼쳐져 있었다. 그 정원의 바닥에는 폭신한 잔디까지 심어져 있으니 일 벌이기에는 매우 적합한 장소였으리라. 세린도 다크의 뒤를 따르면서 귀를 쫑긋거리는 걸 봐서는 그녀의 귀에도 이 자극적인 소리가 들리는 모양이었다. 하기야 고양이는 후각보다는 청각과 시각이 뛰어난 동물이니까 그게 당연한지도 몰랐다.

굽이 높은 구두를 신은 다크는 어쩔 수 없이 천천히 걸어가고 있는데, 길옆의 가로수 위에서 휘파람 소리가 들리더니 뒤따라서 누군가의 목소리가 들려왔다.

"휘유우우~ 어디를 가시나요? 아가씨?"

다크는 약간 당황해서 나무 위를 쳐다봤다. 그 목소리가 들리기 전까지 그녀는 나무 위에 사람이 있다는 걸 몰랐기 때문이었다. 이 정도로 기척을 숨길 수 있다면?

"에잉? 어린 애잖아. 어? 낯이 좀 익은 것 같은데, 구면이었나?"

남자는 나무 위에서 뛰어내려 다크 앞에 섰다. 공식적인 무도회라도 여기서는 검을 휴대할 수 있는지, 허리에는 낮에 봤던 그 근사해 보이는 롱 소드가 매달려 있었다.

"글쎄요?"

"아, 참! 낮에 거리에서 봤었는데, 깜빡했군. 보통 부모들은 15세 정도는 되어야 무도회에 보내 줄 텐데, 너희 부모는 아주 개방적인 성격을 지니신 분들인 모양이군. 어라? 그런데 어떻게 보호자도 없이 혼자 왔냐?"

"여기 있잖아요."

다크가 뒤에 서 있는 묘인족을 가리키자 사내는 빙그레 미소를 지었다.

"묘인족이 보호자가 될 수는 없지. 세상이 어떤 세상인데……. 동행이 없으면 함께 들어가자. 나도 일이 있어서 늦게 왔더니 괜찮은 여자는 딴 놈들이 다 꼬셔 버려서 말이야. 그냥 돌아갈까 말까 궁리 중이었다구."

사내는 손을 내밀었다.

"자, 가실까요? 아가씨?"

'놀고 있네! 뭐 딱히 저런 데 가서 할 짓도 없으니 같이 가 볼까?'

사내와 함께 두 개의 문 중에서 처음 들어가는 손님들을 위한 문으로 들어가자 세린은 문에서 대기하고 있던 사람에게 초대장을 줬고, 그 사내 또한 초대장을 건넸다. 정원으로 바람을 쐬기(?) 위해 나가는 남녀들을 위한 문은 따로 마련되어 있었지만 그쪽에는 급사가 없었다. 이 문으로 들어가며 급사에게 초대장을 줘야만 방명록에 이름이 기입되고, 누가 출석했는지 체크가 되는 것이다. 다크와 그 사내가 안으로 들어서자 옆에 서 있던 남자가 초대장을 보면서 소리쳤다.

"다크 크라이드 남작님과 코린트 제국의 까미유 드 크로데인 백작님이십니다."

그러자 사람들의 시선이 순간적으로 그 두 남녀에게, 특히 그 남자에게 머물렀다가 사라졌다. 약간의 증오와 두려움이 얽힌 시선이었다. 하지만 그들은 곧 애써 그 남자에게서 시선을 돌리며 서로 떠들어 대기도 하고 춤을 추기도 했다.

"별로 시선이 곱지 않지?"

"좀 그러네요."

"이래서 크라레스에는 별로 오고 싶지 않은데……. 참, 그런데 너 고아냐? 그렇게 보이지 않았는데……."

"그건 왜 묻죠?"

"남작 영애(令愛 : 딸)라고 부르지 않고 남작이라고 불렀잖아. 그렇다면 결론은 무남독녀에 고아뿐이지."

그 말에 다크는 생긋 미소를 지었다.

"그런 질문은 좀 실례라고 생각하지 않나요?"

미소를 지으며 말했기에 사내는 처음에는 그 뜻을 알아듣지 못했다. 사내는 한참 생각해 보더니 갑자기 얼굴이 벌게졌다. 이제야 그의 궁금증을 채우기 위한 질문이 뜻하는 바를 깨달았던 것이다.

"아…… 미안, 미안. 의문점이 생기면 앞뒤 생각을 못 한다니까. 미안하다. 안 좋은 일을 물어서……. 어린 나이에 충격이 컸을 텐데 말이야."

하지만 소녀의 안색은 하나도 바뀌지 않았다. 오히려 흥미진진한 표정으로 물었다.

"그래 가지고서야 매우 둔감하다는 말을 듣지 않아요?"

그 말에 사내는 피식 웃었다.

"사실 한 가지에 미치다 보면 딴 데는 둔감해질 수밖에 없지."

"뭐에 미쳐요?"

"검(劍)……. 한쪽으로 천재 소리를 듣다보면 다른 쪽으로는 완전 멍충이 소리를 듣는 게 정상이니까. 이러지 말고 저기 앉자."

세린은 이런 곳에 들어올 자격이 못 되기에 하인들이 대기하는 장소로 갔고, 그들은 한쪽에 놓인 테이블에 자리를 차지하고 앉았다. 그리고 그 남자는 재빨리 음료수와 과자 몇 개를 접시에 담아서 가져왔다.

그들이 잠시 얘기를 나누는데, 아름다운 드레스를 입은 단발머리 여자가 다가와서는 허락도 구하지 않고 앉았다.

"역시 까미유는 재주도 좋군요. 어디서 이런 예쁜 아가씨를 만났죠?"

"이쪽은 지레느, 지레느 드 카브리에 양이야. 이쪽은 다크 크라이드."

"반가워요."

"예, 저도……."

잠시 얘기를 해 보니 이 두 남녀는 이번에 코린트 제국에서 크라레스 제국의 승리를 축하하기 위해 보낸 사절단의 일원이라는 것을 알 수 있었다.

코린트는 크라레스가 전후에 어떤 식으로 행동할 것인지, 또 크라레스 궁정의 분위기는 어떤지, 이번 전쟁을 눈감아 준 대가로 어느 정도의 진상품을 바칠 것인지 등등 궁금한 점도 많았고, 또 압력을 가할 것도 많았기에 사절단을 파견한 것이었다. 만약 크라레스에서 겨우 작은 땅덩이 하나 집어 먹었다고 반 코린트 기운이라도 팽배해진다면 어떤 이유를 붙여서라도 박살 내 버릴 계획이었다.

30여 분 정도 대화를 나누다가 이만 돌아가겠다고 다크가 일어섰다. 다크가 문을 나서자 지레느는 재빨리 까미유에게 질문을 퍼붓기 시작했다.

"저 꼬맹이는 누구야? 도대체 정체가 뭐야?"

"글쎄, 나도 오늘 낮에 거리에서 만났을 뿐이니까 잘 몰라."

"그런데 네 취향은 저런 어린 애가 아니잖아. 이상하게 풍기는 분위기가 어린 애 같지 않았지만……. 엘프처럼 말이야. 그렇지만 저 애는 엘프도 아닌 것 같던데, 시간을 꽤나 할애하면서 정성을 쏟는 거 보면 뭐 켕기는 게 있지?"

그 말에 까미유는 살며시 목소리를 더 낮췄다.

"이상한 점이 있기는 해. 묘한 분위기를 풍긴단 말이야. 상당히 성숙한 분위기 같기도 하고, 또 겉모양과 달리 연약함은 보이지 않아. 슬며시 여자답지 않은 강인함이 풍긴단 말이야. 어쩌면 상당한 수준의 검객인 것 같은 기분이 들기도 하고 말이야. 내 눈이 삔 건지는 모르겠지만……."

그 말에 지레느는 역시나 하는 미소를 띠었다.

"검객이 아니라 정령술사야."

"정령술사?"

"응, 네가 그 애하고 들어올 때부터 저 애한테서 정령의 냄새가 나서 주의를 기울였지. 정령술사만이 정령술사를 알아볼 수 있잖아. 어쨌든 꽤나 강한 정령술사인 것 같았어. 정령의 냄새가 상당히 강렬했거든."

"어느 정도인데?"

"글쎄, 그게 알기 어렵다니까. 뭔가 강력한 정령의 냄새가 희미하게 풍기기는 하는데, 그게 어떤 정령인지는 확실하게 모르겠어."

"불과 바람의 정령은 아니라는 말인가? 네가 부릴 수 있는 건 불과 바람의 정령이잖아. 흠, 이럴 줄 알았으면 지레인도 데려오는 건데 잘못했군."

지레느 자매는 타고난 정령술사들이었다. 언니인 지레인은 대지와 물의 정령을, 동생인 지레느는 불과 바람의 정령을 부릴 수 있었다. 지레느의 경우 불의 하급 정령 살로스(Salos), 중급 정령 살라만더(Salamander) 그리고 바람의 하급 정령 실피드(Sylphid)를 부릴 수 있었다. 그렇기에 그 둘이 보인다면 뇌선을 빼고 모든 종류의 정령을 부릴 수 있었다.

"언니를? 언니는 대지와 물의 정령을 부릴 수 있으니까 도움이 될지도 모르지. 하지만 언니가 부리던 정령의 냄새는 내가 다 안다구. 그 아이에게서 나던 정령의 냄새는 대지의 하급 정령 노움

(Gnome)이나 물의 하급 정령 운디네(Undine), 중급 정령 닉스(Nix)도 아니었어. 정령술사는 한 번 맡은 정령의 냄새는 절대 잊지 않으니까 이건 신뢰성 있는 말이라구."

"그럼 뭐야? 뇌전의 정령을 부린다는 말인가?"

"그 외에는 답이 없지. 설마 하급 정령은 부리지 않고 중급 정령, 또는 정령왕만 부린다면 몰라도……. 하지만 그건 말이 안 돼. 중급을 부른다면 하급은 언제든 부를 수 있다는 뜻이니까 말이야."

"그래서 저런 당당한 분위기가 나오는 건가? 불의 정령과 마찬가지로 뇌전은 완전히 파괴적인 정령이니까 말이야."

"뇌전의 정령을 다룰 줄 아는 정령술사는 많지 않아. 뇌전의 정령은 꽤나 친해지기 어려운 존재들이기 때문이지. 하지만 일단 친해지면 상당한 득이 있어. 상대하기 매우 까다롭거든. 불의 정령을 검에 씌워 봐야 파이어 블레이드(Fire Blade : 화염 칼날) 정도의 효과밖에 얻을 수 없지만 뇌전은 다르지. 검이나 강철 방패로 막으면 전기가 타고 들어오니까 말이야. 드래곤 본이나 목검(木劍), 또는 나무 방패를 쓰지 않는 한은 충격을 막기 힘들이. 아니면 처음부터 매직 실드로 감싸고 싸우든지."

"그래서 고아인데도 대접이 좋은 모양이군. 납치할까? 쓸 데도 많을 텐데……."

그 말에 당황한 지레느가 숨을 죽이며 반박했다.

"미쳤어? 그러다가 발각되면 아주 곤란해."

"크크, 농담이야."

"그런데 저 아이 좀 이상한 점은 있어."

"어떤?"

"보통 정령술사가 단 한 종류의 정령만 다루는 경우는 극히 드물어. 대부분이 두 가지 이상의 정령을 다루지. 상극(相剋)의 정령만 피한다면 가능하거든. 불과 물, 불과 대지의 정령은 완전히 상극이야. 이렇게는 절대로 공존할 수 없는 정령들이니까 이것만 피한다면 어느 정도 가능성은 있지. 그러니까 저 아이가 최소한 한 종류 이상의 다른 정령도 부릴 줄 알아야 하는데, 그렇지 못하다는 거야."

"그럼 어떻게 되는 건데?"

"그 말은 한 종류 정령과의 친화력이 매우 크다는 말과 같지."

"……"

"멍청한 표정 짓지 마. 그토록 하나에 대한 친화력이 크다는 건, 오랜 시간 수련한다면 정령왕의 힘까지도 쓸 수 있을지 모른다는 말이야."

"정, 정령왕의 힘이라고?"

"응, 뇌전의 정령왕 카르스타(Karstar)의 힘. 사실 정령왕을 마음대로 소환할 수는 없는 노릇이고, 그 힘의 일부를 빌려 쓸 수 있다는 말이지만 그것만으로도 엄청나지. 거의 7사이클급 전격의 힘을 낼 수 있으니까 말이야."

"……"

7사이클이란 말에 상대의 안색이 굳어지는 걸 보며 지레느가 미소 지었다.

"잘 키우면 대단한 재목(材木)이 될 수도 있다는 말이지. 안 될 가능성도 많지만……"

"……"

한동안 말이 없던 까미유가 살며시 입을 열었다.

"납치하자."

"미쳤어?"

"쉿! 7사이클급이라면 엄청난 거라구. 거기다 고아라니까 잘만 달래면 코린트를 위해 충성을 다 바칠걸? 밑져 봐야 본전인데……."

그 말에 지레느도 약간은 솔깃한 듯 중얼거렸다.

"글쎄……. 그럴까?"

침입자

　다음 날부터 까미유는 다크의 행방을 조사하기 시작했다. 하지만 이게 하늘로 솟았는지 땅으로 꺼졌는지 알 수가 없었다. 의례적인 방문을 가장해서 귀족들 집에 들러 말을 빙빙 돌려 가며 수소문을 해 봐도 다크 크라이드라는 소녀는 없었고, 더욱 황당한 사실은 크라이드 남작 가문 자체가 존재하지 않는다는 것이다. 모두들 그와 소녀가 함께 나타난 것을 보고 둘 다 코린트의 귀족인 줄 알았다고 말하는 데야 할 말이 없었다.
　하지만 그가 죽자고 수소문을 해 본 결과 이곳 크라레스 귀속층의 정보통이라고 부를 수 있는 크류넨 자작 부인으로부터 그 해답을 얻을 수 있었다. 크류넨 자작 부인은 거의 세 시간이나 별 재미도 없는 연애 얘기와 스캔들을 떠들어 댄 다음 마지막으로 제법 큰 스캔들이나 되는 듯 목소리를 낮춰 가며 말했다.

"호호호, 국왕 전하께서는 여색을 별로 안 밝히시는 줄 알았거든요? 그런데 요즘 떠도는 소문을 들으니 그게 아니지 뭐겠어요."

목소리를 낮춰 가며 말을 했기에 뭔가 큰 건수라도 챙기나 했더니 그게 아니었다. 까미유가 신경질 나서 일어설까 말까 망설이는 동안 크류넨 자작 부인의 목소리는 계속 이어졌다.

"글쎄, 국왕 전하께서 요즘 사랑에 빠지셨다고 그러지 뭐예요. 벌써 소문이 파다하게 퍼졌는데……. 놀라지 마세요. 상대가 열다섯 살짜리 소녀라고 하잖아요? 긴 금발에 대단한 미인이라더군요."

열다섯 살에 긴 금발, 미인이라는 말에 까미유는 자신의 성급했던 판단을 뒤로 미루면서 약간 흥미를 보였다.

"대단한 스캔들이군요."

"글쎄 말이에요. 얼마나 빠지셨는지 그 아이를 남작에 봉하셨다고 하더라구요. 하기야 왕비 전하께 들키는 게 약간 걱정이 되셨는지 비밀리에 봉하기는 하셨지만, 그래도 그걸 기사단에는 발표를 하셨으니 이건 공식적인 작위죠. 왕비 전하께서 아신다면 얼마나 원통해하시겠어요?"

"놀랍군요. 하기야 국왕 전하는 한창 혈기왕성하실 때가 아닙니까? 그래, 그 소녀의 이름은 뭐라고 하던가요?"

"크라이드 남작이라고 들었어요. 이름은 모르겠구요. 얼마나 사랑하시는지 아예 궁에서 기거하게 하셨대요."

하마터면 까미유의 입에서 욕설이 튀어 나올 뻔했다. 궁 안에 처박아 놨으니 아무리 찾아도 없는 게 뻔한 노릇이었다. 이리 되면 일이 매우 어려워진다. 국왕의 애첩이라면 납치하기도 매우 성가실 게 분명했다.

예의에 어긋나지 않도록 적당히 30분 정도 더 크류넨 자작 부인과 떠들어 댄 후 까미유는 사신 일행이 묶고 있는 관사(館舍)로 돌아갔다.

아무리 막강한 배경을 지닌 까미유라도 왕궁 안을 돌아다니며 수소문할 수는 없었다. 또 그런 것을 수소문하러 다녔다간 그녀가 사라진 후 첫 번째 용의자에 자신의 이름이 올라가는 사태가 벌어지는 것이다. 그렇기에 그 소녀와 노예의 초상화를 그려 가지고 첩자 둘을 풀어 위치 파악을 명령했다. 하지만 장소가 왕궁 안이다 보니 수색 작업은 매우 힘들었다.

코린트에서 파견한 사신 일행이 떠나기 이틀 전, 그날도 까미유는 여자를 꼬시기 위해 거리로 나섰다. 자신의 뛰어난 용모와 분위기 덕분에 안 넘어오는 여자는 거의 없었다. 이곳은 코린트에 대해 별로 감정이 좋지 못한 나라였기에 자신이 코린트 사람이라는 것만 잘 숨기면 나머지 사항은 일사천리로 해결되는 것이다.

보통 한 여자를 꼬시는 데 짧게는 30분, 길게는 일주일 정도의 시간이 소모되기는 하지만, 그는 구태여 귀부인보다는 평민을 유혹하는 걸 즐겼다. 그쪽이 훨씬 가식이 없었고, 뒤처리가 깨끗했기 때문이다.

까미유가 사냥감이 없는지 두리번거리고 있을 때 산뜻한 모자를 쓰고, 분홍색 드레스를 입은 여자가 눈에 띄었다. 전체적인 옷의 스타일을 보면 하녀 같기도 했지만 까미유에게 그건 큰 문제가 아니었다. 하녀라도 얼굴만 예쁘고 몸매만 좋으면 되지 평생 데리고 살 게 아닌 바에야 머릿속에 들어 있는 것과 그녀의 출신 따위는 중요한 게 아니었다.

쭉 쫓아가던 까미유는 상대의 얼굴을 보고 약간 눈에 익은 얼굴임을 알 수 있었다. '여기서 꼬셨던 아가씨들 중의 하난가?' 하는 생각도 들었지만 저쪽에서 이쪽의 얼굴을 봤는데도 아는 척을 안 하는 걸 보면 그것도 아닌 모양이다.

이런저런 생각을 하면서 그녀를 따라가다 보니 그녀가 대장간으로 들어서는 게 보였다. 그녀는 자신이 가지고 온 짤막한 검을 주인에게 넘기면서 몇 가지를 설명했다. 설명을 마친 후에도 돌아가지 않고 계속 서 있는 걸 보면, 주문 사항이 완성될 때까지 그곳에서 기다릴 거라는 걸 쉽게 짐작할 수 있었다.

사실상 무료하게 서 있다 보면 옆에서 말을 걸었을 때 거절하기 힘들다. 그게 완성되기까지 기다리자면 심심하기 때문이다. 까미유는 절호의 기회를 잡았다고 생각하고는 그녀가 있는 쪽으로 갔다.

"저, 말씀 좀 묻겠습니다."

"예? 무슨 일이십니까?"

그녀가 자신 쪽으로 얼굴을 돌렸을 때 까미유는 상대의 얼굴이 뭔가 이상하다고 생각했다. 뭔가 밸런스가 맞지 않는 얼굴……. 잠시 생각하던 까미유는 곧 그녀의 귀가 있어야 할 자리에 없다는 걸 눈치 챌 수 있었다. 귀가 없다면 그 귀는 저 모자 안에 있을 것은 당연한 일. 귀가 없는 동물은 없으니까 간단하게 추리하면 수인족(獸人族)이란 해답이 나온다. 그래서 얼굴이 낯이 익었다는 생각이 떠올랐던 것이다.

인간이나 묘인족, 견인족, 조인족 등은 척 보면 그게 어떤 종족인지 금세 알 수 있다. 견인족을 묘인족으로 착각할 수는 없다는 말이다. 또 묘인족이 묘인족을 찾거나 견인족이 견인족, 또는 사람이 사람을 찾는 것은 쉽다. 하지만 사람이 묘인족 중의 하나를 찾으려면 얘기가 달라진다.

종(種)이 달라서 그런지 자세히 보면 조금씩 차이가 나지만 서로 비슷비슷하게 생겼기에 알아보기 힘들다는 난점이 있었다. 흑인이 흑인들 중에서 흑인 한 사람 알아보기는 쉽지만, 백인이 흑인들 중에서 어떤 한 흑인을 알아보기는 매우 힘든 것과 같은 이치인 것이다.

그건 수인족도 마찬가지다. 이쪽이 인간이라는 것은 빨리 알아보겠지만 누가 누군지 알아보는 데는 시간이 좀 걸리는 것이다. 하지만 노예들의 경우 원체 인간들과 섞여 살면서 인간들의 얼굴을 많이 보기에 인간들이 수인족을 보는 것과는 조금 상황이 다르다. 그들은 수많은 인간들의 얼굴을 보아 왔기에 그 모양을 금방 구분할 줄 알았다.

거기에다가 그들에게는 인간이 가지지 못한 장점이 있다. 바로 냄새를 잘 맡는 뛰어난 코다. 그렇기에 돈이 별로 없는 크라레스는 군견을 쓰지만, 코린트의 경우 상당수의 견인족(犬人族)을 호위병으로 쓰고 있었다. 어쨌든 까미유가 잠시 생각을 한다고 멍하니 있는 사이 상대도 이쪽을 보면서 곰곰이 생각하다가 생각났다는 듯 말했다.

"저, 혹시 무도회에 주인님과 함께 들어가신 나리가 아니십니까?"

"오, 너였구나. 그래 다크 크라이드 남작은 잘 계시냐?"

까미유는 혹시나 노예가 혼동한 깃일 수도 있기에 주인 이름을 분명히 밝혀 확인을 했다. 만약 여기서 노예가 "실례했습니다. 어쩌구"한다면 그냥 돌아설 생각이었는데, 노예의 대답은 그의 마음에 매우 흡족한 것이었다.
 "예, 나리."
 "그런데 여기는 어쩐 일이냐?"
 "주인님 심부름 왔습니다. 검 손잡이를 바꿔 달라고 하셔서요."
 "너희 주인은 검도 쓰시냐?"
 "예."
 "손잡이를 어떻게 바꿔 달라고 했는데?"
 "손잡이가 너무 짧다고 하시면서 30센티미터로 늘려 달라 하셔서요."
 "손잡이를 그렇게 길게? 검이 꽤 무거운 모양이지? 롱 소드냐?"
 "아니요, 샤벨입니다."
 노예가 가리킨 곳을 보니 과연 검신이 60센티미터 정도 되는 샤벨의 손잡이를 떼어 내고, 대장장이가 30센티미터나 되는 손잡이를 붙이고 있었다. 60센티미터 검에 양손 검에나 쓸 만한 손잡이를 붙이는 걸 보고 싸비유는 기가 막혔다.
 "저렇게 하면 검의 모양이 안 나는데, 그걸 너희 주인은 알고 시킨 거냐?"
 "예, 정확히 그렇게 명령하셨어요. 30센티미터짜리 손잡이를 붙여 오라구요. 대신 칼날받이는 없애 버리라고 하시더군요. 왜 그런지는 모르지만……."
 "참, 너희 주인은 어디서 사시냐?"
 "왕궁에요."
 "한번 찾아뵈어도 상관없겠는지 물어봐 다오."

"예, 하지만 제가 물어봐도 소용없을 겁니다. 주인님 찾아오는 손님은 본 적이 없거든요. 참, 토지에르 나리는 한 번씩 들르시지만요."

"왕실 마법사 토지에르 경 말이냐?"

"예."

"그럼, 너희 주인은 토지에르 경의……."

까미유는 뒷말을 못 잇고 조금 버벅거렸다. 잘못하면 정부(情婦)라는 말이 나올 뻔했지만, 그건 자신이 생각해도 답이 아니었다. 토지에르의 정부에게 어떻게 작위가 수여되겠는가? 또 왕궁에서 살고…….

"그냥 친구세요. 어쩌다가 한 번씩 찾아오시구, 또 주인님을 많이 생각해 주시는 분이죠."

'그렇다면 어찌 된 일이지? 아무도 안 찾아온다면 왕의 첩은 아니잖아. 그렇다면 설마 왕의 숨겨 놓은 자식? 설마……. 그것도 아니면 실력 때문에? 그것도 설마지. 겨우 열다섯 살짜리 꼬마 계집애를 보고 뭐가 답답해서 벌써부터 작위까지 주면서…….'

까미유는 도통 이해하기가 힘들었다. 까미유가 잠시 궁리하는 동안 검은 완성되었고, 노예는 대장간에 값을 지불하고는 전에 붙어 있던 손잡이와 검을 받아 들고 돌아섰다. 까미유는 그 뒤를 따라가면서 몇 가지 이야기를 더 주고받았다. 일단 어느 쪽으로 가는지 감시를 해 두면 편하기 때문이다.

한참을 따라가 본 결과 그녀는 왕궁이 아닌 왕궁 옆쪽에 있는 건물로 들어갔고, 그는 또 다른 궁금증이 생겼다. 왕궁 바로 옆의 건물이기에 경비가 매우 삼엄한 축에 들어가는 곳이다. 그 말은 매우 소중한 위치에 있는 인물이라는 말. 그렇다면 저 아이의 정체는? 왕궁으로 곧장 들어가지 않은 걸 보면 후궁은 아니고, 정부? 숨겨 놓은 딸? 미래를 보고 투자? 그것도 아니면 어떤 총애하던 인물의 자식? 이때 총애하던 인물은 귀족은 아니어야 하고, 그러다 보면 평민에게 왕이 신세질 이유가 없으니 더욱 아리송해진다.

"제길, 어쨌든 위치는 대강 알아냈으니 납치하고 보는 거야."

왕궁에 괴한들이 습격한 것은 한밤중이었다. 단 세 명이었지만 중요한 것은 숫자가 아니었다. 이들은 고도의 훈련을 받은 인물들이었고, 그런 만큼 기척을 숨기고 매끄럽게 움직이고 있었다. 거기다가 이들로서는 다행인 것이 크라레스에서 보유하고 있는 그래듀에이트의 3분의 2가 점령지에 가 있다는 점과 목표물이 왕궁 안이 아닌 왕궁에 부속된 건물에 있다는 점이었다. 당연히 그곳은 왕궁보다 경비병들의 감시가 소홀할 것이다.

며칠간에 걸친 첩자들의 감시를 통해 목표물의 방까지 알고 있었기에 그들은 지체하지 않고 3층에 위치한 그 방을 향해 뛰어올랐다. 발코니들이 줄줄이 연결되어 있어서 그들이 3층까지 올라가는 것은 그렇게 어려운 일이 아니었다.

하지만 그들이 그 방 안으로 뛰어들었을 때 뭔가 잘못되었다는 것을 느낄 수 있었다. 목표물이 잠들어 있지 않았기 때문이다. 그녀는 이미 알고 있었던 듯 얄팍한 샤벨을 뽑아 들고 저항했다. 여기서 그들은 두 번째로 뭔가 잘못되었다는 것을 느꼈다. 상대의 검술 실력이 보통이 아니었기 때문이다.

간단하게 생각하고 뛰어들었던 첫 번째 사내의 목이 떨어져 나가는 것을 보면서 그들은 긴장할 수밖에 없었다. 엄청나게 매끄러운 검 놀림. 어린 계집애라고는 상상도 할 수 없는 기술과 속도에 그들은 감히 방심하지 못하고, 각자 무기를 뽑아 들고 그녀를 최대한 빨리 제압하려 했다.

두 번째 사내가 휘두르는 검을 재빨리 막아 내면서 뒤로 물러섰던 상대는 튕기듯 앞으로 나오면서 예리한 각도로 세 번째 사내를 공격했다. 정신없이 세 번째 사내가 막는 동안 두 번째 사내가 그녀를 향해 돌진해 갔고, 그녀는 재빨리 뒤로 빠지면서 방어 태세에 들어갔다.

기술은 엄청나지만 힘과 무게에서 떨어지기에, 상대는 자신의 속도와 기술을 최대한으로 활용하는 공격과 방어법을 택하고 있었다. 거기다가 상대는 이쪽을 죽여도 되지만 이쪽은 저쪽을 죽이지 못하니 그게 가장 큰일이었다. 이런 식이라면 상대를 제압하기는 매우 힘들어진다.

어쨌든 잡아가려는 쪽과 잡혀 가지 않으려는 쪽이 맞붙었으니 결코 조용할 수 없는 노릇이었다. 챙챙거리는 소리가 몇 번 들리지도 않아서 거의 문을 부수듯이 열고 들어온 사람을 본 순간, 그들은 세 번째로 뭔가 잘못되었다는 것을 깨달았다.

방 안으로 뛰어든 사내에게서 풍기는 기운이 결코 만만한 기사가 아니라는 점을 알게 해 줬기 때문이다. 짧은 시간 안에 뛰어든 걸 보면 이자는 근처에 있었을 거라는 예측을 할 수 있었다. 그것은 이 남자가 여자 애의 호위병이라는 말이었고, 호위병으로 그래듀에이트급을 세워 둘 정도라면 이 여자 애의 신분은?

세 번째 문제점을 깨닫는 순간 그들은 창문을 박차고 밖으로 뛰어내려 탈출했고, 나중에 뛰어든 사내는 검을 뽑아 들고는 무시무시한 기세로 추격해 왔다.

다크는 박살 난 창문을 통해 씁쓰레한 표정으로 밤하늘을 바라봤다. 오늘 일은 매우 급박했다. 운기조식 중에 낌새가 수상함을 포착하고 재빨리 운기조식을 마치기는 했지만, 상대가 조금이라도 더 빨리 움직였다면, 운기조식을 채 풀기도 전에 제압당했을 것이다. 오죽 경황이 없었으면 마법 장갑을 착용도 못하고 적들과 싸우는 사태를 빚었을까. 마법 장갑만 끼고 있었다면 모두 다 죽일 수도 있었겠지만, 장갑이 없는 그녀로서는 하나 죽인 것만 해도 천행이었다. 그것도 며칠 전에 손잡이를 양손용으로 개조를 한 덕분에 힘에서 크게 밀리지 않았던 덕분이다.

다음부터는 장갑을 벗지 말아야겠다고 다짐을 하면서 장갑을 끼고 있을 때 실바르가 돌아왔다. 아무리 그래듀에이트라도 야밤에 혼자 놈들을 추격하기에는 무리가 있었고, 자신이 호위해야 하는 사람에게서 오랫동안 떨어져 있을 수가 없었던 것이다.

"이디 다친 곳은 없습니끼?"

"덕분에."

"방을 옮기시죠. 창문이 깨져서 여기서 주무시지는 못합니다."

사건이 끝난 후에야 들어와서 여기저기 물건을 정돈 중인 세린을 보며 실바르가 말했다.

"세린, 빨리 아씨를 모셔라."

"예, 나리."

"그자들은 어떻게 되었나요?"

"예, 모두 도망쳤습니다. 야밤에 수색은 불가능하니 내일 아침에 수색을 시작할 겁니다."

"어떻게 되었나?"
까미유의 질문에 검은 복장의 두 인물은 고개를 푹 숙였다.
"실패했습니다."
"실패 원인은?"
"예, 세 가지가 문제였습니다."
"세 가지? 뭔가?"
"첫 번째는 우리가 그 방에 도착했을 때 목표물이 벌써 싸울 준비를 하고 있었다는 겁니다. 상대는 대단히 예민한 감각을 지닌 것 같습니다."
옆에서 듣고 있던 지레느가 참견했다.
"정령을 다룬다면 정령에게 자신의 신변을 보호하거나 문제가 있을 때 신호를 해 달라고 부탁할 수 있어요. 그러니 그건 앞으로도 조심해야 할 사항이군요."
"두 번째는 목표물의 검술 실력이 대단하다는 것입니다. 단칼에 2호의 목을 잘랐으니까요."
까미유가 믿어지지 않는다는 듯 말했다.
"단칼에? 그 아이의 힘으로 그건 무리일 텐데……."
"사실입니다. 대단한 기술의 소유자였습니다. 그리고 이 상처도 그녀에게 당한 겁니다."
그가 가리킨 곳에는 아주 예리하고 긴 상처가 나 있었다. 깊은 상처는 아니었지만 아마도 그것 때문에 꽤나 피를 흘렸을 법했다. 그들은 실바르를 따돌린 후 상처를 포션으로 치료하고는 줄기차게 도망쳐 와서 까미유에게 보고하고 있는 중이었다.

"그리고 세 번째는 개인 경호병이 한 명 붙어 있습니다."

"경호병 한 명 가지고……."

까미유가 비웃듯이 말하자, 부하는 다급하게 말을 이었다.

"그 경호병의 실력이 그래듀에이트급이었습니다."

"그래듀에이트라고?"

"예, 그자는 가죽 갑옷을 입고 있었는데, 거기에 콜렌 기사단의 문장이 그려져 있었습니다. 그자는 잠시 추격하다가 아무래도 여자 쪽이 걱정되는지 그냥 돌아갔기에 무사히 탈출할 수 있었습니다."

"사람을 점점 더 놀라게 만드는 아가씨군. 마법 같은 건 쓰던가?"

"예? 마법을 쓰는 건 못 봤습니다. 순수한 검술이었습니다."

"역시……. 내 느낌이 정확했나?"

까미유가 중얼거리자 지레느가 끼어들었다.

"마법사와 달리 정령술사 중에는 검을 쓰는 사람도 많아요. 정령마법에 깊숙이 빠져 들지 않고 그냥 정령만 부리면서 검을 쓰는 사람도 있으니까 단순하게 생각할 수는 없어요. 그런데 검술만으로 이들을 그토록 고생시켰다는 걸 보면 상당한 실력을 가지고 있는 것은 사실인 모양이군요."

"생각보다 더 거물인 것 같은데? 언젠가는 꼭 납치해 와야겠어, 흐흐흐……."

정령왕 나이아드

"끼기기기기긱!"

오랫동안 열리지 않던 철문이 날카로운 금속음을 내며 열리자 그 틈을 타고 안으로 빛이 들어왔다. 사실 그리 강한 빛도 아니었지만 오랜 시간 어두운 공간에서 생활한 그들에게 그 빛은 너무나 강렬했다.

"모두 나왓!"

오랜 시간 지하 감옥에 갇혀 있던 시드미안 일행은 갑작스런 상대의 행동에 어리둥절해졌다. 장시간 감옥 안에 가둬 두고 모른 척할 때는 언제고, 모두 밖으로 끄집어내기에 혹시 고문이라도 하려나 생각했다. 그러나 그들이 끌려간 곳은 놀랍게도 목욕탕이었다. 목욕탕에서 대기하고 있던 이발사는 그들의 길게 자란 머리카락과 수염을 깨끗하게 다듬어 주었고, 그다음은 따뜻한 목욕이 그들을 기다리고 있었다.

"깨끗하게 씻어. 옷은 여기 있으니까, 다 씻은 후 이 옷으로 갈아 입도록!"

정말 오랜만에 뜨뜻한 물에 몸을 담그면서 그들은 저마다 머리를 굴리느라고 바빴다. 왜 갑자기 감옥에서 꺼내 목욕에, 깨끗한 옷을 입힐까?

"혹시 처형하려는 게 아닐까요? 죽이기 전에는 웬만한 소원은 들어준다던데……."

"기분 나쁜 소리 하지 마!"

시드미안은 스미온의 말을 묵살했지만 아무래도 속이 찜찜한 건 어쩔 수 없었다. 사실 빼앗길 만한 것은 다 빼앗겼으니, 이제 놈들이 자신들을 죽인다고 해도 이상할 게 없었다. 시드미안은 죽기 전에 가족들의 얼굴이라도 한 번 볼 수 있었으면 좋겠다고 생각했다. 아름다운 부인과 겨우 다섯 살밖에 안 된 예쁜 딸을 말이다.

어쨌거나 그들이 몸을 다 씻고 새 옷으로 갈아입고 곧장 식당으로 안내되었고, 제법 먹을 만한 음식들이 기다리고 있었다. 감옥에 갇혀 있으면서 고기라고는 먹은 기억도 없었기에 그들은 경건한 마음으로 마지막 만찬을 즐길 수밖에 없었다. 감시병은 몇 명 되지도 않았지만 마나의 응집을 방해하는 팔찌가 채워진 지금 도망치려고 해도 무장한 감시병들을 해치울 자신은 없었다. 그리고 여기가 어딘지도 알 수 없는 판에 어떻게 도망친다는 말인가?

그들이 식사를 마치고 나서 안내된 곳은 제법 널찍한 회의실이었다. 왜 상대가 이런 곳으로 자신들을 끌고 왔는지는 알 수 없지만, 모두 의아하게 생각하기에는 충분했다.

"놈들이 왜 여기로 데려 왔을까요?"

"안토니, 혹시 짚히는 게 없나?"

"글쎄요, 시드미안 경. 어쩌면 여기서 최후 심문을 한 후 처형하려는 건지도……."

이때 문이 열리면서 마법사 한 명과 기사 한 명이 들어왔다. 그 기사는 그들도 잘 아는 인물이었다. 바로 자신들을 잡아온 프로이엔이었기 때문이다. 마법사는 미소 띤 얼굴로 그들을 쭉 훑어본 후 자리에 앉았다.

"반갑군요, 모두들……. 여러분은 여기가 어딘지 매우 궁금할 것입니다. 여기는 크라레스 제국이지요. 본국은 가증스러운 코린트 제국을 무찌르기 위해 노력하는 중입니다. 그러는 과정에서 여러분들이 잡혀 온 것은 미안하게 생각하고 있어요. 원래는 여러분들을 처형해 버릴까 생각하고 있었는데, 이번에 사건이 하나 터지면서 여러분이 우리에게 협조할지도 모른다는 생각이 들어 회유해 볼까 해서 이렇게 부른 것이죠."

"놀고 있군."

"닥쳐라, 우리가 어떻게 네놈에게 협조한다는 거냐?"

"왜 협조를 못합니까? 당신들이 살 수 있는 길은 협조하는 길 외에는 없습니다. 여러분이 협조하신다면 압수했던 안토로스들도 돌려드리겠습니다. 돌아갈 곳도 없는 지금, 저희들과 함께 반 코린트 전선을 구축하는 것이 국왕과 국민들의 뜻에 따르는 길이 아닐까요?"

"헛소리하지 마라. 그게 어떻게 국왕 전하와 국민들의 뜻에 따르는 것이라는 말이냐? 트루비아 왕국은 코린트의 속국이자 평화를 사랑하는 나라다. 어찌 코린트를 배신하는 것이 전하와 국민들의 뜻에 부합하는 게 되겠는가?"

그 말에 마법사는 피식 웃었다.

"현재 트루비아 왕국은 이 세계에 존재하지 않습니다. 깨끗하게 멸망했죠. 코린트는 트루비아를 마신의 꾐에 속아서 사악한 짓을 저지르는 부도덕한 국가로 선포했죠. 코린트의 타이탄 20여 대와 2개 보병 사단, 그리고 코린트를 지지하는 동맹국들이 보낸 타이탄 50여 대가 트루비아를 완전히 폐허로 만든 것이 일주일 전입니다."

믿을 수 없다는 듯 세차게 고개를 가로저은 후 시드미안이 반박했다.

"거, 거짓말하지 마라."

"이건 거짓말이 아닙니다. 트루비아의 국왕과 귀족 30여 명은 코린트로 끌려가 황제가 보는 앞에서 '피의 광장'에서 참수(斬首)되었지요. 또 왕족들이나 귀족들 중에서 남자들은 모두 처형되었고, 여자들은 노예로 팔려 갔습니다. 참, 그러고 보니 경들의 가족들은……."

마법사는 의미심장하게 웃으며 그들을 훑어봤고, 순간 모두 긴장했다. 만약 저 빌어먹을 놈의 말이 사실이라면 자신들의 가족 또한 노예 신세를 면하기 어렵다는 걸 잘 알기 때문이다. 상대는 긴장한 그들의 얼굴을 보면서 빙긋 웃더니 말을 이었다.

"모두 노예… 신세는 면했죠. 여기 론가르트 단장이 직접 가서 모두 납치해 왔으니까요. 그 가족들이 트루비아가 멸망하는 순간을 봤으니, 나중에 만나 보고 확인해 보세요. 트루비아의 국왕은 다행히 왕자를 대피시키는 데 성공했더군요. 트루비아가 가진 여섯 대의 타이탄과 열두 명의 기사, 세 명의 마법사에게 왕자의 도피를 부탁했습니다. 덕분에 트루비아는 반항 한 번 제대로 못 해 보고 박살 났지만 말이에요.

지금 광분한 코린트는 그들을 죽이기 위해 추격하고 있지만 아직 잡지 못했죠. 사실 잡기가 좀 어려운 것은 코린트 국내도 아니고 외국에서 벌어지고 있는 일이기에 마음대로 군대를 투입할 수는 없다는 문제점 때문이죠."

"우선 가족들을 만나 보고 싶소."

"좋습니다. 먼저 가족들과 상의를 해 보세요. 그런 후에 다시 의논을 하기로 하죠. 참, 가족을 만나신 후 론가르트 단장에게 고맙다는 인사는 해 주시는 게 좋겠군요. 저 친구, 흔적이 남지 않도록 데려오느라고 꽤나 고생했으니까……."

다크가 정신을 차렸을 때 눈에 보이는 것은 아무것도 없었다. 사방이 캄캄했다. 아무것도 보이지 않는 칠흑의 어두움. 하지만 이 정도에 공포를 느낄 다크는 아니었다. 이때 어디선가 말소리가 들려왔다. 소녀의 목소리 같기도 하고 아직 변성기에 들어가지 않은 소년의 목소리 같기도 하고 잘 분간이 안 가는 목소리였다.

"도망가……. 그가 오기 전에 도망가."

'그? 그가 누구야? 왜 도망쳐야 하지?'

도망치기는 싫었지만 이런 어두운 공간에서 싸움을 한다는 건 무리였다. 뭐가 보여야 싸우지. 또 자신의 감각은 아직 완벽한 수준까지 발달하지 못한 상태였다.

하지만 어디로 도망친단 말인가? 사방에 빛이라고는 들어오지 않기에 도망치거나 숨을 장소도 찾을 수 없었다. 또 '이런 어두운 공간에서 나를 찾아낼 수 있는 놈이 있을까?' 하는 생각도 들었다. 그때 어둠 저편에서 굵직한 저음이면서도 쉰 듯한, 너무나 음침하고 사악해서 듣기에 거북한 소리가 들려왔다.

"네 발전 속도는 정말이지 놀랍군. 크흐흐……."

어두운 공간 때문에 놈은 보이지 않았다. 하지만 엄청난 힘과 위압감, 존재감으로 누군가 어둠 저편에 있다는 것을 드러내고 있었다. 다크는 사실 상대의 엄청난 위압감 때문에 공개적으로 적의를 드러내는 게 망설여졌지만, 일단 검을 뽑아야겠다고 생각했다.

왼쪽 허리로 손을 가져갔지만 잡히는 게 없었다. 그녀는 당황해서 무의식중에 허리를 힐끗 봤다. 여태껏 못 느낀 거였는데 사방은 어둠에 싸여 보이지 않았지만 자신의 몸은 선명하게 보였다. 자신이 입은 옷도, 허리띠만이 있을 뿐 검은 채워져 있지 않았다. 자신의 비무장을 눈으로까지 확인한 그녀는 투덜거리면서 맨손으로라도 상대해 주겠다는 듯이 자세를 갖추며 외쳤다.

"네놈은 누구냐?"

"나? 크흐흐흐흐, 네년은 지금 알 자격이 없어."

"네년이라고? 이 빌어먹을 자식! 찢어 죽여 주겠다."

"크하하하, 자아는 남자이되, 여자의 육체에 동화되어 점점 자아를 상실하고 있는 바보 같은 년이 감히 고귀하신 나에게 저항할 힘이 있을까?"

그 말에 다크의 분노가 극에 달했다.

"닥쳐랏!"

"좋아, 말로는 안 통할 것 같으니 우선 네년의 기를 좀 죽여 놓고 대화를 시작하는 게 좋겠군. 크흐흐, 너의 그 보잘것없는 힘을 느끼고 나에게 굴복하라. 아쿠아 소드(Aqua Sword)!"

다크는 엄청난 무언가가 날아오는 것을 느끼고 최대한 빨리 몸을 숙였지만, 그것이 위로 지나가면서 자신의 머리카락 일부를 쏭덩 잘라 놓았다.

'검인가? 아니면 마법인가?'

하지만 한가한 생각을 하고 있을 틈이 없었다. 상대의 공격은 계속되었고, 다크는 자신이 여태껏 쌓아 올린 모든 기를 끌어올리며 저항했다.

"안 돼! 그녀를 제발 놔둬요. 그녀는 아직 힘도 없단 말이에요."

어디선가 둘의 싸움을 말리는 소리가 들려왔지만, 그 기분 나쁜 목소리의 주인공은 전혀 멈추고 싶은 생각이 없는 모양인지 또다시 주문을 외웠다.

"아쿠아 애로우(Aqua Arrow)!"

뭔가 위험을 감지한 다크는 양손으로 머리를 감싸면서 보호했지만 곧이어 들이닥친 엄청난 충격에 나뒹굴고 말았다. 뭔지는 모르지만 그것은 그녀의 얄팍한 호신강기를 돌파하고 대여섯 군데의 깊은 상처를 남겼다.

"크흐흐흐, 좋아. 그 정도는 견뎌 줘야 말이 되지."

그렇게 광기를 부리면서 그놈은 다크를 무자비하게 공격해 댔다. 어둠 속에서 날아오는 그 무언가……. 뭔지는 모르겠지만 놈의 무기는 다양했다. 다크가 가진 모든 신기를 끌어올려 형성한 호신강기를 무자비하게 파괴하고, 내상을 입힐 정도로 둔중한 파괴력을 가진 것부터 시작해서, 그녀의 옷과 함께 왼쪽 팔을 통째로 숭덩 잘라 버릴 정도로 날카로운 것까지 매우 다양했다. 피를 토하면서 뒹굴고 있는 다크를 공격하면서도 그놈은 광기 어린 목소리로 외쳤다.

"크하하하! 나에게 복종하라. 네 몸과 마음은 내 것! 나의 종이 되어라. 크하하하."

팔과 다리가 잘려 나가고 내장이 으깨지고 몸이 찢어지는 가운데서도 다크는 정신을 잃지 않고 놈을 공격할 방법을 궁리했다. 자신의 몸은 잘 보였기에 손발이 잘려나가며 피가 튀는 걸 보는 것은 썩 유쾌한 기분이 아니었다.

거기에다가 잘려 나간 후 쏟아지는 지독한 고통……. 그녀는 놈을 정말 갈아 죽이고 싶었다. 하지만 지금으로선 그 어떤 방법도 없었다. 순간 절망감이, 이제 끝장이라는 절망감이 그녀를 엄습해 왔지만 그녀는 그런 생각을 간신히 떨쳐 버리고 그 절망감을 상대에 대한 증오로 바꿨다. 온몸이 갈기갈기 찢어진다 해도, 단 한 번이라도 기회가 온다면…, 그 기회를 이용해서 적을 죽일 수 있을 것 같았다.

육체가 박살 나면서 지독한 통증이 그녀를 덮쳤지만 그녀는 강인한 인내력으로 그걸 참고 견뎌 냈다. 예의 이상한 목소리는 그들 간의 일방적인 싸움을 말리려고 앵앵거렸지만 그건 아무런 도움도 되지 않았다.

도대체 얼마나 광기에 찬 공격을 받아 냈을까……. 지독한 고통으로 정신마저 희미해져 갈 때쯤 공격이 멈추더니 예의 그 목소리가 비웃는 듯 지껄여 댔다.

"지독한 년, 우선 오늘은 인사차 왔으니까 이쯤 해 두지. 다음에는 널 꼭 취할 것이다. 크하하하……."

"헉!"

다크가 눈을 떴을 때 그녀의 머리맡에는 세린이 걱정스런 눈빛으로 비 오듯 흘러내리는 식은땀을 닦아 주고 있었다. 다크는 몽롱한 시선으로 헐떡거리다가 약간 제정신이 돌아오자 힘 빠진 음성으로 물었다.

"여기는……?"

"왕궁 안입니다, 주인님. 몸이 편찮으십니까? 의사를 불러 올까요?"

"아니! 됐어. 악몽을 꾼 모양이군."

"열은 없으신 것 같은데……. 땀을 너무 흘리셨으니 간단하게 목욕이라도 하고 주무세요. 땀에 옷이 완전히 젖었으니 옷도 새로 갈아 입으시구요."

"정말, 꿈이라고 보기 어려울 정도로 사실적인 꿈이군. 흐유……."

다크는 안도의 한숨을 쉬며 목욕탕으로 들어갔다.

악몽

사람은 잠을 자지 않을 수 없다. 다크같이 내공을 수련한 고수의 경우 수면 시간을 보통 사람보다 월등하게 줄일 수 있다는 것뿐이지, 완전히 자지 않고 살 수는 없는 것이다. 과거 남자의 육체를 가지고 현경의 경지를 쌓았을 때도 잠은 잘 수밖에 없었다. 대신 수면 시간이 매우 짧았기에 남들이 눈치 채지 못한 것일 뿐……. 4, 5일에 한 번씩 2각(30분) 정도만 자면 버틸 수 있는 사람을 누가 자는지 안 자는지 확인할 수 있겠는가?

하지만 지금 다크의 몸은 여기서 말하는 마스터, 즉 화경(化境)의 경지에도 올라서지 못한 상태가 아닌가? 그렇기에 매일 몇 시간이라도 수면은 필요했고, 악몽을 꿨던 다음 날도 수련을 하다가 새벽이 되었을 때쯤 아무 생각 없이 잠자리에 들었다.

다크는 또다시 자신이 어두운 공간 속에 서 있다는 것을 알고 몸서리 쳐지는 두려움을 느꼈다.
"이건 꿈이야! 꿈이라고……."
정말 울부짖고 싶은 기분이었지만, 자신의 연륜과 체면 때문에 그렇게 하지는 못했다. 하지만 이게 꿈이라는 것을 확인하고 싶었다. 누가 그랬더라? 꿈일 때는 뺨을 꼬집어 보면 알 수 있다고. 꿈이라면 아프지 않을 거라고 생각하며 다크는 자신의 뺨을 힘껏 비틀었다.
"윽!"
엄청난 통증이 느껴졌다. 이건 꿈이 아니라 실제 상황이었다. 또 그녀에게 예의 그 앵앵거리는, 아무 도움도 안 되는 녀석의 목소리가 들려왔다.
"도망가. 너는 아직 상대가 안 돼. 그와 싸우면 안 돼."
오히려 말리는 시누이가 더 밉다고 다크는 버럭 화를 냈다.
"닥쳐! 어디로 도망친단 말이야? 도망칠 곳이나 알려 주고 그딴 소리를 해야지."
하지만 어쨌거나 다크는 그곳에서 벗어나려고 했다. 하지만 그건 쉬운 일이 아니었다. 잠시 후면 또다시 만나기 싫은 주인공이 등장할 것이다. 그 전에 여기에서 벗어나야 한다.
역시 다크의 예상대로 기분 나쁜 목소리의 주인공이 나타났다.
"크흐흐흐, 어때? 나의 종복이 되기로 결심했나? 하루나 시간을 줬잖아."
"빌어먹을! 네놈은 누구냐?"
"노예가 주인을 알 필요는 없지. 네년은 나에게 충성하기만 하면 돼. 더 이상 알 필요는 없는 거야."
"거절한다. 이 빌어먹을 자식아!"
"제발 그녀를 놔둬요. 부탁드려요."
소녀의 앵앵거리는 목소리는 양쪽 모두에게 묵살되었다. 누구도 그녀의 목소리에 신경 쓰는 사람이 없는데도, 그녀는 계속 싸우지 말 것을 부탁하고 떠들어 댔지만 양쪽 다 그 목소리는 들리지도 않는 것처럼 행동했다.
"아직 맛을 덜 본 모양이군. 크하하하, 주인에게 반항하는 노예가 어떻게 되는지 가르쳐 주마. 죽어라, 으하하하……."
또다시 어둠 속에서 날아오는 무자비한 공격. 하지만 이번에는 상대가 어떤 식으로 나올지 예상하고 있었기에 처음의 몇 번은 피할 수 있었고, 그다음 이어진 두 번의 공격은 호신강기로 튕겨 낼 수 있었다.
하지만 그다음부터는 전날과 마찬가지였다. 살이 찢어지고 다리가 잘려 나갔다. 참을 수 없는 고통과 두려움, 증오를 느끼면서 디크는 자신의 몸이 박살 나는 것을 멈추게 할 수는 없었다. 상대가 너무나 강했기 때문이다.

똑똑.
곧 예쁘장한 묘인족이 문을 살짝 열고는 귀여운 귀를 쫑긋거리며 나타났다.
"주인은 계시냐?"
그녀는 상냥하게 대답했다.
"예, 지금 수련 중이십니다. 누구라고 전해 드릴까요?"

"시드미안 일행이라고 하면 알 거야."

"예, 잠시만 기다리십시오."

묘인족 소녀는 곧 다시 나와서 그들을 안으로 안내했다. 시드미안 일행은 자신의 눈을 믿기 어렵다는 듯 놀라운 표정으로 다크를 바라봤다. 그녀는 상당히 많이 변해 있었다. 그 모습은 과거 한 달 동안 술에 절어 있을 때보다 더 비참해 보였다. 홀쭉하게 야위고, 너무나 창백해진 얼굴, 앙상한 손을 보고 그들은 너무나 가엾어서 하마터면 다크를 껴안을 뻔했지만, 상대가 누군지 떠올리며 참을 수밖에 없었다.

"어떻게 된 일이야? 여기 생활이 별로 좋지 못한 거야?"

다크는 피로한 듯한 퀭한 눈에 살짝 미소를 지어 보였다.

"생활은 괜찮아. 악몽 때문에 잠을 못자서 그래."

"악몽? 아무리 악몽을 꾼다고 이렇게까지……."

"나도 놀라는 중이다. 내가 이렇게 나약했었나 하면서 말이야. 그건 그렇고 어쩐 일이야? 너희들도 잡혀 온 거야?"

시드미안은 씁쓰레한 표정을 지었다.

"휴……. 처음에는 잡혀 왔지. 그런데 조금 있다가 사정이 바뀌었어. 내 조국 트루비아가 코린트에게 멸망했기 때문이야. 그 얄미운 토지에르 개자식이 우리들을 불러 말하더군. 자네들의 조국은 멸망했으니 우리와 손잡고 코린트를 무찌르자고. 제길! 그 자식 때문에 트루비아가 멸망한 거나 마찬가지야. 그놈들이 드래곤 하트만 훔쳐 가지 않았다면 트루비아는 멸망할 이유가 없었다구. 그 원인을 제공한 놈이 뻔뻔스레 그런 말을 하다니. 제기랄!

하지만 나는 그 제의를 거절할 수가 없었어. 안 그러면 트루비아의 재건은 꿈도 꿀 수 없으니까 말이야. 그들과 손잡고 우리는 곧장 국외로 탈출한 왕자님 일행을 안전하게 이리로 모셔와야만 했다구. 그 때문에 너한테 바로 연락하지 못하고 떠나서 미안해. 4일 전에야 겨우 도착했어."

"그래도 일이 잘되었다니 다행이군."

다크가 모두를 둘러보며 힘없이 웃자 그들도 그녀에게 미소로 답해 왔다. 하지만 그녀를 쭉 날카로운 시선으로 보고 있던 안토니가 궁금한 듯 물었다.

"아까 악몽 때문이라고 했나?"

"응."

"도대체 어느 정도나 악몽을 꾸면 사람이 이렇게 마를 수 있는 거야? 좀 자세히 설명을 해 봐. 악몽 한두 번 꾼다고 해서 사람이 이렇게 마를 수는 없어."

"한두 번? 한 달 정도 악몽만 꿔 봐. 매일 몸이 잘리고 피가 터지면서 지독한 고통과 두려움에 떨어 보라구."

"한 달이나?"

"그래도 놈에게 버티는 시간이 약간씩 늘어나고 있으니까 아직까지 버티고 있지 안 그랬으면 벌써 자살했을 거야. 처음에는 완전히 껌껌한 곳에서 일방적으로 터졌는데, 지금은 조금씩 밝아지고 있어. 어제 꿈에는 놈이 희미하게 보이는 것 같았으니까 말이야."

"아무래도 이상하네. 매일 같은 꿈이라 이거지. 토지에르에게 얘기해 봤어?"

"아니. 그놈도 바쁜 것 같고, 또 그렇게 악몽이 계속될 거라고는 생각도 못 했으니까. 사실 그리 대단한 악몽도 아니었고……."

그 말에 옆에 있던 세린이 도저히 참을 수 없다는 듯이 끼어들었다. 노예가 주인과 주인의 친구들이 대화하는 데 끼어들 수는 없었지만, 그녀 또한 자신의 주인이 말라 죽는 건 볼 수가 없었기 때문에 예의에 어긋나는 걸 알면서도 참견한 것이다.

"대단한 악몽이 아니라니요, 주인님. 매일 시트가 흠뻑 젖을 정도로 식은땀을 흘리시면서 그게 대단한 게 아니면 도대체 어떤 게 대단한 건가요?"

"조용히 해."

"어쩌면 토지에르가 건 저주의 부작용인지도 모르니까 토지에르에게 가 보자."

안토니는 다크를 재촉하더니 시드미안에게 말했다.

"저는 다크하고 토지에르한테 가겠습니다. 경께선 일행들과 먼저 돌아가십시오."

"알겠네."

토지에르도 안토니와 함께 들어서는 다크의 몰골을 보고 놀랐다. 그 놀라움은 곧이어 세린을 향한 분노로 드러났다.

"세린, 이년을 당장……."

일어서서 나가려고 하는 토지에르를 향해 다크가 싸늘하게 외쳤다.

"그 아이 탓이 아니야."

"이 정도나 되면 보고를 했어야지."

토지에르의 반박에 다크가 비웃듯이 말했다.

"세린은 황제가 준 내 노예야. 네 것은 아닌 걸로 아는데?"

"그건, 그렇지만."

그들이 쓸데없는 걸로 신경전을 벌이자 안토니가 그들을 떼어 놓으며 분위기를 부드럽게 하려고 참견했다.

"자자, 일단 앉아서 대화를 하시죠. 토지에르 경, 혹시 경께서 건저주에 부작용은 없습니까? 악몽 같은……."

"악몽? 디스라이크 걸려서 악몽을 꾼다는 말은 들어 본 적이 없는 것 같은데? 처음에야 악몽을 꿀 수도 있지만 시간이 한참 지나서 꾸는 경우는 글쎄……."

"매일 악몽을 꾼답니다. 그것도 거의 한 달이나 계속……."

그 말에 토지에르는 다크에게 고개를 돌렸다.

"도대체 어떤 악몽인데? 줄거리가 똑같은 거야? 아니면 다른 거야?"

될 수 있으면 꿈의 내용을 떠올리지 않으려고 노력하면서 다크가 대답했다.

"똑같은 줄거리에 겁먹을 바보도 있냐? 처음 시작하면 어둠 속에서 어떤 놈이 공격을 해. 공격 방법은 아주 다양하고 매일 바뀌지. 또 그놈이 말하는 내용도 약간씩은 달라. 하지만 정말 진짜로 그놈과 싸우는 것은 꿈이야. 그 고통이나 소리……. 내가 죽기 직전쯤 되면 공격이 멈추는데, 그러고 나면 잠에서 깨지. 하지만 깨어나서도 방금 전에 직접 당한 것처럼 생생하게 떠오르지."

다크는 토지에르를 보며 쓸쓸하게 미소 짓더니 말을 이었다.

"내가 아직까지 미치지 않은 게 이상할 정도야."

"기억은 있어? 그러니까 전에 당했던 것이라든지……. 기억이 나지 않는다면 상의해 봤자잖아."

"아니, 기억은 있어. 어제 당한 일이나 놈에 대한 공포 등등 자기 전에 먹었던 주스까지 기억나지. 이상하게도 내 몸이 잘 보이니까 말이야. 몸이 두 토막 나서 자기 전 마셨던 주스가 흘러나오는 걸 보는 기분은 정말, 으이그…….

하지만 이상하게도 놈에게 결국은 죽을 거라는 생각은 들지 않아. 안 그래도 당할 거면 속편하게 죽은 다음 일어나면 되는데……. 날아오는 마법에 내 목을 들이대서 순식간에 끝낼 생각은 죽어도 안 들어. 어쨌든 놈을 이기려고 아둥바둥하다가 비참하게 죽을 뿐이지."

"하, 거참! 그래, 상대가 뭐라고 하던가?"

"맨날 하는 말이야 똑같지. '내 노예가 될 거냐?' 내가 '싫어' 하고 대답하면, 그놈이 음흉하게 웃으면서 말하지. '아직 맛을 덜 봤군. 죽어 봐라.' 그러면 난 묵사발 나다가 잠에서 깨지."

"상대의 무기는 뭔가? 검? 창? 아니면 마법?"

"마법."

"어떤 마법인지 기억하나?"

"어두워서 뭐가 날아오는지는 몰라. 팔 다리가 아주 멋지게 피를 뿜으며 떨어지는 걸 보면 칼날 같은 것도 날아오는 모양이야. 며칠 전에는 목도 떨어져 봤는데, 기분 아주 더럽더군."

"그렇다면 혹시 주문 같은 건 들리지 않았나?"

"주문이야 당연히 들렸지. 그러니까 그놈이 마법을 쓰는지 알지. 아쿠아 에로우, 아쿠아 소드, 아쿠아 해머, 뭐 그 정도야. 하지만 주문 한 번 외웠을 때 날아오는 숫자나 위력은 매번 바뀌더군. 아쿠아 해머는 보통 한 대 맞으면 호신강기를 찢고 내장을 묵사발 내지. 정말 뼛속까지 그 고통이 울리더군. 혹시 그런 마법 알아?"
토지에르가 잠시 뜸을 들이더니 신중한 목소리로 답했다.
"정령 마법이야. 그것도 물의 정령을 이용한."
다크가 씁쓸한 표정으로 아쿠아 룰러를 가리켰다.
"그러면 범인은 이 녀석이야?"
"그런지도……. 아니, 그럴 거야."
"하지만 이걸 사용한 후 한동안은 아무런 일도 없었는데? 그리고 이놈은 나를 주인으로 택했다고 했잖아."
토지에르는 잠시 생각해 보더니 입을 열었다.
"그건 아쿠아 룰러가 너를 주인으로 택했다는 거지. 정령왕 나이아드가 너를 아쿠아 룰러의 주인으로 인정했다는 말은 아니야. 지금 너는 나이아드의 시험을 거치는 중이야. 그 시험에 통과한다면 주인으로 인정해 주겠지만… 글쎄, 실패한다면 죽음이나 아니면 나이아드의 노예가 되겠지."
"제길, 이따위 반지 필요 없어."
다크는 반지를 뽑으려고 했지만 반지는 뽑히지 않았다. 아예 살하고 완전히 붙어 버렸는지 떨어질 생각조차 안 했다.
"잘라야겠군."
"자른다고?"
"응, 손가락을 잘라 보고 잘리면 다행이고, 만약 안 잘린다면 손목이나 팔목을 잘라야지."
다크는 잠시 손을 바라보다가 말을 이었다.
"좋아. 아직은 견딜 만하니까 좀 더 버텨 보고 나중에 도저히 안 되면 자르기로 하지."

칠흑의 공간. 쓰러져 있던 그녀가 서서히 눈을 뜨자 또다시 앵앵거리는 목소리가 들려왔다.

"빨리 도망쳐. 너를 죽일 거야."

"너는 누구냐?"

"나? 난 아쿠아 룰러, 약속의 증거야."

"약속의 증거 같은 소리 하고 있네. 그럼 그놈은 누구야?"

"약속을 지키는 자, 나이아드지. 그가 오기 전에 빨리 도망쳐."

"제기랄, 도망칠 곳도 없다니까 계속 도망치라고 해. 뭐 무기가 될 만한 거 없어? 저 자식은 너무 강해."

"그런 거 없어. 하지만 있어. 있으면서도 없는 거야."

"무슨 대답이 그따위야. 네 녀석은 지금 어디서 떠드는 거야?"

"네 왼손에……."

다크가 왼손을 잡아 보니 거기에 반지가 끼워져 있었다.

"반지가 너냐?"

"응, 빨리 도망쳐."

이때 그 음산한 목소리가 또다시 들려왔다.

"크흐흐흐, 어때? 생각은 해 봤나? 버틸수록 너만 손해야. 매일같이 죽음의 공포를 느끼면서 여태껏 버틴 놈은 네가 처음이다. 그 끈기는 인정해 주지. 하시만 네년의 실력으로 나를 이긴다는 것은 불가능해. 너도 나의 노예가 되어라."

"헛소리하고 앉아 있네."

"그러면 죽어 봐라, 크하히히. 아쿠아 소드!"

그와 동시에 다크는 최대한 빨리 앞으로 튀어 나갔다. 퍽 하면서 호신강기를 강타하는 뭔가가 있었지만 이놈을 만난 지도 한 달. 생명의 위협을 느끼면서 하는 수련은 많은 효과가 있어서 그의 내력은 엄청나게 증가해 있었다. 문제는 이쪽이 강해질수록 저쪽의 공격도 더 강해진다는 것이었지만 말이다. 처음에는 아쿠아 소드도 한 개 정도가 날아왔지만, 요즘 들어서는 대여섯 개가 한꺼번에 날아왔다. 그 파괴력과 날카로움은 거의 검기에 맞먹었다.

일정 시간은 호신강기로 버틸 수 있었기에 막는 즉시 놈에게 뛰어들면서 주먹을 선사할 생각이었다. 요즘 들어 놈의 모습이 희미하게나마 보였다. 또 감각도 그만큼 좋아졌기에 놈의 위치를 파악하는 데 있어 실패란 있을 수 없었다.

놈은 다크가 뛰어 들어오자 곧 그 의도를 파악하고 외쳤다.

"아쿠아 실드(Aqua Shield : 물의 방패)!"

상대의 목을 향해 주먹을 내뻗는 순간 다크의 손은 엄청난 속도로 회전하는 물줄기에 막히면서 산산이 찢겨져 나갔다. 다크는 자신의 손이 가루가 되면서 피가 뿜어져 나가는 모습을 맨정신으로 보기 정말 어려웠다.

"크아악!"

비명을 지르면서도 뒤로 재빨리 물러서는 다크를 보면서 나이아드는 킬킬거리며 비웃었다.

"도망치는 재주는 비상하군. 하지만 그것 가지고는 안 돼! 아쿠아 해머!"

다크는 재빨리 옆으로 피했다. 하지만 옆구리에 엄청난 충격이 그대로 쏟아져 들어왔다. 호신강기가 박살 나고, 갈비뼈 몇 대가 부러져 나가고, 내장이 박살 났는지 입속에서 피 냄새가 올라왔다.

"크왁!"

이제 거의 전투력을 상실한 다크를 나이아드는 아쿠아 룰러가 앵앵거리는 소리를 반주 삼아 차근차근 뭉개 나갔다. 다리가 잘려 나가고 팔이 뭉개졌다. 그녀의 봉긋하던 가슴도 아쿠아 해머 한 방에 잘 다져진 고깃덩이가 되어 버렸다. 그놈은 비명을 질러 대는 그녀를 학대하는 것이 즐거운지 천천히 자근자근 박살 냈고, 제일 마지막으로 목을 잘라서 그 목을 들고 비웃듯이 말했다.

"다음에는 좀 더 그럴듯한 대답을 해 봐. 크흐흐."

반격

다크는 천천히 눈을 떴다. 세린이 걱정스런 표정으로 내려다보고 있었지만 그런 것에 신경 쓸 정도로 다크가 처한 상황이 좋은 게 아니었다.

"주스."

세린이 재빨리 과일 주스를 가져다주자 그걸 천천히 다 마신 후 컵을 세린에게 넘겨줬다.

또 작살나기는 했지만 최초로 공격을 해 봤다는 게 별로 기분이 나쁘지는 않았다. 다크는 천천히 오른손을 들어 자세히 살펴봤다. 악몽을 꾸기 시작한 후부터는 완전히 틀어박혀 수련만 했기에, 그녀의 피부는 햇볕을 받지 못해 완벽할 정도로 하얀색이었다. 이 하얀 손이 찢겨지며 가루가 되어 흩날리던 영상이 잠시 떠올랐지만 이런 일을 한두 번 당해 보는 게 아니니 요즘 들어서는 별 감흥도 안 났다.

하지만 남의 손이 떨어져 나가는 것을 보는 기분과 자신의 손이 떨어져 나가는 것을 보는 기분은 완전히 달랐다. 정말 그 고통에 미치고만 싶었지만 그녀의 굵은 신경은 그마저도 허락하지 않았다.

'딴 계집애들 같았으면 바로 기절해서 고통받지 않았을 텐데……. 신경이 굵다는 게 좋은 것만도 아니군. 어쨌든 무기도 없이 그런 괴물과 싸운다는 것은 자살 행위야. 놈은 너무나 강해. 하지만 나도 강해. 놈이 무기만 안 쓴다면 이길 수 있어. 그런데 그놈이 무기를 안 쓸 리 없지. 비겁한 자식! 그러면 내가 무기를 쓰는 수밖에 없는데, 뭐로 싸우지? 자기 전에 검을 안고 자 봤지만 효과가 없고……. 아쿠아 룰러는 있지만 아쿠아 룰러의 힘은 나이아드의 힘. 과연 나이아드와 싸울 때 아쿠아 룰러를 쓸 수 있을까?'

"제길! 알게 뭐야. 아니지, 한번 실험을!"

다크는 아쿠아 룰러가 끼워진 왼손을 앞으로 쭉 뻗으며 막대한 기를 집어넣었다. 그러면서 외쳤다.

"아쿠아 에로우!"

뭔가가 곧장 앞으로 뻗어 나가며 벽에 구멍을 하나 뚫어 버렸다. 다크는 잠시 놀랐지만 놀라고 있을 수 없었다. 그대로 쫓아가서는 구멍을 확인했다. 역시 예상대로 구녕은 물에 섞어 축축했다. 엄청난 속도의 물이 지닌 파괴력. 벽을 뚫을 정도라면 사람의 육신에 구멍 내는 거야 별로 어렵지 않으리라.

"그래, 오늘 저녁에 보자. 개자식! 한번 써 보고 안 되면 더 내공을 쌓아 검기나 강기로 상대해 주겠다. 네놈을 갈기갈기 찢어 죽일 거야. 크하하하!”
　세린은 핏발이 선 눈으로 미친 듯이 웃고 있는 주인을 걱정스런 안색으로 바라보았다.
　“누굴 찢어 죽이실 생각인지는 모르겠지만, 우선 목욕이나 하시죠. 땀에 흠뻑 젖은 옷을 입고 계시면 건강에 안 좋습니다, 주인님.”
　다크가 목욕을 끝내고 나왔을 때 방에는 토지에르와 실바르가 와 있었다. 토지에르는 약간 긴장한 표정으로 앉아 있다가 그녀가 나오는 것을 보고 살짝 시선을 돌렸고, 실바르는 얼굴색이 급속도로 뻘게지면서 뒤로 돌아서 버렸다.
　“웬일이야? 새벽같이 찾아오고……”
　“이봐, 옷이나 입고 얘기하자구.”
　“으응? 그렇군. 세린!”
　“예.”
　다크는 세린이 건네준 옷을 입고는 침대 위에 걸터앉았다.
　“무슨 일이야?”
　토지에르는 옷을 다 입은 다크를 자세히 들여다봤다.
　“정상인 것 같은데?”
　“무슨 소리야?”
　“세린이 아무래도 주인님이 이상하다고 해서 왔지. 아무래도 미친 것 같다고 말이야. 누군가를 찢어 죽이겠다고 외치더니 갑자기 미친 듯이 웃더라나?”
　“푸훗! 그래서? 내가 미쳤다면 고쳐 주겠다는 말이야?”
　“아니, 최소한 토굴에 가둬 둘 수는 있겠지.”

"눈물나게 고맙군. 별일 없으니까 그만 돌아가."

"이거 섭섭하군. 그래도 모처럼 찾아온 손님인데 차 대접은 해야 하는 거 아닌가?"

"웃기는 소리 하지 말고 돌아가. 나는 한시가 급하니까."

"평상시와 하는 꼴이 마찬가지인 걸 보면 확실히 미치지는 않은 모양이군."

토지에르가 이죽거리자 갑자기 신경질 난 다크가 외쳤다.

"뭐얏! 내가 매일 당하는 걸 너도 한번 당해 봐라. 이 빌어먹을 영감탱아. 아쿠아 에로우!"

그와 동시에 다크의 왼손에서 엄청난 속도로 뭔가가 튀어나왔고, 실바르는 황급히 토지에르의 앞을 막으며 검을 뽑아 들었다. 하지만 그 검은 채 다 뽑히기도 전에 날아오던 것과 부딪쳤고 "챙!"하는 큰 소리를 내며 부러져 버렸다. 그리고 이어지는 충격으로 비틀비틀 뒤로 밀린 실바르는 뒤에 앉아 있던 토지에르와 함께 나자빠지고 말았다.

두 남자가 뻗는 걸 보면서 다크는 잔인한 미소를 피워 올렸다.

"흥! 그 정도는 별것도 아냐. 이제 진짜를 먹여 주지. 아쿠아 해머!"

"쿠엑!"

거대한 물줄기는 비실비실 일어서던 실바르의 복부에 정통으로 명중했고, 실바르는 자빠지면서 그 뒤에 뻗어 있던 토지에르를 뭉개고 지나갔다. 실바르는 이제 문 가까운 곳까지 밀려나가 뻗어 있고, 이제 엄폐물이 사라져 버린 토지에르는 바닥에 쭉 뻗은 채 자신의 몸 위로 지나간 실바르의 몸무게를 떠올리고 있었다.

"너도 맞아 봐랏! 아쿠아 해머!"

"우왁!"

몸에 정통으로 맞고 쭉 뻗어 있는 토지에르를 보면서 다크는 비웃음이 섞인 어조로 말했다.

"단 세 방에 뻗어 버리다니……. 멍청한 자식들. 이봐, 실바르!"

"콜록콜록! 예."

"저 녀석 데리고 나가서 치료해 줘. 갈비뼈 두세 대는 확실히 부러졌을 테니까……."

"그러죠."

두 남자가 물에 흠뻑 젖어서 비실거리며 나가자, 세린은 황급히 빈 물통과 걸레를 가져다가 갑자기 홍수가 나 버린 바닥을 열심히 닦기 시작했다.

스바시에 왕국은 요즘 들어 새로운 형국을 맞이하고 있었다. 왕국이 멸망하면서 거의 대부분의 귀족들이 처형되었고, 그들의 재산은 몰수당했다. 또 어제까지 귀족의 부인으로서 또는 딸로서 떵떵거리면서 살던 여자들은 하루아침에 경매장에 끌려와 팔리기를 기다리는 신세가 되었다.

물론 자살한 여자들도 있었지만 대부분은 자신의 운명을 체념하고 받아들였다. 초기에 기회가 있을 때 자살하지 못하고 사로잡힌 경우, 그녀들이 자살할 수 없도록 갖은 방법을 동원하여 막았기 때문이다. 이들은 매우 예쁜 데다가 교양과 예절이 몸에 배어 있어 매우 고가에 판매할 수 있었다.

처음에는 울컥하는 기분에 자살할 수 있을지 몰라도 사람이란 적응력이 매우 뛰어난 동물이다. 그렇기에 한두 달 지나고 나면, 모든 걸 체념하고 자신에게 새로이 다가온 삶을 살아가게 되는 것이다.

어쨌든 성인 남자는 거의 모두 처형, 어린 남자 애들과 여자들은 모두 다 노예로 팔린다. 돈 안 되는 할멈들은 처형해 버리지만 말이다. 그렇게 스바시에의 귀족들이 사라지고 난 자리를 크라레스의 귀족들이 차지하고 들어왔다. 크라레스는 이번 전쟁이 끝나자 곧 왕국에서 제국으로 칭호를 변경하고, 황제 즉위식을 가졌다. 그러면서 이번 전쟁에서 공을 세운 인물들에게 포상하는 형식으로 영지가 하사되었다.

국유지는 황실의 재산이고, 황제가 직접 그걸 관리하지는 못하니 그 대리인으로 파견하는 게 지방 영주들이다. 그렇기에 영주들이 황제로부터 하사받은 영지는 소유가 아닌 땅을 관리할 권한만을 부여받은 것이기에, 자의로 매매나 증여를 할 수 없었다. 다만 그 작위와 함께 관리권이 장자(長子)에게 상속될 뿐이다.

보통 지방 영주들은 황제로부터 받은 영지를 관리하면서 그 땅에서 생산되는 산물의 30퍼센트를 황제에게 바쳤다. 관리권을 위임받았으니 그 결과를 황제께 올리는 것은 당연했다. 그리고 지방 영주들은 따로 수입이 없으니, 황제에게 올리는 것보다 더 많은 양의 세금을 농노들에게서 거둬들이는 것 또한 당연했다. 그래야 성도 수리하고, 사병(私兵)들도 거느리고, 딸 시집보낼 지참금도 마련해야 하고……. 뭐 그런 돈이 장만되는 것이다.

그렇기에 아주, 매우, 진짜로 양심적인 지방 영주들이 사유지(私有地)와 마찬가지로 산물의 50퍼센트 정도를 세금으로 거두는 경

반격 259

우도 있다. 하지만 대부분의 경우 60퍼센트 정도를 거둬들이며, 일부는 농노들이 죽지 않을 정도만 남겨 두고 싹쓸이를 해 가는 빌어먹을 놈들도 있는 게 현실이었다.

그렇기에 국유지에 배속된 농노들은 영주가 바뀌고 안 바뀌고에 신경을 쓰는 게 아니라, 새로 바뀐 영주가 얼마나 세금을 거둬들일 것이냐에 더욱 신경을 쓰는 것은 당연했다.

이번에 새로 들어온 영주들은 황제로부터 최고 50퍼센트를 초과하는 세금을 거둬들인다면 영지를 몰수하겠다는 통고를 받고 왔기에, 농노들의 환영을 받을 수밖에 없었다. 대신 황제는 지방 영주들에게 25퍼센트의 소득만 바치도록 했기에 영주들도 그 제안을 수용했던 것이다.

또 사유지의 세금은 45퍼센트로 5퍼센트 인하한다고 발표했고, 자유 무역 지대는 세금을 40퍼센트에서 30퍼센트로 인하하여 무역을 더욱 장려했다. 거기에다가 부자들로부터 더 많은 세금을 거둬들임으로써 그 부족분을 메웠기에 크라레스 황제로서는 손해 본 것도 없었다.

또 전쟁이 끝난 후 들끓게 마련인 산적들과 반 크라레스 잔당들, 몬스터들을 소탕하기 위해 대대적으로 병력을 동원했기에, 민심이 크라레스 쪽으로 급속도로 기울었다. 일단 잘살게 해 준다는 데야 군말이 있을 수 없었다. 또 추가로 세 개의 항구를 자유 무역항으로 지정했고, 이번 전쟁에서 새로이 얻은 해군력을 동원하여 해적을 대대적으로 소탕하면서 무역로를 개척해 나갔다.

점령지에 대한 정책들은 거의 20년에 걸쳐 계획해 온 것이었기에 모든 일은 일사천리로 진행되고 있었다. 그리고 전쟁이 끝난 후 소모되는 대량의 자금은 귀족들로부터 몰수한 재산과 거상(巨商)이나 대규모 지주들, 또 정부와 결탁하고 매점매석(買占賣惜)을 행한 악질 상인들을 숙청하면서 간단히 해결되었다.

"크유, 오늘도 이렇게 끝나는군."

투덜거리면서 다가오는 팔시온을 보고는 미카엘이 씩 웃으며 술병을 들어 보였다.

"술 마실래?"

"응."

팔시온은 미카엘이 건네주는 술병을 통째로 들고 벌컥벌컥 들이켠 후 다시 그 병을 미카엘에게 내밀었다.

"전쟁보다 이게 더 어렵군."

그 말에 앞쪽에 앉아 있던 미디아가 참견했다.

"투덜거리지 마. 원래 용병들이 싸우는 전쟁이란 게 이런 거야. 불쑥불쑥 튀어나오는 적들, 사방에서 기습을 당해 죽어 넘어지는 전우들. 처음부터 말도 안 될 정도로 편한 전쟁을 해서 그런 말이 나오는 거지."

"그래! 너 잘났다."

투덜거리는 팔시온을 향해 미디아가 정색을 했다.

"잘난 게 아냐. 그래도 콜렌 기사단에서 그래듀에이트 두 명이 지원 왔잖아. 뭐 타이탄은 없지만 그 사람들 정말 잘 싸우더라. 딴데 가 봐. 그래듀에이트 구경이나 할 수 있을 줄 알아? 그 사람들이야 이런 싸움이 장난이겠지만 우리들로서는 목숨 걸어야 하는 거라구."

그녀의 말에 미카엘이 고개를 끄덕이며 수긍했다.

"그건 맞는 것 같아. 토지에르란 마법사, 제법 사람 쓸 줄 안다니까."

"참, 너 소문 들었냐?"

미카엘이 어리둥절해서 물었다.

"무슨 소문?"

"이번 토벌전 끝나고 난 다음 치레아 국경으로 배치된다고 하던데……. 진짜인지 모르겠어."

"국경에? 국경선에 용병대가 배치될 리 없잖아. 정규 사단들이 있는데…….."

"아니, 그럴지도 몰라. 만약에 치레아와 전쟁을 한다면 말이야."

하지만 팔시온은 지극히 회의적이었다.

"치레아는 약한 나라지만, 그 뒤에는 아르곤 제국이 있는데 침공할 수 있을까?"

"그건 모르지. 그런데 지미하고 라빈 이 녀석들은 어디 갔어?"

갑자기 생각났다는 듯 미디아가 묻자 팔시온이 대답했다. 지미나 라빈은 소대장으로서 팔시온의 밑에 있었기 때문이다.

"아, 낮의 싸움에서 라빈이 부상당했거든. 그래서 지미는 거기가 있을 거야."

"자식! 좀 조심하지."

투덜거리는 미카엘을 향해 팔시온이 미소를 지어 보였다.

"그래도 요즘 그 녀석들 실력이 많이 나아졌던데 뭐."

미카엘도 마주 웃었다. 처음 봤을 때는 어리숙한 멍충이들이었는데, 요즘 들어서는 제법 전사(戰士) 티가 났기 때문이다.

"그건 사실이야."

미디아도 빙긋이 미소 지으며 말했다.

"어쨌건 여기처럼 용병을 쉴 틈 없이 써먹는 곳은 처음이야. 여기 일 끝나면 저리 가라. 저기 일 끝나면 그리 가라. 대신 한 곳에 용병대들을 대량으로 투입하고, 정규 기사단에서 지원까지 해 주고, 만약 안 되면 타이탄까지 지원해서 목표한 곳은 완전히 뿌리를 뽑아 버리는 걸 보면 정말 대단해."

"여기도 차츰 정이 들어가잖아? 꽤 살기 좋은 고장이야. 대 전쟁이 있었다는 게 믿어지지 않을 정도로 인심도 나쁘지 않고…, 또 용병대에 대해 사람들이 삐딱한 시선을 보내지도 않고 말이야."

그러자 미카엘이 한심하다는 표정으로 팔시온을 바라보았다.

"용병대에 삐딱한 시선을 보내는 게 아니라 이걸 보고 사람들이 안심하는 거야."

미카엘이 자신의 갑옷에 새겨진 머리가 셋 달린 붉은 드래곤을 가리켰다. 머리 셋 달린 붉은 드래곤은 크라레스 제국을 나타내는 문장이었다. 드래곤을 문장으로 쓰는 나라는 많았다. 금색 드래곤, 은색 드래곤, 녹색 드래곤 등등. 하지만 대가리를 셋이나 붙이지는 않는데, 왜냐하면 그게 메두사나 뭐 그런 전설에 나오는 악룡들의 생김새와 비슷하기 때문이다.

"그것도 말되네."

"용병대치고 이렇게 군기가 센 곳은 처음 봤어. 거의 정규군 취급하잖아. 한 번씩 함께 작전하는 정규군 경장 보병대들하고 무슨 차이가 있어? 들리는 소문으로는 이렇게 군기를 강하게 하는 게 아무래도 용병대를 정규군에 통합할 생각인지도 모른다는 거야."

미카엘의 말에 팔시온은 약간 놀랍다는 듯 말했다.
"용병대를 정규군에? 그러면 너는 좋겠군."
미카엘이 인상을 찌그리며 팔시온을 바라봤다.
"왜?"
"너는 그래도 용병대보다는 정규군에 어울리잖아. 단번에 기사가 될지도 모르는데……."
"야야, 기사가 될 생각이었으면 벌써 되었을 거야. 아무나 한 명 받들기만 하면 되는 게 기사인데 뭐. 나는 한 곳에만 얽매이는 건 싫어."
"그래도 모르지. 그건 그렇고, 이거 끝나면 치레아 국경선으로 진짜 갈까?"
"그건 아무도 몰라. 하지만 내 생각으로는 아닌 것 같아. 이번에 점령한 점령지도 엄청나게 넓은데, 여기도 제대로 안정시키지 않고 또 전쟁을 벌일 가능성이 없잖아. 안 그래?"
"그것도 말 되네."
그들의 말을 한참 듣고 있던 미디아가 중얼거렸다.
"다크는 어떻게 지내고 있을까? 참 특이한 애였는데."
"애는? 70살 먹은 애도 있냐? 큭큭……. 처음에 다크가 여자가 됐을 때 생각이 한 번씩 떠오르면 돌아 버리겠다니까……."
"하하하, 나도 엄청 놀랐으니까 말이야. 이번 작전 끝나면 모두 휴가 내서 다크나 보러 갈까?"
"그러지."
"찬성!"

다크는 천천히 일어서면서 주위를 둘러봤다. 그런데 오늘은 평상시와 약간 달랐다. 완전히 어두운 것이 아니라 어슴푸레하지만 사방이 보였다.

"그가 오기 전에 도망쳐!"

"닥쳐! 흐흐흐, 오늘은 나도 준비가 좀 되어 있단 말이야. 이 개자식 폼 잡지 말고 빨리 나와."

그 말에 응답이라도 하듯 희미한 음영이 나타나면서 음산한 목소리가 들려왔다.

"크크크크, 오늘은 힘이 넘치는군. 그래, 내 노예가 되겠느냐?"

"놀고 있네. 이거나 먹어랏, 아쿠아 소드!"

"아쿠아 바리어(Aqua Barrier)!"

그러자 희미한 음영 주위로 둥근 벽 같은 게 생겨났고, 날아갔던 아쿠아 소드는 거기에 부딪치면서 소멸해 버렸다.

"크흐흐흐, 겨우 얄팍한 거 몇 가지 배워 가지고 감히 이 위대하신 나에게 반항하려 들다니······. 아쿠아 해머!"

그 말과 함께 앞쪽으로 수십 개의 거대한 물줄기가 튀어 나왔다.

"아쿠아 실드!"

퍽!

거대한 물줄기 중 하나가 맹렬히 회전하는 물의 방패에 박히면서 산산이 분해되어 버렸다. 아쿠아 실드가 그 무작스럽던 아쿠아 해머를 간단하게 막아 내자 다크는 자신감이 살아나기 시작했다.

"그래! 나는 할 수 있어. 개자식! 아쿠아 해머!"

세 개의 거대한 물줄기가 날아갔지만 상대의 방어벽을 뚫지는 못했다.

"크크크, 겨우 그따위 것도 공격이라고 하다니. 이게 진짜 아쿠아 해머다. 받아랏!"

상대의 물줄기는 점점 더 빨라졌고, 그에 따라 그 파괴력도 점점 더 강해졌다. 그렇기에 아쿠아 실드에 더욱 많은 내공을 넣어야만 그놈의 공격을 막을 수 있었다. 내공의 양에 따라 그 회전 속도가 결정되었기 때문이다. 시간이 지나면서 다크는 내력이 고갈되고 있다는 것이 느껴졌다. 모든 것이 내공을 넣어야만 발휘되기에 방대한 내공이 소모되는 것은 어쩔 수가 없었다.

"좋아, 좋아……. 이제 슬슬 기운이 딸리기 시작하는 모양이군. 그 정도면 많이 버틴 거야. 아쿠아 실드!"

그러자 그 희미한 놈의 주위에 다섯 개의 물 방패가 형성되었다.

"크크크, 아쿠아 실드는 상대의 공격을 막기만 할 수 있는 게 아냐. 어디 한번 막아 보시지. 죽어랏!"

그의 주위에 떠 있던 다섯 개의 물의 방패가 맹렬히 회전하면서 엄청난 속도로 날아왔다. 문제는 그 다섯 중 세 개는 일직선으로 날아왔지만, 두 개는 거의 타원을 이루면서 다크의 양쪽 옆구리로 날아왔다는 것이다.

"제기랄!"

그것들이 최대한 가까워졌을 때 다크는 위로 뛰어올랐다. 그리고 공중에 뜬 상태에서 회전하는 속도가 비교적 느린 원반의 정중앙을 때렸고, 곧 구멍이 뚫렸지만 파괴되지는 않았다. 오히려 뒤에서 다가오는 속도가 빠른 물줄기에 부딪치면서 간단하게 손목이 잘려 나갔다.

"크윽!"

"그 아쿠아 실드는 방어 무기가 아닌 공격 무기야. 그 무엇이라도 잘라 내지. 강철도 잘라 내는 물의 위력을 맛 보거라. 크흐흐흐……. 아쿠아 에로우!"

수십 개의 물 화살이 날아오는 것을 보며 다크는 절망감을 느꼈다. 내공도 거의 고갈되어 방어하기도 벅찼다. 그녀는 간신히 아쿠아 실드를 불러내 물 화살을 막으면서, 그걸 곧장 그놈에게 날렸다. 그러나 아쿠아 실드마저 놈의 방어벽에 부딪치면서 소멸되어 버렸다.

"하루 사이에 제법 쓸 만해 졌다고 나를 깔보면 곤란하지……. 크흐흐흐, 네년은 죽었다 깨도 나만큼의 힘을 가질 수 없어. 자, 이제 나의 노예가 되어 살아가는 거야. 으하하하하! 아쿠아 해머!"

무리한 승부수

"크허억!"

무심결에 다크는 땀에 흠뻑 젖어 있는 자신의 목을 만졌다. 멋지게 목이 잘리며 튕겨 나간 머리가 땅바닥에 데구르르 구르는 그 느낌은 정말 참을 수가 없었다.

자신도 수없이 많은 사람의 목을 잘라 죽였지만 잘린 머리통으로 세상을 바라보는 시각은 매우 특별했다. 붕 날면서 천천히 쓰러지는 자신의 육체가 보이고, 뒹굴뒹굴 구르면서 이리저리 흔들리는 땅바닥을 보는 것도, 또 딱딱한 땅바닥이 자신의 얼굴 여기저기에 닿는 느낌도……. 두 번 다시 당하기 싫은 기분이었다.

"주스나 좀 다오."

"예, 주인님."

세린이 가져오는 주스를 바라보며 다크는 심각하게 고민했다.

이 상태로는 승부는 뻔했다. 매일 몇 컵은 될 것 같은 땀을 흘려 대니 체력이 온전할 리 없었다. 이런 상황이라면 승리는 불가능했다. 잠을 안 자는 한이 있더라도 며칠 수련을 해서 그놈을 죽이든지, 아니면 포기하고 놈의 노예가 되든지.

"아예 포기해 버릴까……. 너무 힘들군."

힘없이 말하는 주인을 세린은 멍한 표정으로 바라봤다. 아름답지만 생긴 것에 안 어울리게 매우 사납고 자신감 넘치는 주인이었는데, 무엇이 그녀를 이렇게까지 변하게 하는지 너무 궁금했던 것이다.

"세린."

"예?"

"일주일 정도 수련할 만한 장소를 토지에르에게 물어봐라. 위가 뚫려 있어 햇빛과 달빛이 그대로 들어오는 곳이어야 해. 그리고 사방이 뻥 뚫려 있지만 위험은 없어야 하고. 일주일간 나는 완전히 잠을 자게 될 거야. 그동안 내가 충분히 안전할 수 있을 만한 장소가 있는지 물어봐라. 지금 가 보거라."

"예, 주인님."

세린이 달려가고 난 후 그녀는 작고 예쁜 반지를 씁쓸한 표정으로 바라보며 중얼거렸다.

"역시, 공짜는 받는 게 아니었는데……."

"여긴가?"

다크는 토지에르가 안내해 준 왕궁의 꼭대기에 있는 방어탑 위에 서 있었다. 이곳은 적의 동정을 살피고 또 공격하도록 되어 있기에 전망은 그만이었다.

"그래, 여기 말고는 네가 말한 모든 조건에 충족되는 곳은 없어. 여기는 성에서 제일 높은 곳이야. 좀 좁아서 그렇지 남들의 이목을 신경 쓰지 않아도 되고, 또 사방에 병사들이 있으니 안전하고, 원한다면 바로 밑에 그래듀에이트 열 명을 배치해 두지."

"그럴 필요까지는 없어. 실바르만 밑에 배치해 둬. 사람이 너무 많으면 오히려 이상하니까 말이야. 일주일이야. 일주일 동안만 보호를 부탁해."

"그 정도야 어려운 게 아니지."

"몸은 괜찮아? 갈비뼈가 두어 대 부러졌을 텐데……."

편의를 잘 봐주자 어제의 행동에 약간 미안해진 다크가 쑥스러운 듯 물었지만 토지에르는 그녀의 사과를 간단히 받아넘겼다.

"흐흐…, 그 정도도 치료 못 한다면 궁정 마도사는 때려 치워야지. 수련 잘하게나."

토지에르가 내려가고 난 다음 다크는 하늘을 바라봤다. 이제 태양이 조금 떠올라 제법 더운 기운이 감돌고 있었다. 곧 가을이지만 아직도 한낮에는 매우 더웠다.

"내 선택이 옳았기를……."

다크는 중얼거리면서 탑의 중앙에 가부좌를 틀고 앉았다. 그녀가 시도하려는 것은 마교의 정통 심법. 그것도 최고 속성으로 내공을 쌓을 수 있다는, 마교에 몸담은 초심자들에게 가르치는 천마구령심법(穿魔究逞心法)이었다. 속성이지만 주화입마의 위험성이 최고로 높았고, 잘못하면 마성이 머리 속에 침투해 마인이 될 가능성 또한 지극히 높았다. 하지만 항복하느니 차라리 죽는 게 낫다고 생각하는 다크에게는 이 방법이 최선이었다.

"개자식, 두고 보자."

서서히 내공을 역으로 돌리자 온몸에서 통증이 느껴졌다. 하지만 심법을 계속하면 통증은 곧 사라진다. 통증이 매우 강하다면 누가 이 심법을 쓰면서 주화입마에 걸릴 것인가? 통증은 오히려 잡념을 없애 주는 하나의 도구일 뿐인데……. 문제는 조금 더 있다가 나타나기 시작한다. 심신이 노곤해지면서 잡념이 계속 떠오르는 것이다. 거기서 아차 실수하면 그걸로 끝이었다.

다크는 여기에다가 북명신공까지 함께 혼합할 생각이었다. 태양의 막강한 양기(陽氣)와 달의 강력한 음기(陰氣), 또 저녁 무렵에 태양은 지고 달이 떠오르기 전 가장 강한 대우주의 기운, 그리고 사방에 퍼져 있는 대자연의 기운까지 몽땅 흡수해서 몸이 박살 나는 한이 있더라도 끝장을 볼 생각이었다.

맹렬한 속도로 내공이 역전하기 시작하면서 온몸이 갈가리 찢겨 나가는 듯한 지독한 고통이 몰려오기 시작했다.

크라레스 왕국은 스바시에 왕국을 평정한 후 비약적으로 국토 면적이 증가했다. 이로 인해 편의상 과거 크라레스 왕국의 땅은 크라레스 지구(地區)로, 스바시에 왕국 쪽은 스바시에 지구(地區)로 불렀다. 현재 스바시에 지구의 총독으로 루빈스키 폰 크로아 공작이 콜렌 기사단의 절반과 유령 기사단의 절반을 거느리고 파견되어 있었다.

또 이번에 들어온 고철 타이탄들을 이용하여 차세대 신형 타이탄인 테세우스급을 생산 중이었다. 테세우스급은 카프록시아의 엑스시온을 이용하였기에 출력은 카프록시아와 동급이었지만, 크기를 조금 더 작게 만들었기에 그 기동성은 카프록시아보다 뛰어났다.

왜 잘 만들어졌다고 소문이 나 있는 카프록시아를 포기하고 새로이 테세우스를 만들기 시작했을까? 카프록시아는 너무 잘 알려졌기에 드러내 놓고 쓸 수 없지만, 새로운 타이탄을 만들면―껍데기만―배후가 들통 날 우려가 현저히 감소하기 때문이다.

사용 목적이 그런 만큼 테세우스는 생산되는 족족 유령 기사단으로 보내질 예정이었고, 그에 준하는 양의 저급 타이탄을 유령 기사단에서 콜렌 기사단으로 보내도록 되어 있었다. 그 많은 타이탄을 노획했는데도 타이탄 수가 늘지 않았다면 말이 안 되니 말이다.

그 때문에 타이탄 생산의 관리 감독과 또 카프록시아의 엑스시온 설계도를 가지고 만드느라 정신없는 토지에르를 황제가 급히 부른 건 다크가 운공조식에 들어간 지 3일째 되던 날이었다.

"무슨 일이시옵니까, 폐하?"

황제의 주변에는 열두 명의 기사들이 쭉 서 있었는데, 그들 대부분은 유령 기사단 소속의 노장들이었다. 황제는 그들과 대화를 나누고 있다가 토지에르가 들어오자 불안한 듯 고개를 돌렸다.

"그대는 이 기운을 느끼겠소? 아니, 당연히 느끼고 있겠지?"

"어떤 기운 말씀이옵니까?"

"황궁의 위쪽에서 뿜어져 나오는 저 강대하고 사악한 미지의 기운을 못 느낀다는 말이오? 이미 사람을 보내 봤는데, 실바르 경이 그대의 명이라고 아무도 못 올라가게 막고 있다고 하더군. 그래서 그대를 불렀소."

"아… 예, 폐하. 다크 크라이드 남작이 수련하는 것이옵니다. 한 일주일 정도 걸린다고 들었사옵니다. 그러니까 4일 남았사옵니다."

"도대체 무슨 수련을 하는데 저렇게 무지막지한 기운이 뿜어져 나온다는 말이오? 또 이런 식이라면 타국의 첩자가 아무리 멍청하다고 해도 모를 수가 있나? 처음에는 그렇게 대단하지도 않더니, 지금에 이르러서 이 지독한 기운은 마치, 마치…, 마신(魔神)이라도 불러낸 것 같은데 말이오."

"……."

"경은 마법을 쓰든지 뭘 하든지 해서 저놈의 기운이 밖으로 새어 나가지 못하게 막으시오. 코린트에서 이걸 가지고 시비를 걸면 감당할 수 없으니까……."

"예, 폐하."

토지에르가 부랴부랴 탑 꼭대기로 올라갔을 때 다크는 아직도 가부좌를 틀고 앉은 자세였다. 하지만 그녀의 몸은 공중으로 거의 30센티미터는 떠 있었다. 그리고 도저히 인간이라고 믿어지지 않을 정도의 공포스러운, 무지막지한 기운을 뿜어내고 있었다.

토지에르는 서둘러 마법진을 그려 그놈의 기운이 밖으로 새 나오지 못하게 막았다. 마법진을 다 완성시킨 그는 나가려다가 말고, 눈을 감고 조용히 앉아 있는 그녀를 다시 한 번 힐끗 쳐다봤다.

자신이 알고, 또 배운 것은 마법뿐이었다. 사람의 몸을 매개체로 하여 주위의 마나를 다뤄 불가능을 가능으로 만드는 것. 그것이 마법이다. 하지만 마법과 마나의 운용에 있어 정반대의 길을 걷는 게 있다면, 육체 단련을 통해 마나를 몸속에 쌓아 인간 이상의 속도와 힘을 뿜어내는 무술(武術)이었다. 무술을 계속 수련하여 엄청난 양의 마나를 몸에 쌓으면 마스터의 경지에 이르게 된다.

토지에르는 도저히 인간이라고 생각되지 않는 공작을 보며 느꼈던 그 힘을 이제는 눈앞의 이 소녀에게서 느끼고 있었다. 인간의 몸을 우주에 비유하는 자들도 간혹 있지만, 이 소녀를 볼 때마다 인간의 한계를 모르는 무한한 힘을 깨닫게 되었다. 마법사로서는 가질 수 없는 강인한 육체와 호전성(好戰性), 또 자신의 육체를 다스리고 보완해 나가는 여러 가지 신비스러운 기법.

마법은 백마법, 흑마법, 정령 마법 등 여러 가지 형태가 있지만, 백마법이라면 그 수련 방법은 거의 정해지게 된다. 주문 자체가 변할 수 없기에 수련이란 것도 자신의 집중력이나 기억력 따위를 향상시키는 여러 수련들로 이루어진다. 또 나중에는 마법을 반복적으로 사용하면서 나름대로 마나 통제의 기법들을 만들어 내기도 하지만, 그건 어디까지나 큰 틀에 짜 맞춘, 그러니까 약간 간소화하는 정도밖에 되지 않았다.

그런데 무술은 그게 아니었다. 어떻게 저렇게 가느다란 팔다리로 저런 엄청난 기운을 뿜어낸단 말인가? 또 저렇게 앉아서 수련하는 사람은 토지에르가 봤을 때 그녀가 최초였다. 모름지기 무사란 각자 선호하는 무기를 들고 뼈 빠지게 수련하는 길이 최고가 아니었던가?

이런저런 생각을 하는 동안 다크의 몸에서 뿜어져 나오는 기운이 더욱 거세지면서 그 기운에 밀려 안 그래도 조금씩 찢어지고 있던 옷이 산산조각으로 찢겨 나갔다. 그러자 그 안에서 도저히 3일 동안 햇볕 아래 노출되었다고 생각하기 힘든 하얀 육체가 드러났다. 보통 소녀들을 잡아다가 햇볕 아래 저런 자세로 놔둔다면 피부가 반쯤 익어 버릴 게 뻔한데……. 거기다가 지금은 늦여름이 아니던가? 조금만 있으면 가을이긴 했지만 아직도 한낮에는 매우 더웠다. 그런데도 노출되어 있던 손, 얼굴의 피부색과 지금 드러난 하얀 속살과 색깔이 같다면 여태껏 받은 햇볕은 어디로 갔단 말인가?

"설마, 그걸 흡수했을까? 아니지, 내가 지금 무슨 생각을 하는 거야. 햇볕을 흡수하는 마법진만도 꽤나 고난도의 마법진인데, 한낱 인간의 몸으로……."

더 이상 생각하기도 머리 아프기에 토지에르는 아래로 내려갔다. 안 그래도 할 일이 태산처럼 많은데, 여기서 허비할 시간이 없었다. 내려가는 길에 실바르에게 다크의 옷을 한 벌 준비해 두라고 일렀다.

마인 탄생

　전신에 요기(妖氣)가 넘치는 아름다운 소녀. 긴 금발을 아무렇게나 묶었고, 옷도 평범한 여행복 같은 간소한 것을 입고 있었지만 그녀의 미모를 가리기는 힘들었다. 매우 성숙한 듯하면서도 앳된, 어딘지 상반된 느낌을 가진 이 소녀는 약간은 멍청한 표정으로 넓은 호수를 바라보며 생각에 잠겨 있었다.
　분명히 그 실바르라는 멍청하게 생긴 녀석의 안내를 받아 잠자리에 든 것 같았는데, 어느 결에 여기 서 있는 자신이 믿어지지가 않았기 때문이다.
　"여기는 어디지? 눈에 보이는 놈이 하나라도 있어야 잡고 물어보지."
　투덜거리며 자신의 손바닥을 잠시 바라보다가 주먹을 꽉 쥐었다. 그녀는 자신에게 다른 건 몰라도 무시무시한 힘이 있다는 것을 자각할 수 있었다. 그리고 눈을 감고 가만히 있으면 떠오르는 여러 가지 무공구결들……. 떠오르는 것은 그리 많지 않았지만 그건 큰 문제가 되지 않았다. 실바르라고 불린 그놈의 힘과 비교해 봤을 때 도저히 상상도 하기 힘들 정도의 실력 차가 있는 것은 사실이었다.

"차차 시간이 지나면 모든 게 해결되겠지. 내가 누군지, 또 이 빌어먹을 곳이 어디인지."

이때 호수 중앙의 물이 솟구쳐 오르더니 곧 그 물 덩어리는 사람의 형상으로 바뀌기 시작했고, 몇 초 지나지 않아 완벽한 사람의 모습이 되었다. 그 남자는 소녀를 찬찬히 살펴본 다음 놀랍다는 듯이 말했다.

"며칠 잠 안 자고 수련 중이라는 것은 알았지만, 도대체 무슨 수련을 어떻게 했기에 사람이 이렇게 바뀔 수 있지?"

하지만 소녀는 그 남자의 놀라움 따위는 상관하지 않고 심드렁하게 물었다.

"이봐, 여기는…, 어디?"

소녀는 딸리는 언어 실력으로 가까스로 상대에게 질문을 던졌다. 왜 말이 안 통하는지는 이해하기 어려웠지만, 그래도 골똘히 생각하면 간간히 단어들이 떠올라 대화하는 데 무리는 없었다. 말이 안 통하면 상대가 답답하지 자신이 답답할 건 없다고 생각했기 때문이다.

"여기는 그대의 꿈속이야. 나는 물의 정령왕 나이아드. 반지의 주인이 제대로 된 인간인지 판단하여 그를 어떻게 처리할 것인지 결정하지. 제대로 된 인간이라면 맹약을 지켜 줄 것이고, 내 마음에 안 들면 그놈은 내 노예가 될 수밖에 없어. 하지만 일단 그대의 힘은 합격선, 아니 그 이상이군. 며칠 전까지만 해도 능력은 있으되 너무 힘이 없어 어떻게 처리할까 고심했는데 말이야."

"빌어먹을! 무슨 소리! 짧게 말해!"

욕 한 마디를 보태 단어 다섯 개만으로 명확한 의지를 전달하는 소녀를 바라보며 나이아드는 잠시 고개를 갸우뚱했다.

"으응? 전에는 이렇게 말을 못 하지 않았는데……. 너무 속성으로 수련하다가 부작용이라도 생겼나?"

"여기 어디?"

"꿈속!"

"하, 꿈이라면 별 상관 안 해도 나중에 깨겠군. 그럼 어디 가서 잠이라도 자야겠다. 꿈속에서 잠을 자면 또 어떤 꿈을 꾸게 되지?"

소녀가 자신은 본 척도 안 하고 나무 밑으로 터덜터덜 걸어가 쭉 드러눕는 걸 보면서 나이아드는 기가 막힌다는 표정을 지어 보였다. 정령왕 생활 수만 년에 이런 년은 보다 보다 처음이었다.

이 녀석에 준하는 뻔뻔이가 예전에 하나 있었지만, 그놈은 그럴 만한 충분한 자격이 있는 놈이었다. 불의 정령왕 이프리드(Iprid)와 맹약이 맺어져 있는 플레임 스파우터(Flame Spouter : 화염을 내뿜는 자)의 주인이었으니까 말이다.

"이봐, 네 녀석의 힘은 통과 수준이지만, 또 다른 시험이 남아 있단 말이다. 과연 제대로 된 정신 상태를 가진 놈인지 두 번째 시험을 거쳐야 해. 그 시험까지 통과한다면 너는 아쿠아 룰러의 주인이 될 수 있다."

"……."

"사악한 자는 아쿠아 룰러의 주인이 될 수 없어. 이봐, 듣고 있는 거야?"

"……."

"이런 빌어먹을 자식! 내 말을 들으란 말이다."

 들은 척도 안 하는 상대에게 열 받은 나이아드가 분노에 찬 노성을 터뜨렸고, 그와 동시에 나이아드가 서 있던 호수의 표면이 약간 출렁이더니 호수 물의 일부가 소녀를 향해 쏘아져 나갔다. 하지만 소녀의 손이 잘 달구어 놓은 쇳덩이처럼 진한 선홍색을 띠면서 그것을 막자 곧 수증기가 되어 날아가 버렸다. 그리고 곧장 튕기듯이 일어선 그녀는 나이아드가 한 번도 들어 보지 못한 언어로 떠들어 대더니 미친 듯이 웃었다.

"심심하던 차에 잘됐다. 나는 걸어 오는 싸움을 마다할 만큼 사람이 좋지 못해. 꺄하하하!"

"미쳤군."

"미쳤군……. 무슨 뜻? 뭐? 미쳐? 탄마지(彈魔指)!"

 그와 동시에 그녀의 열 손가락에서 열 줄기 지풍(指風)이 뿜어져 나오며 나이아드를 향해 날아갔다. 나이아드가 그걸 간단히 막아 내는 걸 보면서 소녀는 사악한 미소를 지었다.

"네놈 실력도 상당한 것 같은데, 같이 몸이나 풀어 보자. 오호홋!"

 그녀는 자신의 내력을 천천히 끌어올리기 시작했다. 단전에 쌓인 강대한 마(魔)의 기운. 마의 극한, 즉 극마(極魔)의 힘이 뻗어 나오자 소녀의 몸은 더욱 사악하게 보였다. 전신이 벌겋게 달아올랐고, 눈동자마저 핏기가 올라와 완전히 아수라의 형상을 띠고 있었다.

 그녀의 머릿속에 떠오르는 무공구결은 많지 않았다. 3분의 1 정도는 매우 패도적인 무공이었고, 나머지 3분의 2 정도는 그렇지 못했다. 오히려 패도적이지 못한 무공이 훨씬 더 깊이 있는 것들이지만, 그녀로서는 지금 자잘한 초식 따위를 기억하고 응용해야 하는 그런 무공들보다는, 막대한 양이 소모되지만 엄청난 위력을 지니는 무공이 더 쓰기 편했다. 내공이야 사발로 퍼 줘도 남을 만큼 넘치고 있었기 때문이다.

"꺄하하하, 묵룡혼원공(墨龍混元功). 파(破)!"

그녀의 손에서 만들어진 수십 줄기의 강기 다발이 자신을 향해 날아왔을 때에야 나이아드는 뭔가 매우, 아주, 크게 잘못되었다는 걸 깨달았다. 재빨리 아쿠아 바리어와 실드를 함께 쳤지만, 그중 몇 개는 그 벽을 뚫고 들어왔기 때문이다.

그리고 도저히 인간이라고 생각되지 않는 저 사악한 기운은 또 뭐란 말인가? 자신의 몸에 난 상처는 꼭 호수에 돌 던진 식으로 순식간에 사라지긴 했지만, 나이아드는 매우 자존심이 상했다.

"감히 인간 따위가! 죽어랏!"

나이아드는 소녀가 잠에서 깨어나 꿈속에서 사라져 버리자 낭패한 표정으로 하늘 위를 향해 외쳤다.

"이게 도대체 어떻게 된 일이냐?"

어떻게 보면 미친 듯한 행동이었지만 놀랍게도 그에 답하는 목소리가 있었다.

"그녀는 너무 무리하게 마나를 흡수하다가 사고가 났어요. 예전에 몸속에 가지고 있던 정갈한 마나와 새로이 생성, 흡수된 사악한 마나가 충돌했거든요. 그러면서 그녀의 몸속에 축적된 엄청난 양의 마나들이 제멋대로 체내를 돌기 시작했죠. 그러던 중에 사악하면서도 강렬한 마나의 일부가 골수에 자리를 잡아 버렸어요. 그녀는 폭주하는 마나들을 어떻게 해서든지 진정시켜 보려고 엄청난 노력을 했어요. 그 덕분에 골수에 자리 잡은 사악한 기운은 얼마 되지 않지만……. 그래도 제가 중간에서 그 사악한 기운이 골수를 장악하는 것을 막지 않는다면 아마 미쳐 버렸을지도……. 하지만 제 능력으로는 막는 것만으로도 벅차기에, 그 기운을 없앨 수는 없었습니다. 그 덕분에 지금 기억은 잊어버린 상태지만, 만약 그녀의 심경에 뭔가 변화가 생겨 제가 간신히 막고 있는 그게 자극을 받는다면 폭주할지도 모릅니다."

"만약 폭주한다면?"

"엄청난 악마가 한 명 탄생하겠죠. 그걸 막아야만 합니다. 그녀의 정신은 지금 매우 위험한 상태입니다. 언제 폭발할지 모르는 화산(火山)과 같아요."

"막을 방법이나 있냐?"

"저는 그녀의 몸에 붙어 있는 상태니 그녀에게 간섭할 수 있습니다. 나이아드 님께서 힘을 좀 빌려 주신다면 조금씩이나마 그 사악한 마나를 없앨 수 있을 겁니다. 시간이 많이 걸리겠지만, 한 달 이내로 그 사악한 기운을 골수에서 완전히 몰아낼 수 있을 거예요."

"그 방법 외에는 없겠군. 아무리 내 힘이 상대하나하나 나 자신의 의지로 정령계가 아닌 인간계에서 발휘할 수 있는 힘은 많지 않다. 싸워 본 결과 거의 비슷한, 아니군. 그녀의 파워가 월등했어. 실전 경험이라고는 하나도 없이 무작정 힘에만 의존해서 덤빈 덕분에 그나마 평수를 유지할 수 있었지만, 실전 경험이 갖춰진다면 나도 벅찬 상대다. 꿈의 세계(夢界)가 아닌 인간계에서 부딪쳤다면 큰일 날 뻔했지. 안 그랬으면 점점 감각을 되찾아가는 그녀에게서 도망칠 방법이 없었을 테니까. 내가 밀리기 시작했을 때 여기서 쫓아내 버렸으니 다행이었지만, 잘못하면 정령계로 강제 소환당할 뻔했어. 도대체 인간이 그 정도 힘을 가지고 있다는 게 믿어지지가 않는단 말이야. 초상급 악마에게 혼을 판 것도 아니고, 누군가가 힘을 빌려 주는 것도 아닌데…….”

나이아드의 투덜거림에 앳된 목소리는 조금 비꼬는 어조로 말했다.

“그녀를 가만히만 놔뒀으면 6개월 이내에 그 정도 경지까지, 아니 그 이상의 경지까지 올라갈 수 있었어요. 재미있다고 그녀를 매일 못살게 군 것은 나이아드 님이 아니신가요?”

그 말에 나이아드는 쓸쓸한 미소를 지으며 답했다.

“흠, 내가 이렇게 될 줄 알았나? 심심하기에 제법 발악하는 꼴이 재미있어서 좀 가지고 놀았더니, 쯧쯧……. 어쨌든 마나는 얼마 없는 주제에 싸우는 감각 하나는 끝내 줬지. 정말 괴롭히는 재미가 나는 상대였단 말이야.”

“그렇다고 피골이 상접할 때까지 매일매일 괴롭혀요?”

“닥쳐. 겨우 반지의 정령 주제에 이 위대하신 정령왕께 대들다니……. 명심해! 네 녀석은 맹약에 따라 내 힘의 일부를 빌려 쓸 수 있을 뿐, 나는 네가 아니고 너 또한 내가 아니야. 네놈이 위대하신 나와 동급이 될 수 없단 말이다. 당장이라도 내가 힘을 차단하면 소멸하는 주제에……. 알겠냐?”

“명심하겠습니다. 죄송합니다, 나이아드 님.”

"알았으면 됐다. 가 봐."

"으하아앙……."

 일어서서 기지개를 펴는 주인을 바라보며 세린은 살며시 미소를 지었다. 어제 수련을 끝낸 후 주인이 좀 이상한 것 같기는 했지만 어쨌거나 푸근히 자고 일어나는 주인을 보는 것은 정말 오랜만이었다.

"목욕물 받아 놨습니다, 주인님. 씻고 식사하시지요."
"목욕물? 목욕, 목욕……. 응."

 그제야 알아듣고 소녀는 세린의 안내를 받아 목욕탕으로 향했다. 꿈속에서 어떤 빌어먹을 녀석하고 만나 잠에서 깨기 직전까지 아귀다툼을 벌였었는데, 끝장을 못 본 것이 영 찜찜했다. 처음에는 좀 밀렸지만 나중에는 슬슬 요령을 터득해 가면서 밀어붙이기 시작했고, 완전히 끝장을 낼 수도 있었는데…….

"제길! 검이 있었다면 완전히 박살 낼 수 있었는데……."

 세린은 소녀가 목욕하는 것을 도와 깨끗이 닦아 주고, 옷까지 입혀 줬다. 그런 후 자그마한 검을 그녀에게 건네줬다. 그녀가 이 검과 장갑을 몸에서 떼어 놓은 모습을 상상할 수가 없었기 때문이다. 하지만 소녀는 장갑은 본 척도 안 하고 검만 허리에 찼다.

"저… 주인님, 장갑은?"

 소녀는 대꾸를 하려다가 말이 갑자기 떠오르지 않자 고개만 가로 저은 후 밖으로 나갔고, 그 뒤를 세린이 재빨리 따라갔다. 어쨌거나 시중을 들어야 했기 때문이다.

 그녀가 밖으로 걸어 나오자 언제나와 같이 실바르가 뒤따랐다.

실바르를 흘끗 본 소녀는 실바르에게 다가오라는 듯이 손짓을 했다. 실바르가 무슨 일인가 해서 소녀에게 다가가자 실바르의 큼직한 롱 소드를 가리켰다.

"검… 줘!"

"예? 예에……."

자신의 검을 잠시 구경하자는 말인 줄 알고 실바르는 검을 살짝 뽑아서 건네줬다. 얼마 전까지 자신이 가지고 있던, 아버지에게 선물 받은 검은 다크와 토지에르 간의 다툼을 막다가, 다크가 날린 물줄기에 박살 나 버렸기에 그로서는 큰마음 먹고 거금 20골드를 주고 구입한 꽤나 고급 검이었다.

그런데 상대는 고개를 가로저었다.

"그것도……."

소녀가 가리키는 것은 검대(劍帶)였다. 무슨 남의 검을 구경하는데 검대까지 벗어 달라고 하나 싶었지만 실바르는 그것도 벗어 줬다. 그러자 소녀는 자신의 얄팍한 검을 실바르에게 건네주고는 실바르의 검대를 허리에 차고 그 검대에 실바르의 롱 소드를 묶었다. 그걸 보는 실바르의 속이 뒤집히지 않을 수 있겠는가?

"이봐요. 그건 제 검입니다."

소녀는 실바르의 항의는 들은 척도 안 하고 실바르에게 건네줬던 자신의 얄팍한 검을 가리키며 더듬거렸다.

"그거…, 가져."

그런 후 소녀는 긴 검을 땅바닥에 질질 끌면서 밖으로 걸어 나갔고, 열 받은 실바르는 소녀의 뒤에 바짝 붙어 소녀를 잡아먹을 듯 악을 써 댔다.

"아니, 그건 내 검이야. 얼마 전에도 내 것을 하나 박살 냈으면 됐지. 그걸 꼭 빼앗아야겠어? 엉?"

아무리 폐하의 총애를 받는 여자라 해도 이건 너무 심한 처사였고, 또 겨우 남작 작위 가지고 그래듀에이트인 자신을 이렇게 깔볼 수는 없었기에 이번 기회에 맛을 좀 보여 줄 생각이었다. 그러나 소녀는 뒤로 휙 돌아서서 곧장 실바르의 목을 잡아왔다. 실바르는 재빨리 피하려고 했지만 그 손이 뻗어 오는 속도는 정말 놀랄 정도였다.

"컥!"

"죽고… 싶어?"

무표정한 소녀의 말 한마디였다. 사실 소녀의 손은 크지 않았기에 실바르의 목 전체를 잡을 수는 없었고, 기도(氣道) 부분만을 틀어쥐고 있었다. 하지만 그 힘은 정말 기도를 뜯어내고도 주리가 남을 것처럼 느껴졌고, 실바르는 슬슬 공포를 느끼기 시작했다.

엄청난 살기(殺氣)……. 그리고 딱히 뭐라고 말할 수는 없었지만 매우 사악하면서도 강력한 기운이 소녀의 몸에서 느껴졌다. 그걸 느끼는 순간 실바르는 자신이 그 이름 높은 그래듀에이트의 시험을 통과한 무사라는 것마저도 잊어버렸다.

"컥…, 가, 가지세요. 컥컥……. 가져요."

잠시 소녀는 그 가지라는 말의 뜻을 생각해 본 후 손을 풀어 주고 뒤로 돌아서서 가 버렸다. 실바르는 벌겋게 손도장이 찍힌 자신의 목줄기를 주무르며 투덜거렸다.

"제길, 가져라 가져. 더러워서……. 그런데 이 섬을 어떻게 쓰라는 거야? 또 한 자루 사야겠군. 제길! 이번 달은 완전히 적자군."

폭주

"대단히 화려한 축제군."

스바시에 지구(地區) 총독, 루빈스키 폰 크로아 공작의 말에 옆에 서 있던 부관이 공손하게 답했다.

"예, 총독 전하. 프로트시의 가을맞이 축제는 매우 화려한 것으로 정평이 나 있습니다."

이 가을맞이 축제는 스바시에 왕국 남단에 위치한 프로트 항구에서 매년 벌어지는 매우 성대한 행사였다. 올해는 전쟁으로 인해 중단될 것이라는 소문이 돌았다. 그렇지만 전쟁은 매우 빨리 끝났고, 크라레스 제국이 경이적인 속도로 점령지를 안정시켰기에 모두의 예상을 깨고 축제는 개최될 수 있었다.

공작은 화려한 행렬이 지나가는 거리를 바라보며 역시 스바시에 지구(地區)가 크라레스 지구보다 훨씬 더 풍요롭다는 것을 여실히 느끼고 있었다. 이 화려한 행렬, 넘치는 사람, 수많은 상품들을 쌓아 둔 상점들이 있었고, 거리의 시민들에게는 그 물건을 살 수 있는 돈이 있었다. 미래의 영광을 바라며 전쟁 준비만을 위해 악착같이 살아온 크라레스와는 천지 차이가 나는 광경이 아닐 수 없었다.

이때 공작의 눈에 꽤 이채로운 광경이 눈에 들어왔다.

"오, 매우 아름답군. 아름다운 꽃들로 장식한 화려한 수레에 아름다운 처녀라. 꽤 권세 있는 가문의 자식인가? 으응? 하지만 웬만한 가문들의 여인들은 몽땅 싹쓸이해서 노예 시장으로 보낸 걸로 아는데……?"

그 말에 옆에 서 있던 부관이 상세하게 설명했다.

"권세 있던 가문의 여식이 맞사옵니다. 저 소녀는 며칠 전에 경매에 나갔던 아이죠. 그걸 이번에 새로 당선된 시장(市長)이 구입했사옵니다."

"흐음, 새로 당선된 놈이 하는 짓거리가 여색에 대한 탐닉이라니……. 이 축제 끝나고 그 녀석을 처형해랏!"

부관이 황급히 공작을 만류했다.

"총독 전하, 그게 아니옵니다. 저 소녀는 제물(祭物)이지요. 이 축제가 끝난 후 아마 살아남기 힘들 것이옵니다."

"제물?"

"예, 전하. 예로부터 프로트항은 치레아나 아르곤과 무역이 성행해 온 항구 도시이옵니다. 하지만 가을부터 바다가 조금씩 거칠어지기 시작해서, 겨울에는 파고가 매우 높아 항해에 문제가 많지요. 그래서 프로트에서는 가을맞이 축제를 열어 제물을 장만하여 해룡에게 바치고, 대신 안전한 항해를 비는 것이옵니다."

"참내, 도마뱀에게 제물을 바친다고 태풍이 불던 바다가 잠잠해진다던가?"

"예, 놀랍게도 제물을 바친 해는 꽤 날씨가 좋다고 하옵니다. 우연인지 아닌지 모르지만, 크라세섬에 살고 있는 실버 드래곤 쥬브로에타가 힘을 써 주는 모양이옵니다."

"실버 드래곤 쥬브로에타?"

"예, 여기서 동남쪽으로 120킬로미터 정도 가면 있는 무인도인데, 평상시에는 출입 금지 구역이지요. 1년에 단 한 번 제물을 실은 배가 그 섬에 가서 예쁘게 단장한 처녀를 거기에 놓고 옵니다. 가을맞이 축제의 정점이 바로 그 제물을 실은 배를 배웅하는 것이지요."

"쥬브로에타는 몇 년 정도 된 드래곤인가?"

"예, 자세히는 모르지만 거의 3천 년 정도 살아온 드래곤이라고 들었사옵니다."

"실버 드래곤이 3천 년이나 묵었으면 날씨 정도 제어하는 것은 힘든 일도 아니겠지. 세계에서 제일 거대하고 강력한 드래곤은 역시 레드보다는 바다의 제왕, 실버 드래곤이니까 말이야. 실버 드래곤의 힘을 겨우 노예 하나로 1년 동안 얻을 수 있다면 매우 싼 가격이군."

"그렇습죠."

두 사람의 말투에 약간은 빈정거리는 듯한 어조가 가미된 것은 어쩔 수 없었다.

실버 드래곤의 파워를 노예 한 명, 즉 비싸 봐야 150골드 남짓한 가격을 주고 1년간 얻어 쓸 수 있다는 것은 매우 실속 있는 것이었다. 날씨를 조절하는 마법은 매우 상위급의 마법이었고, 또 날씨를 적절하게 조절하여 상선의 항해에 유리하게 만들려면 최소 6사이클 이상의 마법사가 붙어 앉아 1년 동안 꼬박 날씨에만 신경을 써야 한다. 또 바다처럼 매우 넓은 지역에 그 마력을 미치게 하려면 이건 6사이클급 가지고는 턱도 없었다.

하지만 그걸 위해서 아무리 노예라고 하지만 인간을 뇌물로 바쳐야 한다는 게 크라레스 태생인 그들에게 무덤덤하게 받아들여질 수는 없었다. 아무리 세계 최강의 생명체라고 해도 실체는 도마뱀 같은 게 아닌가? 그런 도마뱀에게 여인을 향락의 미끼로 제공해야만 하다니…….

크라레스는 예전에는 어땠는지 모르지만 30년 전의 전쟁 이후 농노를 제외한 거의 대부분의 노예들을 없애 왔고, 또 농노들까지도 단계적으로 해방시켜 왔다. 노예가 없어진다는 말은 세금을 내야 하는 시민들이 증가한다는 뜻이었기 때문이다. 또 농노들이 해방된다는 말은 곧 국유지가 감소한다는 것이었다.

사실 국유지가 넓다는 것은 어떻게 보면 황제의 힘이 거대한 것처럼 보이지만 실속은 달랐다. 그 중간에 끼여 있는 기생충 같은 귀족들의 힘만 비대해질 뿐이기 때문이다. 황제와 농노들의 사이에서, 농노들을 쥐어짜 온갖 사치와 향락을 누리는 기생충들 말이다.

그렇기에 크라레스는 귀족에게 하사했던 영지들을 단계적으로 회수하고, 농노들에게 일정량의 토지를 주어 해방시킴으로써 세입을 늘릴 수 있었다. 크라레스의 세금은 평균 60퍼센트 정도였지만—물론 흉작일 때는 세금을 낮춰 줘야 하니까—그 세금의 일정

량을 귀족들이 삼키는 일 없이 몽땅 다 국가의 수입으로 들어왔기에 그나마 크라레스가 버티고 있었던 것이다.

이렇듯 노예들이 거의 없는—대신 수인족은 계속 노예로 썼다—나라에서 살다 보니, 부관이든 공작이든 인간이라면 '고용인'의 개념은 있었지만, 인간인 '노예'를 완전히 '가축'처럼 보는 것은 힘들었다. 특히나 공작의 경우 오랫동안 외국을 떠돌며 여행을 해왔기에 노예라는 개념이 익숙지 않은지도 몰랐다. 몬스터들이 우글거리는 변방에 가면 오랜만에 만난 대상이 '인간'이라는 것이 반가울 뿐이지, 그 상대의 출신 성분은 중요한 게 아니었기 때문이다.

어쨌든 두 사람이 얘기를 나누고 있는데, 뒤쪽에서 기사 한 명이 헐레벌떡 달려와 재빨리 공작에게 예를 올렸다.

"급히 황궁으로 귀환하시라는 폐하의 칙명이옵니다, 전하."

"무슨 일인가?"

"잘 모르겠사옵니다. 매우 급한 일이라고만 들었사옵니다."

"알겠다."

공작은 안내하는 기사의 뒤를 따라 달리기 시작했다. 성질 같아서는 최고 속도로 달리고 싶지만, 이런 곳에서 자신의 능력을 드러내 보인다면 어디에 숨어 있는지 모를 타국의 첩자들에게 발견될 가능성이 있었다. 그렇기에 그는 성질을 죽이고 기사의 뒤를 따라 이동용 마법진이 있는 곳으로 갔다.

"이게 어떻게 된 일이옵니까, 폐하?"

공작의 목소리는 약간 떨리고 있었다. 이리로 오기 전 보았던 광경이 아직도 믿어지지 않았기 때문이다. 수도의 일부가 완전히 파괴되었고, 아직도 곳곳에서 부상자들을 실어 내는 장면, 또 사방에 거대한 타이탄의 발자국들이 찍혀 있는 것을 보면 타이탄까지 동원해서 시가전(市街戰)을 벌인 것이 분명했다.

"적의 기습이라도?"

"아닐세."

"예? 그렇다면?"

황제는 한숨을 내쉬면서 씁쓸한 표정으로 말했다.

"후, 다크 크라이드 남작이 미쳐 버렸어."

"에? 미치다니 무슨 말씀?"

"간신히 그 아비규환에서 탈출한 실바르의 말에 따르면 시내를 구경하던 중에 패싸움이 벌어졌는데, 그걸 보더니 갑자기 미쳐 버렸다고 하더군. 검을 빼들고 있는 대로 사람을 죽이기 시작했고, 나중에 그녀를 말리기 위해 출동한 병사들까지……. 그녀의 실력이 보통이 아니었기에 급히 타이탄 세 대를 출동시켰는데 타이탄들과 싸우면서 그 일대를 쑥대밭으로 만들어 놓고 도망쳤어."

타이탄들과 싸우다가 도망쳤다는 말에 공작의 입이 쩍 벌어질 수밖에 없었다.

"그럴 수가……."

"그 때문에 자네를 불렀네. 부하들을 많이 줄 수는 없어. 두어 명 데리고 가서 그녀를 사로잡도록! 만약 생포가 불가능하면 죽여도 상관없네. 대신 청기사는 꼭 회수해 오도록!"

"세상에, 그녀가 청기사까지 가지고 있다는 말입니까?"

"가지고는 있지만 쓰지는 않았어. 사실 그녀는 타이탄을 다룰 줄 모르니까 청기사를 불러낼 이유도 없겠지. 어쩌면 타이탄을 소유하고 있는지조차 모르고 있을 거야. 하지만 보통 실력이 아닌 만큼 유령 기사단에서 로메로를 가져가게. 그리고 자네는 만일을 대비해서 청기사를 가져가는 게 좋을 거야. 그녀의 실력은 엄청나다네. 어쩌면 마스터급일지도……. 그러니 자네도 조심하는 게 좋을 거야."

"마스터급이라고요? 하기야 타이탄과 맨몸으로 싸웠다면 그것 외에는 답이 없지만……. 그때 그녀와 싸웠던 인물들의 증언을 들어 보고 떠나도 되겠습니까?"

"좋을 대로 하게. 대신 그녀는 무슨 일이 있더라도 처치해야 해."
"명심하겠습니다, 폐하!"

공작은 유령 기사단 소속의 그래듀에이트 두 명과 5사이클급 마법사 한 명을 데리고 추격 작업을 시작했다. 그녀가 도망친 방향은 동남쪽, 그러니까 그 길로 쭉 갈수만 있다면 아마도 치레아가 있을 것이고, 그다음은 아르곤 제국에 도착하게 된다. 그래도 다행인 점이 북쪽의 코린트로 도망치지 않았다는 것이었다. 만약 그리로 도망쳤다면 추격 작업이 매우 곤란해졌을 것이기 때문이다.

"더 이상 말을 타고 갈 수는 없사옵니다, 전하."
"할 수 없군. 이보게, 아베인!"

뒤쪽에서 말을 타고 따라오던 경무장을 한 중년 사내가 공손히 대답했다.

"예, 전하."
"연락해서 와이번 두 마리만 지원해 달라고 해. 그리고 말을 가지고 돌아갈 사람 한 명도 데리고 오라고 해. 알겠나?"
"예, 전하."
아베인이라 불린 마법사가 통신을 하는 동안 공작은 주위를 쭉 살폈다. 그러다가 나무 아래쪽을 가리키면서 따라온 기사들에게 말했다.
"여기서 좀 쉬다가 갔군."
공작의 옆에 서 있던 바스타드 소드와 가죽 갑옷으로 무장한 기사 한 명이 곧장 대답했다.
"여태까지의 발자국으로 봤을 때, 대단한 속도임에 틀림없습니다. 발자국 간격이 거의 5미터를 넘어서고 있사옵니다."
"그야 당연하겠지. 우리가 쫓는 게 평범한 소녀가 아니니까 말이지. 그녀를 발견하면 즉시 자네들은 타이탄을 불러야 할 거야. 자네들의 실력으로는 턱도 없을 정도로 강한 상대니까……."
"그 정도나……."
부하들의 반응에 공작은 갑자기 타이탄을 타고 다크와 싸웠다는 기사의 증언이 떠올랐다.

"그녀가 가진 검에서 엄청난 불덩어리들이 튀어 나왔사옵니다. 그것도 한두 개도 아니고 수십 개나……. 하지만 우리들은 방패로 그걸 막아 냈사옵니다. 방패의 파손이 심했지만 우리는 그녀를 에워쌌지요. 그러자 그녀의 몸에서 더욱 사악하고 강렬한 기운이 뿜어져 나왔습니다. 아무래도 마나를 더욱 집중하는 것 같았지요. 그래서 우리들이 그녀가 힘을 모으지 못하게 재빨리 검으로 공격했지만, 그걸 피하면서 그녀는 계속 우리들을 공격했사옵니다. 저희들은 그때 공격은커녕 방어하기에도 벅찼사옵니다. 그녀는 한동안 공격을 해 대다가 나중에는 지쳤는지 도망쳐 버렸사옵니다. 저희들은 타이탄의 손상 정도가 꽤 심했고, 또 뒤쫓는다 해도 그녀를 죽일 자신이 없었기에 추격을 포기했사옵니다. 타이탄의 상처를 보시겠사옵니까?"

그 기사가 불러 낸 루시퍼의 방패는 거의 너덜너덜했고, 방패로 가리기 힘든 하체 부위의 손상도 꽤 심했다.

"이게 순전히 검만 가지고 만든 상처인가?"

"예, 전하. 검에서 나온 불덩어리들의 위력은 대단했사옵니다. 방패가 푹푹 패였으니까 말이지요. 도대체 그게 무엇이옵니까? 엄청난 위력에 매우 사악한 기운을 뿜고 있던데…, 설마, 그게 검강이옵니까?"

기사의 물음에 공작은 직접 검을 뽑아 들고는 강기를 뿜어냈다.

"그 모양이 이렇던가?"

검강의 목표는 타이탄의 발이었다. 두 상처를 비교해 보기 위해서였다. 검강이 날아가는 것을 본 기사는 즉각 고개를 끄덕였다.

"예, 비슷하긴 하옵니다만 매우 사악한 기운을 뿜고 있다는 게 달랐사옵니다. 그리고 한 개가 아니고 수십 개를 한꺼번에 날렸사옵니다."

공작은 타이탄의 발에 패여 있는 자국을 비교해 보았다.

"강기 종류가 맞는 모양이군."

그때 공작은 한 번에 수십 개의 강기 다발이라는 기사의 증언에 매우 큰 충격을 받았었다. 사실 자신도 그 정도는 불가능하기 때문이다. 그때의 기억을 정리하며 공작은 부하들에게 확정적으로 말했다.

"거의 나와 동급, 어쩌면 그 이상이라고 생각하면 될 것이다. 그러니 매우 조심해야만 한다. 알겠나?"

"명심하겠사옵니다."

"아베인!"

"예, 전하."

"우리는 먼저 출발하겠다. 자네는 말을 인계하고 와이번에 탑승한 후 저쪽에 보이는 산꼭대기에서 만나기로 하지."

"예, 전하."

공작은 말에서 필요한 짐들을 꺼내 등에 지면서 기사들을 둘러보았다.

"그 정도 실력자와 만났을 때 갑옷은 아무런 도움도 안 된다. 모두들 갑옷을 벗어 몸을 가볍게 하게."

공작 일행은 무거운 갑옷이나 기타 방호구들을 다 벗어 두고 가벼운 옷차림으로 각자 필요한 짐만을 가지고 발자국을 따라 달려가기 시작했다. 상대는 엄청난 실력을 지니고 있음에도 자신의 흔적을 지우거나 최소화할 생각조차 않고 있었기에 추격 작업은 비교적 쉬웠다. 하지만 상대의 도주 속도가 매우 빠른 만큼 그 또한 별로 도움이 되지 않기는 마찬가지였다.

기억 상실

 소녀는 한참 달려가다가 갑자기 멈춰 섰다. 크라레스의 수도를 휘저어 놓고 도망치기 시작한 지 이틀째 되는 날이었다. 물론 도중에 개울물을 마시고, 토끼 따위를 잡아서 먹기도 했기에 그녀는 매우 생생한 상태였다. 그런데 갑자기 그녀의 뇌리를 스치는 생각이 있었다.
 '가만, 내가 지금 왜 도망치는 거지?'
 곰곰이 생각해 보니, 약간씩 기억이 떠오르기 시작했다. 자신의 이름은 묵향이었고, 위대한 마교의 전사였다. 묵향이란 이름도 처음에는 2044호로 불리다가 동료들이 언제나 묵의(墨衣)를 즐겨 입는 그에게 애칭으로 붙인 것이었는데, 그게 어느덧 자신의 이름이 되어 있었다.
 '맞아, 내 이름은 묵향이었지. 그리고 나는 살수(殺手)였어. 그렇

다면 나는 지금 목표물을 죽이고 탈출하던 중이었나?'

한참 생각해 보니 그것도 아니었다. 분명히 며칠 전에 듣도 보도 못한 이상한 괴물들이 셋이나 튀어나와 싸우다가, 공력이 점차 고갈되는 것을 느끼고 탈출하지 않았던가? 무려 한 시진(2시간) 동안 맹공격을 퍼부었었는데, 그 괴물들은 끄떡도 없었다. 도대체 그런 괴물들을 쓰는 무림의 방파(幫派)가 있었던가?

'참! 그때 죽인 놈들의 모습도 그때는 잘 몰랐는데 아주 수상했어. 푸른 눈, 갈색 눈, 노랑머리, 빨강머리, 갈색! 에이, 골치 아파! 그놈들은 저 멀리 서쪽에서 산다는 색목인(色目人)들일까? 그도 아니면……. 흑! 맞아, 그러고 보니 아무 생각 없이 그 괴물들과 싸우는 데 본교의 무공을 사용하고 말았어. 큰일이구나. 흔적이 남았겠는데……. 돌아가서 아예 끝장을 내 버려? 하지만 그렇게 해 봐야 흔적만 더욱 남길 뿐이지. 잘못하면 아무리 내가 1급 살수라도 놈들에게 잡힐지도 모르니까. 그건 그렇고 교주가 그 괴물들을 죽이라고 했었나? 그런 기억도 없는데? 그렇다면 그놈들하고는 왜 싸웠지? 그냥 갑자기 화가 나고 그래서, 일순간 내 정신이 아니었어. 살수의 생명은 냉정, 침착, 정확인데 말이야. 어? 그건 그렇고 여기는 어디쯤이야! 대산으로 돌아가려면 어디로 가야 하지? 일단 아무 곳이나 찾아 들어가서 여기가 어딘지나 알아보고 행동해야겠군.'

그녀는 한참 횡설수설하다가 휙 몸을 날렸다. 이제부터 그녀의 움직임은 전문적인 살수의 수업을 받은 자의 행동이었다. 거의 흔적조차 없는…….

공작 일행은 난감한 사태에 직면하게 되었다. 갑자기 그녀의 흔적이 없어진 것이다. 흔적이 끊어진 곳을 기준으로 주위 100미터를 이 잡듯이 뒤졌지만 그 어디에도 흔적은 없었다.

"난감하군."

"그러게 말이옵니다, 공작 전하."

"일단 아베인과 합류하자. 마법이라면 방법이 있을지도 모른다."

"그러지 마시고 제가 그를 데려오면 되지 않겠사옵니까? 전하께서는 여기서 쉬시는 것이……."

"상대가 약하다면 그게 가능하겠지만, 잘못하면 역으로 놈의 공격에 각개 격파당할 수도 있다. 그러니 모두 함께 움직일 수밖에 없다."

"소신의 생각이 짧았사옵니다. 가시지요."

그들은 아베인이 기다리는 장소로 갔고, 벌써부터 와이번을 타고 도착해 있던 그를 데리고 오는 데 상당한 시간이 걸렸다. 지독하게 험한 숲 속을 달려가야 했기에 가장 무공이 높은 공작이 아베인을 안고 뛰었다. 그 덕분에 아베인은 정신이 반쯤 나간 상태가 될 수밖에 없었다. 수풀이 짙게 우거진 아래쪽으로 달려갈 수 없었기에 공작 일행은 나뭇가지를 밟고 도약하며 전진했다. 안겨 있는 아베인은 정신이 하나도 없을 수밖에 없었고, 나중에는 눈을 꽉 감고 제발 빨리 그 장소에 도착하기만 빌었다.

"이게 그녀의 마지막 흔적이다. 여기서 잠시 서 있었어. 두 개의 발자국이 나란히 찍힌 걸 보면…, 어쩌면 여기서 숨이라도 좀 고른 후에 다시 출발했는지도 모르지. 그런데 문제는 여기서 흔적이 끊겼다는 데 있다. 상대를 추격할 방법이 있나?"

"일단 대지의 기억에 물어보겠사옵니다."

아베인이 주문을 중얼거리고 나자 날씬한 소녀의 모습이 나타났다. 생긴 것과는 도저히 안 어울리는 롱 소드를 허리에 찼는데, 검집이 땅에 질질 끌리고 있었다. 그녀는 그대로 서서는 난감한 표정을 짓기도 하고 뭐라고 중얼거리는 듯 입을 우물거리기도 했지만 소리는 들리지 않았다.

"그녀가 뭐라고 했는지는 알 수 없나?"

"예. 대지의 기억에는 어떤 영상만이 기억될 뿐, 소리는 기억되지 않사옵니다. 대신 독순술(讀脣術)을 이용해 상대의 말을 짐작할 수 있는데……. 소신도 독순술을 좀 배웠사오나 아뢰옵기 송구하옵니다만, 알아들을 수가 없는 말이옵니다."

"참, 토지에르에게 듣기로 그녀는 여기 사람이 아니라 했으니 그쪽 말을 쓸 수도 있다. 그렇다면 난감하군. 이럴 줄 알았으면 견인족이리도 키우는 건데……."

이때 아베인은 상대의 위치를 파악하는데 효과적인 다른 간단한 마법을 외우고 있었다.

"뷰 마나 포스!"

뷰 마나 포스를 유지한 상태에서 그는 더욱 시야를 넓히기 위해 비행 마법까지 외웠다. 하나의 마법을 유지한 상태에서 또 다른 마법을 사용하는 것은 매우 고난도의 수법이다. 하지만 그는 5사이클까지 익혀 마법사의 칭호를 받은 인물이었기에 그렇게 힘든 일만은 아니었다. 그의 몸이 점점 떠오르기 시작했고, 곧이어 거의 지상 20미터 상공까지 올라갔을 때 그가 외쳤다.

"저기에 있습니다. 엄청난 양의 마나입니다."

아베인이 내려오자마자 공작은 그의 몸을 끌어 잡고 몸을 날렸다.

아무도 없던 곳에서 갑자기 날씬한 소녀가 순간적으로 나타났다. 여태껏 기척을 숨기면서 이동해 왔지만 생리적인 욕구를 슬쩍 해결할 방법은 없었다. 그녀는 투덜거리면서 나무 앞에 서서는 치마를 내렸고, 소변을 보기 위한 준비 작업으로 거시기(?)를 잡으려고 했다. 그걸 잡아야 조준 사격을 할 수 있으니 어쩔 수 없는, 아니 거의 본능적인 일처리 순서였다. 그런데 그게 황당하게도 잡히지 않았다.

'이런 변이 있나?'

여태껏 눈길도 주지 않았기에 눈치 채지 못하고 있었는데, 시선을 밑으로 내리니 자신의 몸과 옷차림이 매우 이상하게 바뀌어 있었다. 그리고 그 밑에는 거시기 대신…….

"꺄아아아아아악!"

공작 일행이 도착했을 때 다크는 제정신이 아니었다. 검을 뽑아 들고 사방을 닥치는 대로 초토화시키고 있었다. 사실 다크가 그때 완전히 미쳐 버렸기에 자신의 힘을 감추지 않았고, 그 덕분에 아베인의 마법에 포착된 것이었다. 어쨌든 공작 일행이 보기에 그녀의 붉게 달아오른 얼굴과 충혈된 눈은 완전히 광기(狂氣)로 번들거리고 있었다.

한참 목적 없이 아무거나 때려 부수던 다크의 광기 어린 눈과 슬쩍 숨어서 지켜보고 있던 공작 일행의 눈이 어느 순간 마주쳤다.

그와 동시에 엄청난 속도로 다크가 공작 일행에게 뛰어 들었고, 사태가 어떻게 돌아가는지 눈치 챈 공작 또한 검을 뽑아 들고 그녀를 제지하기 위해 달려 나갔다. 둘이 무시무시한 대결을 벌이고 있을 때 남은 두 기사는 자신의 타이탄들을 불러냈다.

어쨌든 목표물은 찾았고, 이제 해치우는 것만이 남아 있었다. 하지만 상대가 '날 죽여 주슈' 하고 그냥 목을 바치는 것도 아니니 당연히 그 작업은 매우 힘들 수밖에 없었다.

"쿠엑!"

무시무시한 붉은 강기의 회오리에 밀려 나무에 처박힌 공작이 피를 토해 냈다. 다크는 피를 토하는 공작에게 좀 더 편안한 휴식을 제공하기 위해 검을 들고 달려들었다. 하지만 그녀의 선행(?)은 채 이루어지지 못하고 타이탄들에게 막혔다. 타이탄 둘이 소녀 하나를 쥐 잡듯 검으로 찍어 대기 시작했고, 날렵한 소녀의 몸놀림 덕분에 땅바닥에 구멍만 뚫렸다.

소녀는 간혹 피하다가 한 번씩 엄청난 붉은색이 나는 뭔가를 뿜어냈는데, 그 덕분에 방패가 푹푹 파이는 걸 보면 보통 위력은 아니었다. 그들은 더욱 방어에 치중하며 소녀를 때려잡으려 들었고, 곧이어 몸을 추스른 공작 또한 검을 휘둘러 대며 그 격투에 가세했다.

지독하게 강한 상대였기에 고작 5사이클급 마법사인 아베인은 끼어들 엄두도 못 내고 멀찌감치 뒤로 물러서 버렸다. 3대 1의 대결이었지만 네 시간 정도 지나자 그 결과가 서서히 드러나기 시작했다. 소녀는 힘이 빠져서 헥헥 댔고, 남은 셋은 아직까지는 끄떡없었기 때문이다.

물론 타이탄을 동원하지 못했다면 아마도 남자 셋이 먼저 골로 갔을 확률이 높았지만, 그들은 두 대나 되는 타이탄을 동원한 매우 치사한 방법으로 소녀를 압박해 들어갔고, 타이탄들은 역시 비싼 값을 했다.

"캉!"

거대한 타이탄의 장검에 부딪쳐 소녀의 검은 박살 나 버렸다. 그리고 소녀는 한참 날아가 굵직한 나무에 처박히면서 정신을 잃었다.

"휴우, 정말 지독하게 강하군. 우웨엑!"

피를 토하는 공작에게 아베인은 재빨리 다가가서 치료 마법을 구사했다. 공작은 잠시 응급 치료를 받은 후 아베인에게 포션을 받아서 몇 모금 마셨다. 내상을 치료하는 데는 포션을 아예 마셔 버리는 편이 빠르기 때문이었다.

입가에 피를 흘리며 쭉 뻗어 있는 피투성이 소녀에게 기사 한 명이 다가가 검을 높이 들어 목을 베려는 찰나, 공작이 그를 제지했다.

"그만 둬!"

"예? 지금 죽여 버리심이?"

"이 팔찌를 채워라. 이건 마나의 응집을 방해하는 강력한 마법이 걸려 있으니, 더 이상 난동을 부리지는 못하겠지."

기사 둘은 곧 공작에게서 팔찌를 받아 그녀에게 채우고, 배낭에서 끈을 꺼내 그녀를 꽁꽁 묶었다. 좀 심하다 싶을 정도로 꽉 묶고 있을 때 숲 한구석에서 웬 젊은이가 걸어 나왔다.

매우 아름답게 생긴 데다가 타는 듯한 붉은 머리를 허리까지 기르고 있었기에, 몸매의 굴곡이 조금만 있었다면 여자로 착각할 정도였다. 그는 야유회라도 나가는 듯 단정한 옷차림을 하고 있었는데, 지금 이런 산골짜기에서 저런 인물이 튀어 나왔다는 것은 예사롭지 않은 일이었다.

공작은 상대를 힐끗 쳐다보고 표정이 약간 굳어졌지만, 그래도 정중하게 인사를 건넸다.

"안녕하십니까?"

"안녕하시오? 그런데 무슨 일로 이렇게?"

"아, 약간의 불상사가 벌어져서 말이죠. 소란스러웠다면 죄송합니다."

마스터의 경지에까지 들어간 공작이 저자세로 나가며 상대를 대하자 두 명의 기사는 뭔가 말을 꺼내려다가 공작의 눈치를 보며 그냥 하던 일을 계속했다.

"보통 일은 아니었던 모양이군요. 이렇게 주위가 황폐하게 된 걸 보면……."

그러면서 그 젊은이는 주위를 둘러봤다. 거의 반경 250미터 이상이 묵사발이 나 있었다.

"마법이라도 썼습니까? 아니군, 거대한 발자국들이 흩어져 있는 걸 보니 타이탄을 동원했군요."

"죄송합니다. 휴식에 방해가 되었다면 사죄드리겠습니다. 저 소녀를 여기서 간신히 따라잡았기에 어쩔 수 없었습니다."

"그렇다면 저 소녀 하나를 잡기 위해 이 난리를 피웠다는 말입니까?"

"예."

"흐음……."

그 남자는 기절해 있는 소녀를 매우 유심히 바라보았고, 몇 마디 중얼거리는 걸 보면 마법도 쓰는 모양이었다.

"드래곤은 아니군요. 그런데 어떻게 인간이 저렇게 엄청난 마나를……."

그러면서 그는 공작을 힐끗 바라보더니 말을 이었다.

"당신도 엄청나군요. 오랜만에 만난 사람들이 모두 이렇게 엄청나다니, 우연인가요?"

그 말에 공작은 속으로 찔끔해서 재빨리 대답했다.

"우연입니다. 위대한 분께서 여기 계시는지 알지 못했기에 여기서 일을 벌인 겁니다. 만약 알았다면 딴 곳에서……."

"좋아요. 그렇게 이해하도록 하죠. 그건 그렇고, 저런 몸으로 데려가다가는 아마 돌아가는 도중에 죽을 게 뻔하니 제가 조금 치료를 해 드리죠."

"그렇게 신경 써 주지 않으셔도 됩니다."

그 말에 남자는 빙그레 미소를 지어 보였다.

"거의 3백 년 만에 보는 사람인데 그냥 보낼 수는 없죠. 약간의 치료 정도는 뭐 아무것도 아니니까요."

그 남자는 곧 중얼거리며 주문을 외우더니 첫 번째 목표물로 공작을 잡았다. 공작은 자신의 몸으로 날아오는 은은한 광선을 보면서 검의 손잡이를 쥐고 싶어 용을 쓰는 오른팔을 억제하기 위해 전력을 다해야 했다. 여기서 검을 뽑아 봐야 그야말로 살아날 가능성은 거의 없었기에, 공작의 이성이 그것을 억누르고 있는 것이었다.

곧 공작은 소녀와의 싸움에서 얻은 내상과 작은 상처들이 깨끗이 치료되는 것을 느꼈다. 정말이지 놀라운 수준의 마법이었다. 그 남자는 공작과 그 부하들을 간단히 치료한 후 마지막으로 소녀를 향해 치료의 광선을 날렸다. 하지만 그 광선은 소녀의 몸을 덮는 순간 소멸되어 버렸다. 젊은이는 약간 놀라운 듯한 표정을 지으며 소녀에게 다가가서는 이리저리 살펴보았다.

소녀의 팔에 채워진 팔찌는 착용자가 마나를 응집하는 것만을 방해하는 것으로 외부에서 가해지는 마나의 움직임을 직접적으로 막을 만한 물건은 아니었다. 그 남자의 눈길은 소녀의 손목에서 떠나 소녀의 목, 귀로 이동했지만 거기서는 아무것도 찾지 못했다. 놀라울 정도의 미모를 지니고 있으면서도 정말이지 장식을 안 하는 소녀였다. 마지막으로 그 남자의 눈이 머문 곳은 소녀의 왼손에 끼워진 반지. 그 반지를 잠시 바라보던 남자의 입에서 신음이 흘러나왔다.

"흐음……. 지 반지는 이 소녀의 것이 확실한가요?"

"예."

"그렇다면 이 소녀를 당신들이 데리고 갈 수는 없습니다. 아쿠아룰러는 드래곤과 정령왕과의 약속의 증표. 그것이 사악한 인간의 손에 들어가는 것을 막는 것은 모든 드래곤의 사명이죠. 심심풀이 삼아 만들었다고는 해도 인간이 가지기에는 너무나도 강력한 힘이니까요. 그대를 믿지 못하는 것은 아니지만, 그래도 일단 내가 알았으니 그냥 둘 수는 없군요. 이 소녀를 내가 데려가도 될까요?"

말은 공손했지만 만약 거절한다면 죽이고서라도 데려갈 것이 뻔하다는 걸 눈치 채지 못할 정도로 공작은 멍청하지 않았다. 그렇기에 공작은 억지로 미소를 지으며 대답했다.

"위대한 분께서 원하는 대로 하십시오."

"고맙습니다."

그 남자가 화사하게 미소 지으며 소녀를 가볍게 안아 들었을 때 공작은 다급히 말했다.

"그 팔찌는 저희들 것이니 돌려주시지 않겠습니까?"

"당연히 돌려드려야지요. 가져가십시오."

공작의 부하 한 명이 재빨리 다가가서 주머니에서 열쇠를 꺼내 팔찌를 회수했다. 모든 일이 끝나자 그 남자는 소녀를 안고, 나타났을 때와 마찬가지로 순식간에 수풀 저편으로 사라져 버렸다.

"저, 공작 전하. 저 소녀가 미쳤다고 말해 두는 편이 좋지 않았을는지……."

부하의 말에 공작은 빙긋이 웃었다.

"꼴에 드래곤이니 어떻게 하겠지. 아마 그걸 눈치 챈 후에는 고생 좀 해야 할걸? 하하하, 제기랄! 돌아가자."

드래곤 레어

"으으응, 여기는?"
"오, 이제 정신이 드시는 모양이군요."
"아으윽!"
 소녀는 몸을 일으키려다가 머리를 감싸 쥐었다. 왜 그런지 모르겠지만 갑자기 골이 빠개지는 것 같이 아팠기 때문이다.
"저런, 저런……. 아직 움직이지 마세요. 치료를 했지만, 아직 몸이 완쾌된 것은 아닙니다. 좀 더 안정을 취해야 해요."
 그제야 소녀는 자신을 바라보고 있는 웬 아름답게 생긴 사람—남자인지 여자인지 헷갈리니까—이 있다는 것을 깨달았다.
"그런데 내가 왜 여기 있는 거죠? 그래! 맞아, 나는 왕궁에 있었는데? 세린은 어디 있죠?"
"세린? 잘 모르겠군요. 세린이 누구죠?"

"세린? 세린…, 글쎄요. 잘 모르겠어요. 누군지 생각이 잘 나지 않아요."

뭔가 생각해 내려 하자 머리가 더욱 아파 오는 것을 느끼며, 소녀는 머리를 감싸 쥐었다.

"방금 왕궁이라고 했는데 왕족이신가요?"

"아니요. 왕족은 아니고 그냥 거기서 살아요. 아니, 살았던 것 같아요. 잘 모르겠어요."

소녀는 매우 혼란스러웠다. 기억이 뒤죽박죽이 되어 이게 방금 자면서 꿈을 꾼 건지, 아니면 이전에 자신이 그런 일을 겪은 것인지 알 수가 없었다. 일관성 없이 완전히 헝클어져서 생각만 해도 혼란스러웠고, 머리도 지독하게 아프고…….

"시간이 지나면 나아질 겁니다. 조금 더 주무세요."

이불을 다시 소녀의 목 위까지 덮어 다독거려 준 다음, 그는 잠의 요정 더스트맨(Dustman)을 불러내 그녀를 잠들게 만들었다. 그녀가 잠든 후 그는 더스트맨 시시에게 감사의 인사를 한 후 돌려보냈다. 정령과는 달리 요정은 주종 관계를 허락하지 않는다. 요정은 매우 자유롭게 행동하고 얽매이기를 싫어하기에 이렇게 친구가 될 수는 있지만 종이 되지는 않기 때문이다.

그렇다고 요정이 친구가 되었다고 해도 안심하고 사귀기 힘들었다. 요정은 매우 장난기가 많아 그다음 행동을 예측하기가 매우 힘들다. 예를 들어 사랑의 요정 님프(Nymph)의 경우를 보면 원수끼리 사랑하게도 만들고, 삼각관계, 사각관계를 만들어 놓고 키득거리는 악취미를 가지고 있다. 그리고 잠의 요정 더스트맨도 마찬가지다. 꼭 지금 자고 싶을 때는 잠이 안 오다가, 정작 깨 있어야 할 때는 잠이 쏟아지는 것도 이놈들의 악취미 때문인 것이다.

어쨌든 그녀가 잠들자 드래곤은 아쿠아 룰러를 불러냈다. 원래 아쿠아 룰러를 만든 자가 드래곤이었기에 그가 부르자 반지의 정령은 곧장 튀어 나왔다. 뿌옇게 형상을 이루다가 곧이어 귀여운 어린 소녀의 형상이 만들어졌다.

정령은 드래곤에게 절을 하고는 방긋 웃으며 반갑게 인사를 건넸다. 반지의 정령은 자신을 불러낸 이 남자와 이미 안면이 있었기 때문이다. 그때에 비해 모습은 바뀌었지만 그에게서 풍겨 나오는 은근한 기운은 골드 드래곤의 것이었다. 그것도 웜(3천에서 5천 살 사이)급의 막강한……

"안녕하셨습니까? 아르티어스 님."

정령의 귀여운 모습을 보면서 아르티어스도 활짝 미소를 지어 보였다.

"오랜만이구나."

"예, 거의 6백 년 만이네요."

"그렇구나. 그때 너를 처음 만났을 때는 지크리트와 함께였지. 인간이었지만 정말 멋진 녀석이었는데 말이야."

"예, 그분은 제가 섬겨 본 인간들 중에서 손꼽히는 강자셨으니까요. 그리고 마음씨가 참 좋으셨죠. 그 때문에 빨리 돌아가셨지만……"

"그건 나도 알고 있다. 그가 비열한 수법으로 죽임을 당했다는 걸 알고 내가 복수를 했었으니까 말이야."

"아르티어스 님께서는 옛날에는 인간 세상에 자주 나가신 길로 아는데 여기는, 레어(용의 둥지)네요?"

정령의 말에 아르티어스는 약간 씁쓸한 표정으로 고개를 끄덕였다.

"더 이상 인간 세상에는 나가고 싶지 않으니까. 그런데 내가 듣기로는 카렐을 섬기고 있다고 들었는데, 설마 카렐이 죽었나?"

"아닙니다. 카렐 님은 대단히 강하신 분이시죠. 카렐 님은 키아드리아스 님과 함께 계십니다. 카렐 님은 지금도 매우 건강하세요. 카렐 님이 다크 님께 저를 선물하셨죠. 카렐 님께서는 플레임 스파우터를 더 좋아하시기에 저는 별로 도움이 안 됐거든요."

그 말에 아르티어스는 미간을 약간 찌푸렸다.

"설마, 카렐이 인정한 인간이 저렇게 정신이 불안정하다는 말인가? 강하기는 하지만, 강하다는 것이 다가 아닌데……. 특히나 나이아드는 주인의 심성을 꼼꼼히 체크하기로 유명한 녀석인데, 나이아드는 설마 저 아이와 맹약을 따를 생각인가?"

반지의 정령은 작게 한숨을 내쉬었다.

"따르실 수밖에 없을 거예요. 저렇게 만든 분이 나이아드 님이시거든요."

"뭐?"

"오랜만에 괜찮은 인간을 만났다고 신이 나서는 밤마다 들들 볶더니 저렇게 되어 버렸거든요."

"설마……. 겨우 그 정도 스트레스 받았다고 미쳐 버린다면, 네 주인이 될 자격 자체가 없잖느냐?"

"아뇨. 제가 만들어진 후 수많은 주인들을 만났지만 인간들 중에서는 가장 강하다고 생각해요."

"설마……. 지크리트보다도 강하다는 말이냐? 그렇게 안 보이는

데?"

"예, 지금은 아니죠. 하지만 곧이어 어떻게 바뀔지는 아무도 모릅니다. 나이아드 님께 들볶이자 그래듀에이트도 안 되던 상황에서 겨우 7일 만에 마스터의 경지까지 올랐을 정도니까요."

아르티어스는 경악했다.

"뭐? 겨우 7일 만에?"

"예, 저도 그런 인간은 처음 봤어요. 그때 너무 빨리 마나를 키운다고 무리를 하더니 저렇게 되었어요. 아마 부작용인 것 같습니다."

"아무리 그래도 인간이 그렇게 단시간에 마나를 몸에 쌓을 수는 없다. 또 방법도 없고……. 드래곤도 그렇게 할 수 없는데, 하물며 인간 따위가……."

"하지만 그건 사실입니다, 아르티어스 님. 카렐 님의 말씀으로는 과거에 엄청난 경지까지, 아마도 카렐 님과 대등한 경지까지 올라간 무사였던 모양입니다. 디스라이크라는 저주에 걸렸다고 하더군요. 원래 저 사람은 남자였습니다. 그것도 70세 정도의……."

"놀라운 일이군. 그래, 어쩌면 검사니까 그게 가능했는지도 모르지. 마법사라면 죽었다 깨도 불가능한 일이야. 도대체가 검사란 것들은 우리 드래곤으로서는 이해할 수 없는 것들이라니까."

"예, 이번 주인은 좀 이해하기 힘든 게 많기는 해요. 어쨌든 부작용을 점차 없애 나가면서 잊혀졌던 기억들이 조금씩 단편적으로 되살아났는데, 그 때문에 이번 사건이 벌어졌죠. 갑자기 자신이 여자가 되어 있다는 사실에 충격을 받고 완전히 돌아 버렸거든요. 그래서 그녀의 기억이 완진히 돌아오기 전까지 제가 기억을 막았어요. 과거를 생각하면 두통을 일으킨다든지 하면서 말이죠."

그 말에 아르티어스는 매우 흥미롭게 반응했다.

"호오, 그럼 과거는 완전히 백지 상태라는 건가?"

"예, 하지만 그것도 한 달 정도만요. 한 달만 지나면 부작용을 완전히 없앨 수 있습니다. 그때까지 그녀를 아르티어스 님께서 돌봐주실 수 없을까요?"

"헤헤헤, 뭐 좋지. 오랜만에 보는 인간인데……. 그건 그렇고, 이제부터 저 아이를 어떻게 할까?"

정령은 헤벌쭉 미소 짓는 아르티어스를 걱정스런 눈빛으로 바라봤다. 그가 변덕을 부리면 겨우 반지의 정령인 자신의 힘으로 그를 막는 데는 한계가 있었기 때문이다.

살며시 눈을 뜬 소녀가 약간 두려운 듯한 표정으로 주위를 두리번거리면서 일어서는 것을 아르티어스는 호기심 어린 표정으로 보고 있었다. 이곳은 레어 안이었다. 아르티어스의 레어는 드워프들에게 부탁해서 건설했기에 매우 거대하면서도 아름다웠다. 레어의 입구나 통로는 폭 2미터, 높이 4미터로 만들어져 있었고, 통로를 따라 20미터쯤 들어오면 거대한 지하 공동(地下空洞)이 나타난다.

이 지하 공동은 드래곤인 상태에서 낮잠을 자기 위해 만들어 놓은 곳이지만, 사실 드래곤들도 자신들의 덩치가 너무 크고, 그 때문에 매우 불편한 것을 잘 안다. 그렇기에 보통은 자그마한 생물로 트랜스포메이션해서 생활한다. 그편이 공간을 훨씬 잘 활용할 수 있기 때문이다.

드래곤 같은 매우 고등한 정신력을 가진 생물은 다른 생물로 트랜스포메이션했다고 해도 그 적응에 그리 오랜 시간이 걸리지 않는다. 사실 인간이나 엘프 등 일부 마법을 사용할 수 있는 존재들은 모두 트랜스포메이션이라는 마법을 쓸 수 있다. 하지만 실제로 사용되는 경우는 극히 드물다. 자신의 육체가 엄청난 변화를 겪었을 때 그걸 효율적으로 통제하기 위해서는 적응에 매우 많은 시간이 걸리기 때문이다. 시전자의 정신적 능력에 따라 그 차이는 매우 크긴 하지만…….

하지만 드래곤의 경우 최강의 정신력을 가진 생명체이기에 새로운 몸으로 바꿨을 때 그 적응에는 며칠 정도면 충분하다. 또 그게 이미 전에 한 번 통제를 해 봤던 생물이라면 그 적응 시간은 거의 필요 없는 수준까지 떨어지게 된다. 드래곤의 정신력은 거의 신에 육박할 정도였고, 기억력은 수년 전에 벌어진 일을 몇 분 전에 있었던 일처럼 정확히 떠올릴 수 있을 정도니까 말이다.

이쨌든 이르티어스의 레어는 드래곤인 채로 머물 수 있는 거대한 공동에 곁가지로 또 다른 통로가 있고, 그 통로에는 작은 방들이 열 개 정도 연결되어 있다. 그 방들에는 아르티어스의 마법 서적이나 그가 모아 놓은 보물 등 기타 잡동사니들이 보관되어 있었다.

지금 소녀와 아르티어스가 있는 방도 그중의 하나였다. 매우 아름다운 대리석으로 고풍스럽게 만들어 놓은 방이었고, 방 한쪽 구석에는 마법에 의해 불이 피어오르는 벽난로가 있어 방 안은 매우 따뜻했다. 그리고 천장에는 매우 밝은 빛을 뿜어내는 원반이 붙어 있었는데, 그 때문에 방 전체는 아주 작은 글자라도 읽을 수 있을 정도로 밝았다.

전에는 지독한 두통 때문에 딴 것에는 신경을 쓰지 못했던 소녀가 이제 좀 나아졌는지 주위를 두리번거리는 걸 보면서 아르티어스는 미소를 지으며 물었다.

"이제 깨어났군요. 몸은 좀 괜찮아졌나요?"

"예."

소녀가 몸을 일으키는 걸 슬며시 바라보면서 아르티어스는 약간은 당황하면서, 한편으로는 흥미 있는 표정을 지었다. 소녀가 몸을 일으키자 덮고 있던 이불이 아래로 살짝 벗겨졌고, 아직 여물지 않은 작은 가슴이 드러났기 때문이다.

"옷은 침대 옆에 있습니다. 깨끗한 침대에 그런 더러운 옷을 입힌 채로 눕힐 수는 없었으니까요."

아르티어스는 소녀를 치료한 후 그녀가 입을 옷을 사기 위해 마을까지 왔다 갔다 했던 자신의 노고에 대해서는 말하지 않았다. 원래가 드래곤에게는 성(性)이란 게 없었지만, 옷을 입는다든지 뭐 여러 가지 편의상 여자보다는 남자인 쪽이 편했기에 아르티어스는 남자의 모습으로 트랜스포메이션을 하고 있었다.

그러다 보니 그가 가지고 있는 옷들도 모두 남자용이었고, 그렇기에 소녀에게 자신의 옷을 입힐 수는 없었다. 물론 그 옷의 사이즈가 소녀에게 맞았다면 옷을 사러가는 수고를 생략하기 위해 아마도 자신의 옷을 입혔을 테지만…….

아르티어스는 소녀가 자신의 말을 듣고 벌거벗고 있다는 것을 자각했을 것이고, 그에 따른 당연한 반응을 보이기를 기대했지만 소녀는 그러지 않았다. 원래 '여자가 나체를 타인에게 보이는 것은 부끄러운 행위다' 라는 것도 오랜 교육을 통해 주입되는 것인데, 그 기억 자체가 없는 사람에게 그걸 바라는 것은 무리였던 것이다.
 소녀는 침대에서 일어나서는 옆에 놓인 옷을 주섬주섬 입었는데, 그 옷들을 다 입고난 후에도 그녀는 뭔가 허전한 감정을 느꼈다. 꼭 뭔가 빠진 절차가 있는 것 같기도 하고, 뭔가 잊어버린 것 같은 그런 감정이었다. 소녀가 잠시 멍하니 서 있자 아르티어스는 부드러운 목소리로 말했다.
 "배고프지 않아요?"
 아르티어스의 말에 소녀는 잠시 생각했다. 자신의 배가 고픈가?
 "예, 배고파요."
 "준비해 둔 게 있는데 같이 먹기로 하죠."
 아르티어스는 그녀를 옆방으로 데려갔다. 그 방 안에는 입맛을 돋우는 구수한 향기가 진동하고 있었다. 그녀가 자리에 앉자 아르티어스는 몇 가지 요리를 가져다가 식탁 중간에 놓았다. 우선은 고기가 좀 들어 있는 채소 스프, 그리고 식탁이 큰 은접시 위에는 알맞은 불로 잘 익힌 오크 통구이가 올려졌다.
 "자, 식기 전에 들어요."
 소녀는 막 먹으려고 하다가 어떻게 먹는 것인지 잠시 궁리한 후 아르티어스가 먹는 방법을 흉내 내기 시작했다. 채소 스프는 옆에 놓인 숟가락으로, 그리고 오크는 그대로 노릇노릇하게 구워진 한쪽 손을 뜯어내서는 통째로 씹어 먹었다.
 아르티어스는 일부러 그녀의 기억이 어느 정도 남아 있는지 시험해 보려고 흉측한 음식까지 제공했다. 그리고 내린 결론은 그녀의 기억은 서의 없는 거나 다름없다는 거였다. 인간 소녀가 도저히 오크 손을 뜯어먹을 수는 없기 때문이다.

"그러고 보니 내 소개를 안 했군요. 내 이름은 아르티어스라고 합니다."

"저는 다크예요."

"다크? 여자 이름으로는 좀 이상하군요. 그건 그렇고 이제 몸도 다 나은 것 같은데 어디 갈 곳이라도 있나요?"

다크는 잠시 생각해 보다가 머리를 감싸 쥐었다. 갈 곳에 대한 생각이 떠오르지 않았기에 과거를 생각해 보려고 했지만, 그와 동시에 지독한 두통이 시작되었다.

"아, 아뇨. 없는 것 같아요."

"그럼 갈 곳이 생각날 때까지 나하고 같이 지내는 것은 어때요? 사실 나는 인간은 아니지만 지내기는 뭐 어려움이 없을 겁니다."

"인간이 아니에요? 그럼?"

"드래곤이죠. 골드 드래곤."

"드래곤? 드래곤이 뭐예요?"

'하기야 오크가 뭔지도 모르고 먹고 있는 판에 드래곤이 뭔지 모르는 거야 당연하지.'

"설명하기는 좀 힘드니까 그냥 드래곤이라고만 알고 있어요."

이렇게 해서 드래곤 한 마리와 소녀의 기묘한 동거 생활이 시작되었다.

『〈묵향7 : 외전-다크 레이디〉에서 계속』

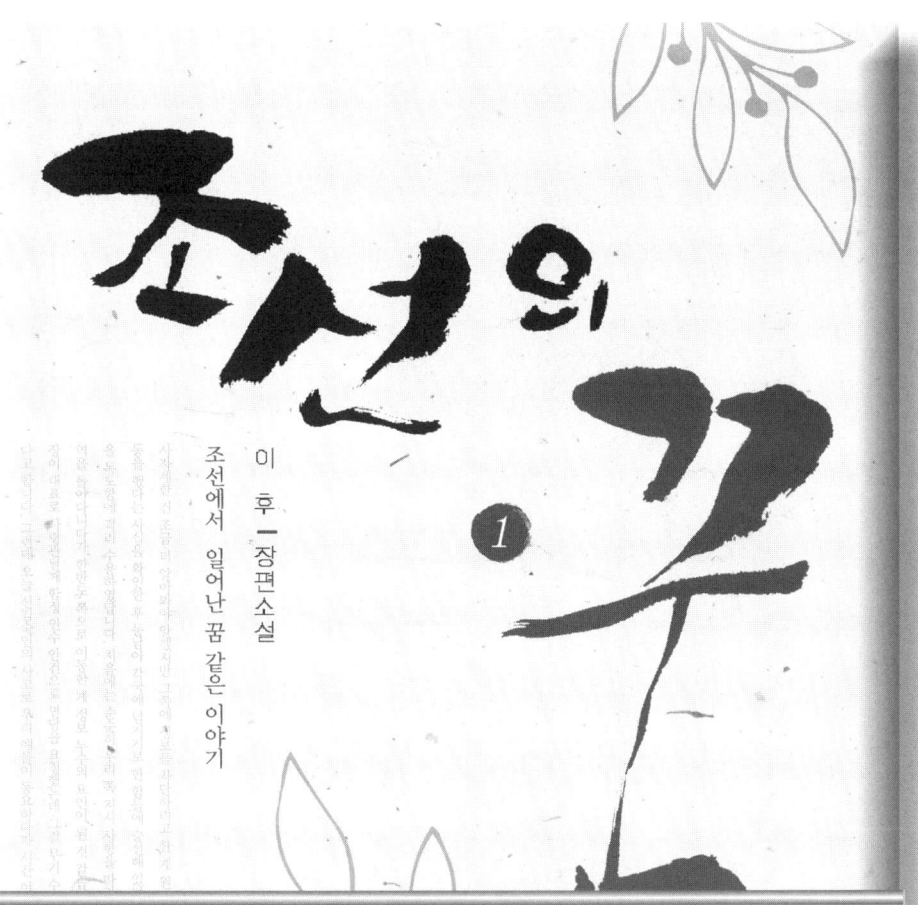

조선의 꿈

이 후 장편소설

조선에서 일어난 꿈 같은 이야기

조선을 바꿀 실용대왕이 나타났다!

과연, 내가 과거로 간다면 이 땅에 정의를 실현하기 위해서 내 자신을 희생하면서 그러한 일들을 할 수 있을 것인가라는 의문에서부터 이 글은 시작된다!

이후 지음 / 1~2권 발간

거대한 역사의 파도를 뛰어 넘어
세상을 바꾸다

대군으로 산다는 것 ①

김현빈 장편

**시간을 거꾸로 흘러
역사를 바로 흐르게 하다!**

반드시 내 손으로 조선의 역사를 바꿀 것이다.
그 앞을 가로막는 자는 결코 용서치 않으리라.

스카이북

김현빈 지음 / 1~2권 발간

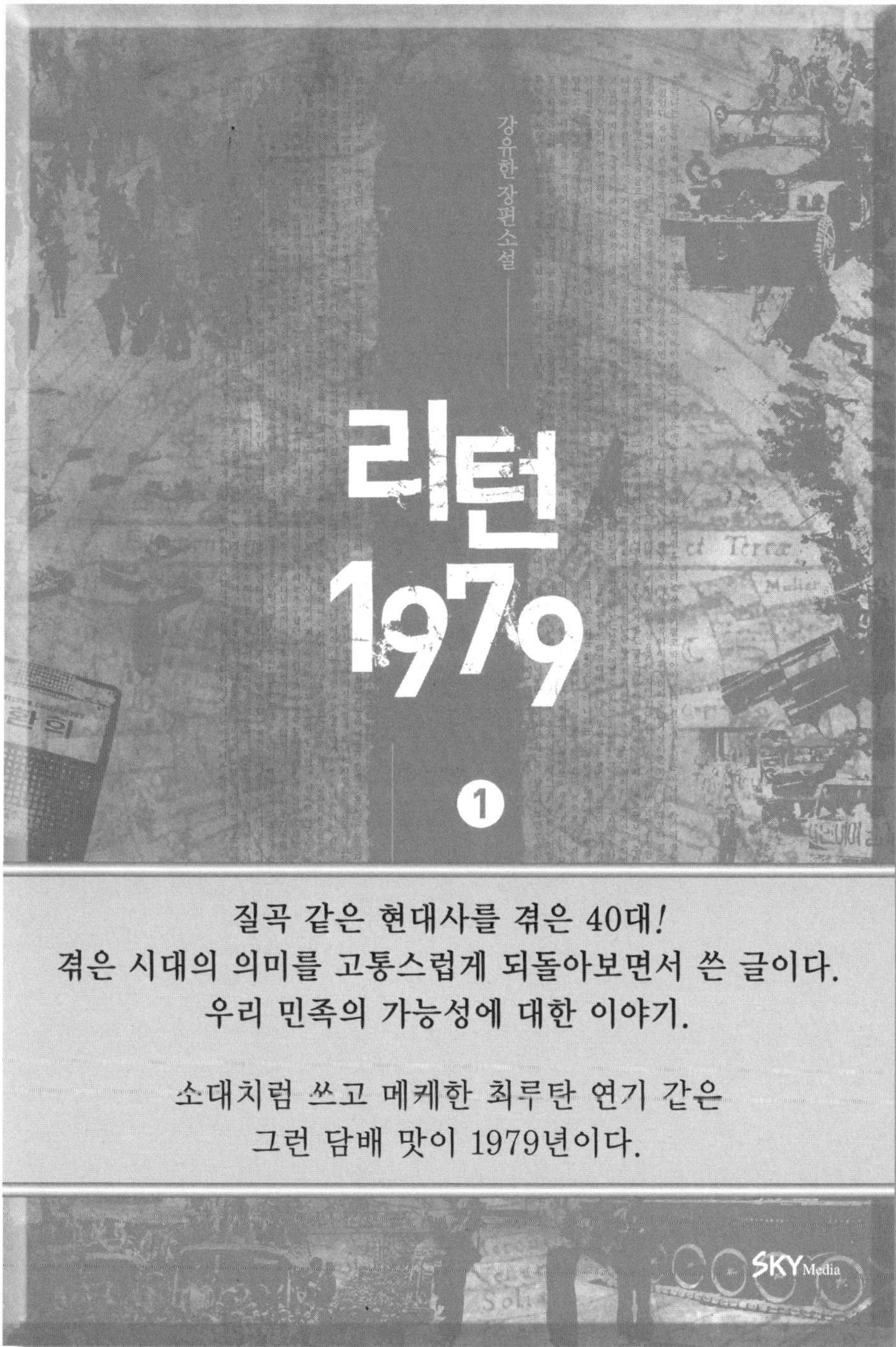

강유한 장편소설

리턴 1979

①

질곡 같은 현대사를 겪은 40대!
겪은 시대의 의미를 고통스럽게 되돌아보면서 쓴 글이다.
우리 민족의 가능성에 대한 이야기.

소대치럼 쓰고 메케한 최루탄 연기 같은
그런 담배 맛이 1979년이다.

SKY Media

강유한 지음 / 1~10권 발간